Mein zauberhafter Garten

© Sarah Addison Allen

Sarah Addison Allen wurde in Asheville, North Carolina, geboren, wo sie Literaturwissenschaft studierte und auch heute noch lebt. Gleich mit ihrem ersten Roman, »Mein zauberhafter Garten«, gelang ihr ein großer *New York Times*-Bestseller. Weitere Informationen zur Autorin finden Sie unter: www.sarahaddisonallen.com

Sarah
Addison Allen

Mein zauberhafter Garten

Roman

Deutsch von Sonja Hauser

Weltbild

Die Originalausgabe erschien 2007 unter dem Titel
Garden Spells bei Bantam Books, Random House Inc., New York.

Besuchen Sie uns im Internet:
www.weltbild.de

Genehmigte Lizenzausgabe für Verlagsgruppe Weltbild GmbH,
Steinerne Furt, 86167 Augsburg

Übersetzung: Sonja Hauser
Umschlaggestaltung: Zero Werbeagentur, München
Umschlagmotiv: Getty Images, München
(© Betsie Van der Meer) / FinePic ®, München
Gesamtherstellung: CPI – Clausen & Bosse, Leck
Printed in the EU
ISBN 978-3-86800-883-8

2015 2014 2013 2012
Die letzte Jahreszahl gibt die aktuelle Lizenzausgabe an.

FÜR MEINE MUTTER.
ICH LIEBE DICH.

TEIL EINS

RÜCKBLICK

EINS

Jeden Smiley-Mond träumte Claire von ihrer Kindheit. Sie versuchte immer, wach zu bleiben, wenn die Sterne blinkten und der Mond als schmale Silberscheibe herausfordernd auf die Welt herablächelte wie hübsche Frauen früher von Zigaretten- und Limonendrinkplakaten. Dann jätete Claire beim Licht der solarbetriebenen Weglampen und stutzte die Nachtblüher – Königin der Nacht und Mondwinde, Nachtjasmin und Ziertabak. Sie gehörten nicht zum Waverley-Erbe essbarer Pflanzen; Claire hatte sie für die schlaflosen Nächte gepflanzt, in denen sie unter Strom stand.

Sie träumte immer das Gleiche, von langen, schlangenähnlichen Straßen, davon, dass sie im Wagen schlief, während ihre Mutter in Bars Männer aufriss, dass sie Schmiere stand, wenn Mom Shampoo, Deo, Lippenstift und manchmal auch einen Schokoriegel für Claire stahl. Kurz bevor sie aufwachte, erschien jedes Mal ihre Schwester Sydney, umgeben von einem Lichtschein. Lorelei packte Sydney und rannte mit ihr zum Haus der Waverleys in Bascom. Claire kam nur mit, weil sie sich fest an ein Bein der Mutter klammerte.

Als sie an jenem Morgen im Garten aufwachte, schmeckte sie Reue. Stirnrunzelnd spuckte sie aus. Sie bedauerte, wie sie ihre Schwester als Kind behandelt hatte. Aber die sechs Jahre vor Sydneys Geburt waren voller Angst gewesen, davor, erwischt oder verletzt zu werden oder nicht genug Essen oder Benzin oder warme Kleidung für den Winter zu haben. Ihre Mutter hatte ihr immer geholfen, allerdings jedes Mal erst im letzten Moment. Am Ende wurden sie nie erwischt, Claire passierte nichts, und wenn der erste Nachtfrost die Färbung der Blätter einleitete, zauberte ihre Mutter blaue Fäustlinge mit weißen Schneeflocken darauf, rosafarbene Skiunterwäsche und eine Bommelmütze hervor. Das Leben auf Achse war in Ordnung gewesen für Claire, aber offenbar meinte Lorelei, Sydney verdiene etwas Besseres, mit Wurzeln geboren zu werden. Und das kleine, verängstigte Kind in Claire konnte ihr das nicht verzeihen.

Sie nahm Gartenschere und Kelle in die Hand, erhob sich steif und ging im Morgennebel in Richtung Schuppen. Plötzlich blieb sie stehen und sah sich um. Im Garten war es still und feucht, nur der eigensinnige Apfelbaum am anderen Ende zitterte ein wenig, als träumte er. Generationen von Waverleys hatten diesen Garten versorgt. Ihre Geschichte und ihre Zukunft steckten in seiner Erde. Etwas würde geschehen, etwas, das er ihr noch nicht verraten wollte. Sie würde die Augen offen halten müssen.

Im Schuppen wischte sie sorgfältig den Morgentau von den alten Geräten und hängte sie an ihren Platz an der Wand. Dann schloss und versperrte sie das schwere Tor zum Garten und überquerte die Zufahrt hinter dem pompösen Haus im Queen-Anne-Stil, das sie von ihrer Großmutter geerbt hatte.

Claire betrat es durch die Hintertür und blieb im Wintergarten stehen, den sie in einen Trockenraum für Kräuter und Blumen umgewandelt hatte. Hier duftete es nach Lavendel und Pfefferminze, wie aus einer Weihnachtserinnerung, die nicht ihr gehörte. Sie zog das schmutzige weiße Nachthemd aus und ging nackt ins Haus. Vor ihr lag ein anstrengender Tag. Sie musste das Catering für eine Dinnerparty vorbereiten, und außerdem war es der letzte Dienstag im Mai, weswegen sie Flieder-, Minz- und Rosenblütenmarmelade sowie Brunnenkresse- und Schnittlauchblütenessig zum Farmermarkt und zum Delikatessenladen bringen würde, wo die Studenten vom Orion College sich nach den Kursen trafen.

Als Claire sich kämmte, klopfte es an der Tür. Sie schlüpfte in ein weißes Sommerkleid und tappte barfuß nach unten. Vor der Schwelle stand Evanelle.

Evanelle Franklin sah mit ihren neunundsiebzig Jahren aus wie hundertzwanzig, schaffte aber immer noch fünfmal die Woche die Anderthalb-Kilometer-Runde auf der Aschenbahn des College. Evanelle war entfernt mit Claire verwandt, eine Cousine zweiten, dritten oder auch vierzehnten Grades, und die einzige andere Waverley, die noch in Bascom lebte. Claire mochte sie, weil sie sich nach einer Familie sehnte, nachdem Sydney mit achtzehn verschwunden und ihre Großmutter im selben Jahr gestorben war.

In Claires Kindheit kam Evanelle oft Stunden, bevor sie hinfiel und sich das Knie aufschlug, vorbei, um ein Pflaster daraufzukleben, oder sie brachte ihr und Sydney ein paar Münzen, ehe der Eismann vorbeifuhr, oder eine

Taschenlampe, schon zwei Wochen bevor der Blitz in einen Baum am anderen Ende der Straße einschlug und das ganze Viertel eine Nacht lang ohne Strom war. Wenn Evanelle einem etwas gab, brauchte man es früher oder später, nur der Katzenkorb, den sie Claire fünf Jahre zuvor geschenkt hatte, wartete noch auf seine Bestimmung. Die meisten Leute im Ort behandelten Evanelle freundlich, aber ein wenig amüsiert, und nicht einmal sie selbst nahm sich allzu ernst. Aber Claire wusste, dass immer etwas dran war an Evanelles merkwürdigen Gaben.

»Heute siehst du richtig italienisch aus mit deinen dunklen Haaren und dem Sophia-Loren-Kleid. Dein Bild würde sich gut machen auf einer Flasche Olivenöl«, begrüßte Evanelle Claire. Sie selbst trug einen grünen Velours-Jogginganzug, und über der Schulter hatte sie eine große Tasche voll mit Münzen und Briefmarken und Eieruhren und Seife, alles Dinge, die sie irgendjemandem irgendwann vielleicht einmal schenken würde.

»Ich wollt mir grad einen Kaffee machen«, sagte Claire und trat beiseite, um sie einzulassen. »Komm doch rein.«

»Warum nicht?« Evanelle folgte Claire in die Küche, wo sie sich an den Tisch setzte, während diese den Kaffee kochte. »Weißt du, was ich hasse?«

Claire sah sie an. »Was?«

»Den Sommer.«

Claire musste lachen. Sie war gern in Evanelles Gesellschaft und hatte jahrelang versucht, die alte Dame dazu zu bewegen, dass sie zu ihr zog, damit sie sich um sie kümmern konnte. »Warum um Himmels willen hasst du denn den Sommer? Der ist doch wunderbar: frische Luft, offene Fenster und Tomaten frisch vom Strauch und warm von der Sonne auf den Teller.«

»Ich hasse den Sommer, weil dann die meisten Collegekids wegfahren und ich auf der Aschenbahn nicht mehr so viele knackige Ärsche von Joggern zu sehen kriege.«

»Du hast wirklich eine schmutzige Phantasie, Evanelle.«

»Ich red ja bloß.«

Claire stellte Evanelle eine Tasse Kaffee hin.

Evanelle sah misstrauisch hinein. »Du hast nichts reingetan, oder?«

»Das weißt du doch.«

»Deine Seite der Waverleys gibt immer überall irgendwas rein. Lorbeerblätter ins Brot, Zimt in den Kaffee. Ich mag die Sachen so, wie sie sind, lieber. Was mich dran erinnert, dass ich dir was mitgebracht hab.« Evanelle holte ein gelbes Bic-Feuerzeug aus ihrer Umhängetasche.

Claire bedankte sich, nahm das Feuerzeug und steckte es ein. »Das kann ich sicher irgendwann gut gebrauchen.«

»Vielleicht auch nicht. Ich weiß nur, dass ich es dir geben muss.« Evanelle, die Süßes liebte, schaute sehnsüchtig zu dem zugedeckten Kuchentablett auf der Edelstahlarbeitsfläche hinüber. »Was ist denn da drin?«

»Weißer Kuchen. Im Teig sind Veilchen und obendrauf noch ein paar kandierte. Der Kuchen ist für eine Abendeinladung heute.« Claire nahm einen Tupperware-Behälter in die Hand. »Und den hier hab ich für dich gemacht.« Sie stellte den Behälter vor Evanelle auf den Tisch.

»Du bist einfach ein nettes Mädel. Wann heiratest du endlich? Wer soll sich denn um dich kümmern, wenn ich mal nicht mehr bin?«

»Das kann noch ein Weilchen dauern. Außerdem ist das das perfekte Haus für eine alte Jungfer. Hier werde ich alt. Ich vertreibe die Nachbarskinder mit dem Besen, wenn sie an meinen Apfelbaum wollen, und irgendwann werd ich jede Menge Katzen haben. Wahrscheinlich hast du mir deshalb den Korb geschenkt.«

Evanelle schüttelte den Kopf. »Du liebst Strukturen, das hast du von deiner Großmutter. Und du hängst zu sehr an diesem Haus, genau wie sie.«

Claire lächelte, weil sie sich gern mit ihrer Oma vergleichen ließ. Sie hatte keine Ahnung gehabt von Sicherheit, bis ihre Mutter sie hierherbrachte, ins Haus ihrer Großmutter. Sie waren ungefähr drei Wochen in Bascom, als Sydney das Licht der Welt erblickte und die Leute aus dem Ort vorbeikamen, um Lorelei und das neue Baby in Augenschein zu nehmen. Claire war nicht mehr neu und deshalb nicht so interessant. Eine Besucherin, die beobachtete, wie Claire schweigend aus Zweigen winzige Holzhütten baute, bemerkte: »Sie ist eine richtige Waverley. Sie lebt in ihrer eigenen kleinen Welt.«

Claire hob den Blick nicht, bewahrte jedoch den Satz in ihrem Herzen: *Sie ist eine richtige Waverley.* Claire erzählte niemandem davon, aus Angst, dass ihr Glück sich verflüchtigen könnte, aber von jenem Tag an folgte sie ihrer Großmutter jeden Morgen hinaus in den Garten, um ihr zuzusehen, denn sie wollte wie sie werden, all die Dinge tun, die eine echte Waverley tat, auch wenn sie nicht hier geboren war.

»Ich muss ein paar Kartons mit Marmelade und Essig vollpacken«, sagte Claire zu Evanelle. »Wenn du ein bisschen warten kannst, bring ich dich mit dem Wagen heim.«

»Geht die Lieferung an Fred?«, fragte Evanelle.

»Ja.«

»Dann begleite ich dich. Ich brauch Cola und noch ein paar andere Sachen. Vielleicht nehm ich auch Tomaten mit. Durch dich hab ich meine Liebe zu Tomaten entdeckt.«

Während Evanelle sich über die Vorzüge gelber gegenüber roten Tomaten ausließ, holte Claire vier Kartons aus dem Vorratsraum und stellte Marmelade und Essig hinein. Als sie fertig war, folgte Evanelle ihr hinaus zu dem weißen Minivan mit der Aufschrift *Waverley's Catering*.

Evanelle kletterte auf den Beifahrersitz, und Claire stellte die Kartons in den Ladebereich. Dann gab sie Evanelle den Tupperware-Behälter mit dem weißen Kuchen und eine braune Papiertüte.

»Was ist das?«, erkundigte sich Evanelle und schaute in die Tüte, als Claire sich hinters Steuer setzte.

»Eine spezielle Bestellung.«

»Für Fred«, sagte Evanelle mit wissendem Blick.

»Glaubst du, er würde mir jemals wieder einen Auftrag geben, wenn ich dir das verrate?«

»Für Fred«, wiederholte Evanelle.

»Ich hab nichts gesagt.«

»Für Fred.«

»Ich hör heut so schlecht. Für wen?«

Evanelle rümpfte die Nase. »Klugscheißerin.«

Claire lachte und lenkte den Wagen auf die Straße.

Die Geschäfte gingen gut, weil alle Leute aus der Gegend wussten, dass die Gerichte mit den Pflanzen, die rund um den Apfelbaum im Waverley-Garten gediehen, Merkwürdiges bewirken konnten. Die Fliedermarmelade- und Lavendel-Tee-Kekse sowie die Küchlein mit Brunnenkressecreme, die die Frauengruppe für ihre monatlichen Treffen orderte, ließen Geheimnisse bewahren. Die frittierten Löwenzahnknospen auf Ringelblumenblütenreis, die gefüllten Kürbisblüten und die Hagebuttensuppe sorgten dafür, dass Besucher nur die schönen Dinge in der Wohnung wahrnahmen. Ysopkraut-Honigbutter auf Toast, Brustwurzbonbons und Törtchen mit kandierten Stiefmütterchen machten Kinder artig. Geißblattwein am vierten Juli verlieh die Fähigkeit, im Dunkeln zu sehen. Der nussige Geschmack eines Dips aus Hyazinthenzwiebeln machte übellaunig und lenkte die Gedanken in die Vergangenheit, und Salate mit Chicoree und Minze weckten den Glauben, dass bald etwas Schönes passieren würde, egal, ob das stimmte oder nicht.

Das Dinner, für das Claire an jenem Abend das Essen zubereitet hatte, wurde wie am Ende eines jeden Wintersemesters von Anna Chapel veranstaltet, der Leiterin des Instituts für Kunst am Orion College. Claire machte schon seit fünf Jahren das Catering dafür. Das war gute Werbung bei den Leuten von der Uni, die originelles Essen erwarteten, während die seit Generationen hier Wohnenden eher mit speziellen Wünschen zu ihr kamen – sie wollten jemanden für sich gewinnen, sich eine Beförderung sichern, eine Freundschaft retten.

Als Erstes brachte Claire die Marmelade und den Essig zum Farmermarkt am Highway, wo sie ein paar Regale in einem Stand gemietet hatte, dann fuhr sie in die Stadt und stellte den Wagen vor Fred's Gourmet Grocery, dem früheren Fred's Foods, ab, in dem jetzt hauptsächlich Unileute und Touristen einkauften.

Claire und Evanelle betraten den Laden mit den knarrenden Bodendielen aus Hartholz. Evanelle machte sich auf den Weg zu den Tomaten, während Claire nach hinten zu Freds Büro ging, wo sie klopfte, bevor sie die Tür öffnete. »Hallo, Fred.«

Fred saß am alten Schreibtisch seines Vaters über Rechnungen, schien aber in Gedanken bei anderen Dingen zu sein. »Claire, schön, dich zu sehen.«

»Ich bring dir die zwei Kartons, die du bestellt hast.«

»Prima.« Er stand auf, nahm die weiße Jacke von der Rückenlehne seines Stuhls, zog sie über sein kurzärmliges schwarzes Hemd, begleitete Claire zum Lieferwagen und half ihr, die Kisten hineinzutragen. »Hast du … auch das andere dabei?«, fragte er.

Mit einem Lächeln ging sie noch einmal hinaus und kam kurz darauf mit der Papiertüte zurück, in der sich eine Flasche Rosengeranienwein befand.

Fred nahm sie verlegen entgegen und reichte Claire einen Umschlag mit Scheck, der auf den zehnfachen Betrag dessen lautete, was sie normalerweise für ihre Marmeladen- und Essiglieferungen erhielt. Das Kuvert wirkte von Freds Hoffnung wie von Glühwürmchen erhellt.

»Danke, Fred. Bis nächsten Monat.«
»Bis dann, Claire.«

Fred Walker schaute Claire nach, die an der Tür darauf wartete, dass Evanelle zahlte. Claire war eine hübsche Frau mit dunklen Augen und Haaren und olivbraunem Teint. Sie sah – genau wie Sydney – ihrer Mutter überhaupt nicht ähnlich. Offensichtlich kamen sie nach ihren Vätern, wer auch immer die sein mochten. Die Leute waren höflich zu Claire, fanden sie jedoch distanziert. Mit ihr plauschten sie nie übers Wetter, die neue Interstate oder die süßen Erdbeeren in diesem Jahr. Sie war eine Waverley und somit automatisch irgendwie merkwürdig. Claires Mutter hatte ihre Kinder von der Großmutter aufziehen lassen und war später bei einer Massenkarambolage in Chattanooga gestorben. Die Großmutter hatte das Haus kaum jemals verlassen, und Cousine Evanelle gab immer allen Leuten seltsame Geschenke. So waren die Waverleys nun mal. Genauso wie die Runions gern redeten, die Plemmons verschlagen wirkten und die Hopkins-Männer ausnahmslos ältere Frauen heirateten. Aber Claire hielt das Waverley-Haus gut in Schuss, das zu den ältesten der Gegend und den Haupttouristenattraktionen zählte, was wiederum dem Ort nutzte. Und am wichtigsten: Claire war da, wenn jemand ein Problem hatte, das sich nur mit Hilfe der Pflanzen rund um den Apfelbaum im Garten der Waverleys lösen ließ. Als Erste seit drei Generationen teilte sie dieses Geschenk bereitwillig mit anderen.

Als Evanelle gezahlt hatte, gingen sie und Claire.

Fred kehrte in sein Büro und zu der Tüte mit der Flasche zurück, schlüpfte aus der Jacke und setzte sich wieder an den Schreibtisch, wo er das kleine gerahmte Foto eines gut aussehenden Mannes im Smoking anstarrte. Das Bild hatte jemand bei der Party anlässlich von Freds fünfzigstem Geburtstag ein paar Jahre zuvor gemacht.

Fred und sein Partner James waren über dreißig Jahre zusammen, hatten sich in letzter Zeit jedoch entfremdet. Seit ein paar Monaten verbrachte James mehrere Nächte die Woche in Hickory, mit der Begründung, er müsse so lange arbeiten, dass es keinen Sinn habe, noch nach Bascom zurückzufahren. Deshalb war Fred ziemlich oft allein zu Hause, wo er nichts mit sich anzufangen wusste. James sagte ihm, was er zum Abendessen machen solle, oder wies ihn auf einen interessanten Film im Fernsehen hin. James hatte immer recht, und Fred geriet ins Zweifeln, wenn er nicht da war. Was sollte er kochen? Legte er die Sachen für die Reinigung besser am Vorabend bereit oder erst am nächsten Morgen?

Immer wieder hatte Fred Leute vom Rosengeranienwein der Waverleys schwärmen hören. Angeblich machte er zufrieden und weckte die Erinnerung an schöne Zeiten, und Fred wollte die gute Zeit mit James zurück. Claire füllte pro Jahr nur eine Flasche davon ab, und die war verdammt teuer.

Fred griff nach dem Hörer und wählte James' Nummer im Büro, um ihn zu fragen, was er zum Abendessen zubereiten solle.

Welches Fleisch passte wohl am besten zu diesem Wein?

Claire traf am späten Nachmittag bei Anna Chapel ein. Anna wohnte in einer Sackgasse ganz in der Nähe des Orion College; man konnte sie nur über den Campus erreichen. Das Viertel war hundert Jahre zuvor zeitgleich mit dem Campus errichtet worden, damit die Akademiker unter sich blieben. Ein kluger Schachzug, wenn man bedachte, wie sehr die Leute gegen das damalige College für junge Frauen waren. Heute lebten immer noch einige Professoren, unter ihnen auch Anna, in den ursprünglichen Häusern. Doch ansonsten wurde die Gegend von jungen Familien beherrscht, die die Abgeschlossenheit und Sicherheit der Anlage genossen.

»Hallo«, begrüßte Anna Claire, die mit einer Kühltasche auf der Veranda stand, und trat einen Schritt beiseite, um sie einzulassen. »Du kennst ja den Weg. Soll ich dir helfen?«

»Nein, danke, ich komm schon zurecht«, antwortete Claire, obwohl das späte Frühjahr und der Sommer die Jahreszeiten waren, in denen sie am meisten zu tun und am wenigsten Hilfe hatte. Während des Schuljahrs heuerte sie junge Orion-Studentinnen an, die nicht aus Bascom kamen und nur kulinarische Fragen stellten. Nach Möglichkeit beschäftigte sie niemanden aus der Gegend, weil die Einheimischen immer dem Apfelbaum im Garten nahe kommen wollten, um herauszufinden, ob seine Früchte tatsächlich in der Lage waren, ihnen das wichtigste Ereignis ihres Lebens zu zeigen.

Claire ging in die Küche, stellte die Lebensmittel in den Kühlschrank und holte die restlichen Sachen herein. Schon bald duftete es nach allerlei Leckereien.

Anna bestand darauf, das irdene Geschirr zu benutzen, das sie selbst getöpfert hatte. Claire richtete den Salat an und bereitete gerade die anderen Gänge vor, als Anna ihr sagte, dass alle an ihrem Platz seien.

Es gab Salat, Yuccasuppe, Schweinelendchen mit Brunnenkresse- und Schnittlauchfüllung sowie Ziegenkäse, Zitronen-Verbenen-Sorbet zwischen den Gängen und den weißen Kuchen mit den Veilchen zum Nachtisch. Claire hatte die ganze Zeit über zu tun: Sie erhitzte die Gerichte, arrangierte sie auf den Tellern, servierte und räumte unauffällig wieder ab. Bei den heutigen Gästen handelte es sich um Kunstdozenten und ihre Gattinnen, die Wein und Wasser selbst einschenkten und die Originalität der Speisen zu schätzen wussten. Claire konzentrierte sich ganz auf die Arbeit, die ihr an diesem Abend besonders anstrengend erschien, weil sie einen guten Teil der Nacht auf dem harten Boden ihres Gartens verbracht hatte. Aber ihr war das recht, denn vor Menschen hatte sie immer schon eine gewisse Scheu empfunden.

Ihn bemerkte sie jedoch sehr wohl. Er saß zwei Plätze von Anna entfernt, die sich am Kopfende des Tischs befand. Alle hatten nur Augen für das Essen, aber er beobachtete sie. Die dunklen Haare reichten ihm bis zu den Schultern. Er hatte lange, feingliedrige Arme und Finger, und seine Lippen waren voller als bei anderen Männern, die sie kannte. Er verwirrte sie.

Als sie den Nachtisch servierte, freute sie sich fast darauf, den Teller vor ihn hinzustellen. Ging es ihm genauso?

»Kennen wir uns?«, fragte er, als es schließlich so weit

war. Beinahe hätte sie sein nettes, offenes Lächeln erwidert.

Sie schob ihm den Teller mit dem köstlichen Kuchen, auf dem die kandierten Veilchen glitzerten wie Juwelen, hin. Doch er hatte nur Augen für sie. »Ich glaube nicht«, antwortete sie.

»Das ist Claire Waverley, die freundlicherweise das Catering übernommen hat«, stellte Anna sie mit vom Alkohol geröteten Wangen vor. »Wie bei allen Institutspartys. Claire, Tyler Hughes. Er unterrichtet das erste Jahr bei uns.«

Claire nickte, verlegen darüber, dass nun alle sie ansahen.

»Waverley«, wiederholte Tyler nachdenklich. Als Claire sich entfernen wollte, schlossen sich seine langen Finger sanft um ihren Arm, um sie zurückzuhalten. »Natürlich!«, rief er lachend aus. »Wir sind Nachbarn! Sie wohnen in der Pendland Street, in dem großen Haus im Queen-Anne-Stil, stimmt's?«

Sie war so überrascht über seine Berührung, dass sie lediglich ein kurzes Nicken zustande brachte.

Er ließ sie sofort los. »Ich hab das blaue Haus neben dem Ihren gekauft«, erklärte er, »und bin vor ein paar Wochen eingezogen.«

Claire sah ihn an.

»Schön, Sie endlich kennenzulernen«, sagte er.

Sie nickte noch einmal und verließ das Zimmer. In der Küche spülte sie ab und verstaute ihre Sachen, bevor sie Salat- und Kuchenreste in Annas Kühlschrank stellte. Sie hatte schlechte Laune, ohne zu wissen, warum. Die ganze

Zeit glitten ihre Finger über die Stelle an ihrem Arm, an der Tyler sie berührt hatte, als wollte sie etwas von ihrer Haut wischen.

Als Claire die letzte Box hinaus zum Wagen bringen wollte, kam Anna zu ihr in die Küche, um ihr für das köstliche Mahl und den gelungenen Abend zu danken, ohne jedoch auf Claires merkwürdiges Verhalten zuvor einzugehen.

Claire nahm Annas Scheck entgegen, verabschiedete sich und verließ das Haus durch den Hinterausgang. Auf dem Weg zum Wagen merkte sie, wie müde sie war.

Auf der Straße spürte sie einen seltsamen Luftzug, und als sie sich umwandte, sah sie eine von winzigen purpurfarbenen Funken umflirrte Gestalt unter der Eiche in Annas Garten stehen.

Sie spürte, dass der Mann sie anstarrte, und machte einen Schritt auf ihren Wagen zu.

»Warten Sie!«, rief Tyler.

Sie wandte sich wieder ihm zu.

»Haben Sie Feuer?«, fragte er.

Claire schloss kurz die Augen. Wie hatte Evanelle das nur wieder ahnen können?

Sie stellte die Box ab und griff in die Tasche ihres Kleids, um das gelbe Bic-Feuerzeug von Evanelle herauszuholen. Das also sollte sie damit machen?

Claire hatte das Gefühl, sich in einer starken Strömung zu befinden, als sie auf ihn zuging. Ein paar Schritte vor ihm blieb sie stehen und begann, sich gegen diese Strömung zu wehren.

Er lächelte. Zwischen seinen Lippen steckte eine unangezündete Zigarette, die er nun herausnahm. »Rauchen Sie?«

»Nein.« Das Feuerzeug befand sich immer noch in ihrer ausgestreckten Hand. Er nahm es nicht.

»Ich weiß, ich sollte es auch nicht. Heutzutage ist Rauchen ja verpönt.« Als sie nichts darauf erwiderte, begann er, von einem Fuß auf den anderen zu treten. »Ich hab Sie in Ihrem Garten gesehen. Besonders gesprächig sind Sie offenbar nicht. Oder hab ich irgendwas falsch gemacht? Bin ich vielleicht in der Unterwäsche hinterm Haus rumgerannt?«

Claire zuckte zusammen. Sie vergaß die Nachbarn oft völlig, die vom oberen Stockwerk aus in ihren Wintergarten sehen konnten, wo sie am Morgen das Nachthemd ausgezogen hatte.

»Das Essen war wunderbar«, lobte Tyler sie.

»Danke.«

»Sehen wir uns wieder?«

Ihr Herz begann schneller zu schlagen. Sie brauchte ihn nicht. Wenn sie ihn in ihr Leben ließe, würde sie bestimmt verletzt werden. Sie hatte Evanelle, das Haus und das Geschäft – alles, was sie benötigte. »Das Feuerzeug schenk ich Ihnen«, sagte Claire, reichte es ihm und entfernte sich.

Als Claire den Wagen vor ihrem Haus anhielt, sah sie auf der obersten Stufe ihrer Veranda jemanden sitzen.

Claire stieg aus, ohne die Scheinwerfer auszuschalten oder die Wagentür zu schließen, und hastete zu der Gestalt. »Evanelle, was ist denn?«

Evanelle erhob sich steif. Im Schein der Straßenlaterne wirkte sie zerbrechlich und ein wenig geisterhaft. Sie hielt zwei Sets neuer Bettwäsche und eine Schachtel mit Erdbeer-Pop-Tarts in der Hand. »Ich konnte nicht schlafen, weil ich dir die Sachen hier unbedingt bringen musste. Bitte nimm sie.«

Claire bedankte sich mit einer Umarmung. »Wie lange wartest du denn schon auf mich?«

»Ungefähr eine Stunde. Im Bett ist mir eingefallen, dass du neues Bettzeug und Pop-Tarts brauchst.«

»Warum hast du mich denn nicht übers Handy angerufen? Ich hätte die Sachen abholen können.«

»So funktioniert das nicht. Ich weiß auch nicht, warum.«

»Bleib die Nacht über bei mir und lass dir eine warme Zuckermilch machen.«

»Nein«, winkte Evanelle ab. »Ich will nach Hause.«

»Vielleicht bedeuten die Sachen, dass ich dir ein Bett richten soll«, sagte Claire und versuchte, Evanelle in Richtung Tür zu schieben. »Bleib hier. Bitte.«

»Nein, die sind nicht für mich. Ich weiß aber auch nicht, für wen. Ich hab nie eine Ahnung, wofür die Sachen sind«, widersprach Evanelle und fügte leise hinzu: »Ich will jetzt nach Hause.«

Claire tätschelte ihr beruhigend die Schulter. »In Ordnung. Ich bring dich heim.« Dann legte sie das Bettzeug und die Pop-Tarts auf den Korbschaukelstuhl neben der Haustür. »Komm, Schätzchen«, sagte sie und dirigierte Evanelle die Stufen hinunter zu ihrem Lieferwagen.

Als Tyler Hughes heimkam, war bei Claire alles dunkel. Er stellte seinen Jeep auf der Straße ab, stieg aus und blieb davor stehen, weil er noch nicht ins Haus gehen wollte.

Da hörte er das Klacken kleiner Hundepfoten auf dem Gehsteig. Kurz darauf schoss ein winziger schwarzer Terrier an ihm vorbei, einer Motte nach, die von einer Straßenlaterne zur nächsten flatterte.

Tyler wartete.

Bald tauchte Mrs. Kranowski auf, eine spindeldürre Alte mit einer Frisur, die ein wenig an Softeis erinnerte. Die Frau hastete dem Hund hinterher. »Edward! Edward!«, rief sie. »Komm zurück zur Mama. Edward! Komm sofort her!«

»Brauchen Sie Hilfe, Mrs. Kranowski?«, erkundigte sich Tyler.

»Nein, danke, Tyler«, antwortete die Frau und eilte die Straße hinunter.

Dieses Szenario ereignete sich mindestens viermal täglich.

Nun, es war nicht schlecht, eine Struktur zu haben, dachte Tyler.

Ein paar Kurse gab er gerade, aber bis zum Semesteranfang waren es noch einige Wochen, und er wurde immer unruhig, wenn er keine feste Struktur hatte. Tyler war nie sonderlich organisiert gewesen. Lag das in seiner Natur, oder hatte man es ihm beigebracht? Seine Eltern waren Töpfer und Kiffer und förderten seine künstlerische Begabung. Erst in der Grundschule lernte er, dass man nicht auf Wände zeichnete. Die Schule gab ihm Strukturen, Regeln und eine Richtung. In den Sommerferien neigte er dazu, das Essen zu vergessen, weil er immerzu zeichnete und vor sich hin träumte, ohne dass seine Eltern sich einmischten. Er hatte eine schöne Kindheit, allerdings auch eine, in der Ehrgeiz so verpönt war wie Ronald Reagan, und erwartete, dass er sich, ähnlich wie seine Eltern, schon irgendwie mit seiner Kunst über Wasser halten und glücklich und zufrieden sein würde. Aber die Schule lief gut, das College sogar noch besser, und so war ihm nicht danach, es zu verlassen.

Also beschloss er zu unterrichten.

Das verstanden seine Eltern nicht. Gutes Geld zu verdienen war ungefähr so schlimm, wie die Republikaner zu wählen.

Er stand immer noch auf dem Gehsteig, als Mrs. Kranowski mit dem sich windenden Edward auf dem Arm zurückkam. »Brav, Edward«, sagte sie. »Braver Junge.«

Tyler wünschte ihr eine gute Nacht.

Sie erwiderte seinen Gruß.

Ihm gefiel diese verrückte Gegend.

Nach dem Universitätsabschluss fing er an einer Highschool in Florida an, die so verzweifelt Lehrer suchte, dass sie Spitzengehälter sowie Zuschüsse zu den Lebenshaltungskosten und seinen Umzug von Connecticut zahlte. Nach etwa einem Jahr begann er dann, zusätzlich abends Kunstkurse an der örtlichen Universität zu geben.

Der Zufall führte ihn schließlich nach Bascom. Bei einer Konferenz in Orlando lernte er eine Kunstdozentin des Orion College in Bascom kennen. Sie tranken Wein, flirteten und hatten leidenschaftlichen Sex in ihrem Hotelzimmer. Ein paar Jahre später erfuhr er von einer freien Stelle am Orion College, was höchst lebhafte Erinnerungen an diese Nacht weckte. Er bewarb sich darum und bekam sie. Tyler wusste nicht einmal mehr den Namen der Frau, aber das Romantische der Situation faszinierte ihn. Als er in Bascom eintraf, war die Frau schon nicht mehr dort.

Nun stellte er fest, dass nur die Erinnerung an einen One-Night-Stand ihn an diesen Ort gelockt hatte.

War das wirklich romantisch oder eher jämmerlich?

Er nahm die Hände aus den Taschen und machte sich auf den Weg zum Garten, in dem noch immer das Gras lag, das er gemäht hatte.

Das musste zusammengerecht werden. Doch wohin damit? Er konnte es ja nicht einfach auf einem Haufen mitten im Garten lassen. Ein Tag Ferien, und schon kreisten seine Gedanken um so unwichtige Dinge wie den Rasen. Wahrscheinlich würde die Sache noch schlimmer werden.

Was sollte er nur mit sich anfangen, bis das Sommersemester begann?

Er würde sich Zettel schreiben, damit er das Essen nicht vergaß, und diese Zettel an Kühlschrank, Sofa, Bett und Toilette kleben.

Licht von der hinteren Veranda erhellte seinen Garten, der längst nicht so groß war wie der von einem mit Geißblatt bewachsenen Metallzaun geschützte der Waverleys. Bereits zweimal seit seinem Einzug hatte Tyler Teenager von diesem Zaun gezerrt, die zum Apfelbaum wollten. Er fand das albern, denn auf dem Campus des College standen mindestens sechs ausgewachsene Apfelbäume. Warum mussten sie unbedingt über einen drei Meter hohen Zaun mit Metallspitzen klettern, wenn sie die Apfelbäume auf dem Campus ohne Mühe erreichen konnten? Als er den Kids das erklärte, sahen sie ihn an, als wäre er nicht ganz bei Trost. Dieser Apfelbaum, sagten sie, sei etwas ganz Besonderes.

Während er am Zaun entlangging und den süßen Duft des Geißblatts einsog, stieß er mit dem Fuß gegen einen Apfel. Hier lagen mehrere, und gerade fiel wieder einer herunter. Dies war das erste Mal, dass Obst in sein Grundstück kullerte, von dem aus er den Baum nicht einmal sehen konnte.

Er nahm einen kleinen rosigen Apfel in die Hand, polierte ihn mit seinem Hemd und biss hinein.

Tyler nahm sich vor, die Äpfel am folgenden Tag in eine Kiste zu legen und seiner Nachbarin Claire zu bringen. Das wäre ein guter Vorwand, sie wiederzusehen. Wahrscheinlich würde auch Claire ihn in eine Sackgasse führen.

Aber was soll's, dachte er.

Mach einfach, was du am besten kannst.

Als er den Fuß auf die unterste Stufe der Veranda setzte, hatte er eine bemerkenswerte Vision.

ZWEI

Zehn Tage zuvor
Seattle, Washington

Sydney trat ans Bett ihrer Tochter. »Wach auf, Liebes.«

Als Bay die Augen aufschlug, legte Sydney einen Finger auf die Lippen des kleinen Mädchens.

»Wir gehen, und weil Susan das nicht mitbekommen soll, müssen wir wie besprochen leise sein.«

Bay schlüpfte wortlos aus dem Bett und verschwand ins Bad, wo sie daran dachte, nicht zu spülen, weil die beiden Häuser Mauer an Mauer standen und Susan alles hörte. Dann zog sie ihre Schuhe mit den weichen, leisen Sohlen und die warmen Sachen an, die Sydney für den kühlen Morgen bereitgelegt hatte.

Währenddessen lief Sydney unruhig auf und ab. David war geschäftlich in L. A.; die ältere Dame im Nachbarhaus hatte auf seinen Wunsch in seiner Abwesenheit ein Auge auf Sydney und Bay. Schon seit einer Woche schmuggelte Sydney Kleidung und Nahrungsmittel in einer Umhängetasche aus dem Haus, wenn sie die von Susan überwachten Dinge tat, die David ihr erlaubte. Montags, dienstags und donnerstags durfte sie mit Bay in den Park und freitags in den Lebensmittelladen. Zwei Monate zuvor hatte sie auf dem Spielplatz Greta kennengelernt, die fragte, warum sie so viele blaue Flecken habe und so nervös sei. Und dann half sie Sydney, einen alten Subaru für dreihundert Dollar zu erstehen – ein großer Teil des Geldes, das Sydney in den vergangenen zwei Jahren in Ein-Dollar-Scheinen aus Davids Brieftasche geholt und zwischen den Sofakissen versteckt oder anders beiseite geschafft hatte. Sydney konnte nur hoffen, dass Greta das Auto tatsächlich an den vereinbarten Platz stellte. Das letzte Mal hatte sie am Donnerstag mit ihr gesprochen, heute war Sonntag. Am Abend würde David zurückkommen.

David flog alle zwei oder drei Monate nach L. A., um vor Ort zu überprüfen, wie das Restaurant lief, an dem er beteiligt war, und mit seinen Partnern, alten Collegekumpeln aus UCLA-Tagen, zu feiern. Wenn er nach Hause kam, war er zufrieden und aufgedreht, aber seine gute Laune hielt nur so lange an, bis er Sex wollte und Sydney den Frauen in L. A. nicht das Wasser reichen konnte. Früher einmal war sie wie diese gewesen, spezialisiert auf gefährliche Männer, genau wie ihre Mom – einer der Gründe, warum sie Bascom nur mit einem Rucksack und ein paar Fotos ihrer Mutter verlassen hatte.

»Ich bin so weit«, flüsterte Bay, als sie sich zu Sydney gesellte.

Sydney ging in die Hocke, um ihre Tochter zu umarmen, die fünf war, also alt genug, um zu begreifen, was lief. Immerhin schlug David Bay einer unausgesprochenen Übereinkunft folgend nicht, solange Sydney tat, was er sagte. Aber ein befriedigendes Arrangement war das nicht. Bascom bot, obwohl Sydney den Ort verachtete, Sicherheit, die Bay dort endlich kennenlernen würde.

»Komm, Liebes«, sagte Sydney, den Tränen nahe.

Früher waren ihr Abschiede leicht gefallen, die, bevor sie David kannte, auf der Tagesordnung standen. Jetzt nahm die Angst davor ihr fast den Atem.

Von North Carolina aus war Sydney nach New York gegangen, wo sie untertauchen konnte, weil der Name Waverley niemandem etwas sagte. Sie zog bei Schauspielern ein, die ihren Südstaatenakzent erlernten, während sie versuchte, ihn loszuwerden. Nach einem Jahr folgte sie einem Mann nach Chicago, der sich seinen Lebensunterhalt mit Autodiebstählen verdiente. Als er erwischt wurde, zog sie mit seinem Geld, das ungefähr ein Jahr reichte, nach San Francisco. Dort nahm sie den Namen einer alten New Yorker Freundin an, damit er sie nicht aufspüren konnte: Cindy Watkins. Als das Geld aufgebraucht war, fing sie als Kellnerin in Las Vegas an. Und die junge Frau, die sie schließlich auf der Fahrt von dort nach Seattle kennenlernte, hatte eine Freundin, die in einem Lokal mit dem hübschen Namen David's on the Bay arbeitete und Jobs für sie beide organisierte.

Sydney fand David, den Inhaber, sofort attraktiv, nicht weil er so gut ausgesehen hätte, sondern weil er Stärke ausstrahlte. Starke Männer gefielen ihr, bis zu dem Punkt, an dem sie sich vor ihnen zu fürchten begann, und dann gab sie für gewöhnlich Fersengeld. Inzwischen besaß sie großes Geschick darin, mit dem Feuer zu spielen, ohne sich zu verbrennen. David fing etwa ein halbes Jahr, nachdem sie ihn kennengelernt hatte, an, ihr Angst zu machen. Manchmal schlug er sie grün und blau, band sie am Bett fest und erklärte ihr, wie sehr er sie liebe. Irgendwann begann er, ihr zum Lebensmittelladen und zu Freundinnen zu folgen. Sie beschloss, ihn zu verlassen und mit seinem Geld und einer jungen Frau aus dem Waschsalon nach Mexiko zu gehen, doch dann stellte sie fest, dass sie schwanger war.

Bay kam sieben Monate später zur Welt, von David nach seinem Restaurant benannt. Im ersten Jahr gab Sydney dem Baby die Schuld an allem, was schiefgegangen war. David fand sie inzwischen widerlich; er jagte ihr schreckliche Angst ein. Und weil er ihre Furcht spürte, verprügelte er sie noch häufiger. So hatte sie das nicht geplant. Sie wollte keine Familie und auch nie bei einem der Männer bleiben. Aber jetzt musste sie das wegen Bay.

Eines Tages jedoch änderte sich alles. Sie wohnten damals noch in dem Apartment. Bay war gerade ein Jahr alt und spielte auf dem Boden still mit der sauberen Wäsche im Korb. Plötzlich sah Sydney sich selbst in dem Alter, wie sie sich allein beschäftigte, während ihre Mutter händeringend im Haus der Waverleys in Bascom auf und ab lief, bevor sie wieder einmal ohne Vorwarnung verschwand. Ein mächtiges Gefühl stieg in ihr auf; ihre Haut begann zu prickeln, und sie stieß einen tiefen Seufzer aus. In diesem Augenblick hörte sie auf, wie ihre Mutter sein zu wollen, die ihre Töchter ohne ein Wort der Erklärung im Stich gelassen hatte und nicht mehr wiedergekommen war. Sydney würde eine gute Mutter sein, die ihr Kind schützte. Sie brauchte ein Jahr, um zu begreifen, dass sie ihrer Tochter wegen nicht bleiben musste. *Sie konnte Bay mitnehmen.*

Sydney hatte die Kunst des Weglaufens so sehr perfektioniert, dass sie sich in einem trügerischen Gefühl der Sicherheit wiegte. Sie absolvierte einen Friseurkurs und verließ gerade den Salon in Boise, wo sie sich den ersten Job gesichert hatte, als sie David auf dem Parkplatz entdeckte. Bevor sie ihn sah, stieg ihr der Duft von Lavendel in die Nase, den sie glaubte seit Bascom nicht mehr gerochen zu haben. Er schien aus dem Salon zu dringen und sie zurücklocken zu wollen.

Doch da zerrte David sie schon zum Wagen. In ihrer Überraschung wehrte sie sich nicht, weil sie sich vor den anderen im Salon nicht blamieren wollte. David fuhr den Wagen hinter ein Fastfoodlokal, wo er sie mit den Fäusten traktierte, bis sie das Bewusstsein verlor. Als sie aufwachte, war er dabei, sie auf dem Rücksitz zu bumsen. Hinterher brachte er sie in ein Motelzimmer, wo sie sich waschen konnte. Als sie im Bad einen Zahn ins Waschbecken spuckte, erklärte er ihr, es sei alles ihre Schuld. Später holten sie Bay aus der Kinderkrippe, über die er die beiden aufgespürt hatte.

Zu Hause in Seattle flammte sein Zorn dann immer wieder unvermittelt auf. Bay spielte im Nachbarzimmer, während Sydney ihr ein Erdnussbutter-Sandwich strich oder duschte, als plötzlich David auftauchte und sie in den Bauch boxte oder sie gegen die Arbeitsfläche stieß, ihr die Shorts herunterriss und ihr prophezeite, dass sie ihn nicht noch einmal verlassen würde.

In den vergangenen beiden Jahren, seit Boise, roch

Sydney jedes Mal, wenn sie einen Raum betrat, den Duft von Rosen oder Geißblatt. Er schien immer von einem Fenster oder einer Tür zu kommen, von einem Weg nach draußen.

Eines Nachts, als sie Bay leise vor sich hin weinend beim Schlafen zusah und sich fragte, wie es ihr gelingen könnte, für die Sicherheit ihres Kindes zu sorgen, fügte sich unvermittelt alles zu einem großen Ganzen.

Der Duft von Rosen und Geißblatt erinnerte sie an ihr Zuhause.

Und dorthin mussten sie.

Sie und Bay schlichen vor Anbruch der Dämmerung nach unten. Da Susan von ihrem Haus aus sowohl die vordere als auch die hintere Tür sehen konnte, traten sie ans Wohnzimmerfenster, das auf die kleine Wiese ging und aus dem Sydney das Fliegenschutzgitter entfernt hatte. Nun öffnete sie es, um Bay hinauszuheben, der sie anschließend ihre Umhängetasche, einen Koffer und Bays kleinen Rucksack reichte, den diese selbst hatte packen dürfen und in dem sich all die Dinge befanden, die ihr Trost spendeten. Sydney kroch hinaus und führte Bay durch die Hortensiensträucher zum Parkplatz. Greta hatte ihr versprochen, den Subaru vor dem Häuserblock in der nächsten Straße abzustellen, die Schlüssel hinter der Sonnenblende. Der Wagen war nicht versichert, aber das kümmerte Sydney nicht. Wichtig war nur, dass sie damit fliehen konnten.

Es begann zu nieseln, als sie und Bay, den Schein der Straßenlaternen meidend, den Gehsteig entlanghasteten.

Sydney hingen die Haare nass in die Augen, als sie die

vereinbarte Stelle erreichten. Sie sah sich um. Wo war der Wagen? Sie rannte auf dem Parkplatz hin und her, auf dem lediglich ein Subaru stand, doch der war verschlossen und zu neu, um nur dreihundert Dollar gekostet zu haben. Außerdem befanden sich im Innern Zeitungen und eine Eddie-Bauer-Kaffeetasse. Er gehörte eindeutig jemand anders.

Sydney schaute auch auf dem nächsten Parkplatz nach, um sicher zu sein.

Der Wagen war nicht dort.

Sie rannte zu Bay zurück, entsetzt darüber, dass sie ihre Tochter allein gelassen hatte. Eine solche Nachlässigkeit durfte sie sich nicht mehr erlauben. Nicht jetzt. Sie setzte sich zwischen einem Honda und einem Ford-Pickup auf die Bordsteinkante und vergrub das Gesicht in den Händen. Zu ihrem alten Leben als Cindy Watkins konnte und wollte sie nicht zurück.

Bay drückte sich an sie, und Sydney legte einen Arm um sie.

»Es kommt schon alles in Ordnung, Mommy.«

»Das weiß ich. Lass uns einfach ein bisschen hier sitzen, ja? Ich muss überlegen, was wir jetzt tun.«

Um vier Uhr morgens zuckte Sydney zusammen, als sie einen Wagen herankommen hörte. Sie schob Bay so nahe wie möglich an den Pickup heran, damit sie nicht entdeckt würden. Was, wenn das Susan war? Was, wenn sie David von ihrem Fluchtversuch erzählt hatte?

Die Scheinwerfer schienen nach etwas zu suchen. Sydney beugte sich über Bay und schloss die Augen, als würde das etwas nützen.

Der Wagen blieb stehen, eine Tür wurde zugeschlagen.

»Cindy?«

Als Sydney den Blick hob, sah sie Greta, eine klein gewachsene blonde Frau, die immer Cowboystiefel und zwei große Türkisringe trug.

»Mein Gott«, flüsterte Sydney.

»Tut mir leid«, entschuldigte sich Greta und kniete vor ihr nieder. »Ich wollte den Wagen hier abstellen, aber jemand aus dem Wohnblock hat mich verjagt, weil die Parkplätze für die Bewohner reserviert sind. Ich bin jede halbe Stunde vorbeigefahren, um nachzuschauen, ob ihr da seid.«

»Mein Gott.«

»Alles in Ordnung«, beruhigte Greta Sydney, zog sie hoch und führte sie und Bay zu einem Subaru mit Plastikplane über der kaputten Scheibe auf der Beifahrerseite und Rostflecken überall. »Fahr, so weit die Kiste durchhält.«

»Danke.«

Greta nickte und kletterte auf den Beifahrersitz des Jeep, der ihr auf den Parkplatz gefolgt war.

»Siehst du, Mommy?«, sagte Bay. »Ich wusste doch, dass alles gut wird.«

»Ich auch«, log Sydney.

Am Morgen nach Anna Chapels Party ging Claire in den Garten, um einen Korb voll Minze zu holen, weil sie mit den Vorbereitungen für den alljährlichen Lunch des Amateurbotanikervereins am Freitag in Hickory anfangen wollte. Natürlich gefiel den Botanikerinnen der Gedanke essbarer Blumen. Da die Mitglieder exzentrische, reiche und alte Damen waren, zahlten sie gut und konnten interessante Empfehlungen geben. Bei dem Auftrag handelte es sich um einen Glücksfall, aber Claire würde Hilfe anheuern müssen.

Der Garten wurde von einem starken Metallzaun, ähnlich dem eines alten Friedhofs, eingegrenzt, und das Geißblatt daran wuchs an manchen Stellen einen halben Meter dick. Sogar das Tor war von seinen Ranken bedeckt, und das Schlüsselloch lag so versteckt, dass nur wenige es fanden.

Als sie eintrat, fiel ihr Blick sofort darauf, weil darüber winzige Efeublätter sprießten, die dort nichts zu suchen hatten.

Efeu im Garten.

Über Nacht.

Der Garten sagte ihr, dass etwas hineinzugelangen versuchte, etwas, das hübsch und harmlos wirkte, aber alles überwuchern würde, wenn man es ließe.

Claire zog den Efeu heraus und grub nach den Wurzeln. Als sie nach einer Weile eine haarige Ranke entdeckte, die sich den Fliederbusch hinaufschlängelte, ging sie hinüber.

In ihrer Eile hatte sie das Tor nicht hinter sich geschlossen, und so wandte sie eine halbe Stunde später erstaunt den Kopf, als sie Schritte auf dem Kiesweg zwischen den Blumen hörte.

Es war Tyler, der einen Milchkarton in den Händen hielt und sich umschaute, als hätte er einen verzauberten

Ort betreten, denn hier blühte alles gleichzeitig. Als er Claire entdeckte, die auf dem Boden kniend die Efeuwurzeln unter dem Fliederbusch ausgrub, blieb er stehen und blinzelte sie an, als bereitete es ihm Mühe, sie zu erkennen.

»Tyler Hughes«, stellte er sich noch einmal vor, »Ihr Nachbar.«

Sie nickte. »Ich weiß.«

Er trat auf sie zu. »Äpfel«, sagte er, ging neben ihr in die Hocke und stellte den Karton auf den Boden. »Sie sind über den Zaun in meinen Garten gefallen. Mindestens ein Dutzend. Ich wusste nicht, ob Sie sie fürs Catering brauchen, und hab sie Ihnen deshalb gebracht. An der Tür hat niemand auf mein Klingeln reagiert.«

Claire schob die Kiste so unauffällig wie möglich von ihm weg. »Ich brauch sie nicht, aber trotzdem danke. Sie mögen keine Äpfel?«

Er schüttelte den Kopf. »Ich ess nur hin und wieder einen. Keine Ahnung, wie sie in meinen Garten gelangt sind. Der Baum steht viel zu weit weg.«

Zum Glück erwähnte er nichts von einer Vision, also hatte er vermutlich keinen von den Äpfeln gegessen. »Muss der Wind gewesen sein«, mutmaßte Claire.

»Die Bäume auf dem Campus tragen um diese Jahreszeit keine Früchte.«

»Dieser Baum hier blüht im Winter und trägt den ganzen Frühling und Sommer über Äpfel.«

Tyler musterte den Baum interessiert. »Beeindruckend.«

Der Baum stand am hinteren Ende des Gartens, war

nicht sonderlich hoch, dafür aber buschig. Seine Äste breiteten sich aus wie die Arme eines Tänzers, und die Äpfel wuchsen an den Enden, als hielte der alte Baum mit seiner grauen, runzligen Rinde sie in den Händen. Das einzige Gras des Gartens befand sich rund um ihn herum.

Hin und wieder warf er mit Äpfeln, als langweilte er sich. Warum, wusste Claire nicht. Das Fenster ihres Zimmers ging auf den Garten, und in den Sommernächten ließ sie es immer offen. Manchmal, wenn sie morgens aufwachte, fand sie einen oder zwei Äpfel auf dem Boden.

Claire bedachte den Baum mit einem strengen Blick. Bisweilen genügte das, ihn in seine Schranken zu weisen. »Es ist nur ein Baum«, sagte sie und wandte sich wieder dem Fliederbusch zu, um weiter an den Efeuwurzeln zu ziehen.

Tyler schob die Hände in die Taschen und sah ihr beim Arbeiten zu. Sie kümmerte sich nun schon so viele Jahre allein um ihren Garten, dass ihr erst jetzt bewusst wurde, wie sehr sie sich Gesellschaft wünschte. Tylers Anwesenheit erinnerte sie an die Zeit mit ihrer Großmutter.

»Wohnen Sie schon lange in Bascom?«, fragte Tyler irgendwann.

»Fast mein ganzes Leben.«

»Fast?«

»Meine Familie stammt von hier, und meine Mutter wurde in Bascom geboren. Sie ging auf Reisen, kam aber zurück, als ich sechs war. Seitdem bin ich da.«

»Also sind Sie von hier.«

Claire erstarrte. Wie war das möglich? Wie gelang ihm das mit fünf kurzen Worten? Er sagte ihr genau das, was sie hören wollte, und drang zu ihr vor, ohne zu wissen, wie. Er war wie der Efeu. Sie wandte den Kopf, um seinen schlaksigen Körper, seine verlegene Miene, seine schönen braunen Augen zu betrachten. »Ja«, bestätigte sie atemlos.

»Und wer sind Ihre Gäste?«, erkundigte sich Tyler.

Es dauerte einen Moment, bis sie registrierte, was er sagte. »Ich habe keine Gäste.«

»Vor Ihrer Tür steht ein Wagen voller Kisten und Tüten. Ich habe den Eindruck, dass die Leute, denen er gehört, bei Ihnen einziehen wollen.«

»Das ist merkwürdig«, sagte Claire, erhob sich und streifte die Arbeitshandschuhe ab, bevor sie sich aus dem Garten entfernte, Tyler im Schlepptau. Sie war froh, dass er ihr folgte, weil sie ihn nicht mit dem Apfelbaum allein lassen wollte, auch wenn er keine Äpfel mochte.

Neben dem Tulpenbaum vor dem Haus blieb sie stehen. Tyler trat zu ihr und legte ihr die Hände auf die Arme, als hätte er bemerkt, dass sie weiche Knie bekam.

Noch mehr Efeu.

Im vorderen Teil des Gartens spielte ein etwa fünf Jahre altes Mädchen mit ausgestreckten Armen Flieger. Eine an einen alten Subaru gelehnte Frau beobachtete die Kleine. Sie wirkte zerbrechlich, hatte ungewaschenes hellbraunes Haar und dunkle Ringe unter den Augen.

Claire fragte sich, ob ihre Großmutter sich so gefühlt hatte wie sie jetzt, als ihre Tochter Lorelei mit der sechsjährigen Claire nach Jahren der Abwesenheit nach Hause zurückgekehrt war: die Erleichterung, der Zorn, die Trauer, die Panik.

Endlich gelang es ihr, sich aus ihrer Erstarrung zu lösen, und sie ging auf die beiden zu. Tyler blieb zurück.

»Sydney?«

Sydney stieß sich vom Wagen ab und musterte Claire eingehend, bevor sie lächelte. Plötzlich verschwand die unsichere Frau und machte der alten überheblichen Sydney Platz, die nicht wusste, welch ein Geschenk es war, hier geboren zu sein. »Hallo, Claire.«

Claire blieb ein paar Meter von ihr entfernt auf dem Gehsteig stehen. Vielleicht war die Frau ein Geist oder jemand, der Sydney nur unglaublich ähnlich sah. Die Sydney, die Claire kannte, würde sich niemals so gehen lassen, ein fleckiges T-Shirt zu tragen. »Wo hast du dich rumgetrieben?«

»Überall und nirgends«, antwortete Sydney mit einem strahlenden Lächeln, und plötzlich war es egal, wie ihre Haare und ihre Kleidung aussahen.

Das kleine Mädchen rannte zu Sydney und kuschelte sich an sie. »Das ist meine Tochter Bay.«

Die Kleine hatte dunkles Haar wie Claire, aber Sydneys blaue Augen. »Hallo, Bay.«

»Und wer ist das …?«, fragte Sydney.

»Tyler Hughes«, stellte er sich vor und streckte ihr die Hand hin. Claire, die nicht gemerkt hatte, dass er neben sie getreten war, zuckte zusammen. »Ich wohne da drüben, im Nachbarhaus.«

Sydney schüttelte seine Hand und nickte. »Das von den Sandersons. Sieht gut aus. Früher war's nicht blau, sondern eher schimmelig weiß.«

»War schon so, als ich's gekauft hab.«

»Ich bin Sydney Waverley, Claires Schwester.«

»Erfreut, Sie kennenzulernen. Ich geh dann mal lieber. Claire, wenn Sie irgendetwas brauchen sollten …« Er drückte ihre Schulter, bevor er sich verabschiedete. Claire war verwirrt, wollte, dass er blieb. Aber natürlich konnte er das nicht. Jetzt war sie allein mit Sydney und deren Tochter und hatte keine Ahnung, was sie tun sollte.

Sydney hob die Augenbrauen. »Toller Typ.«

»Waverley«, sagte Claire.

»Was?«

»Du hast dich als Waverley vorgestellt.«

»Stimmt ja auch, oder?«

»Ich dachte, du hasst den Namen.«

Sydney zuckte die Achseln.

»Was ist mit Bay?«

»Sie heißt auch Waverley. Geh doch spielen, Liebes«, schlug Sydney Bay vor, die zurück in den Garten rannte. »Nicht zu fassen, wie schön das Haus ist. Frisch gestrichen, neue Fenster, neues Dach. Ein Traum.«

»Ich hab Oma Waverleys Lebensversicherung in die Sanierung gesteckt.«

Sydney wandte sich kurz ab, vorgeblich, um Tyler nachzublicken, wie er die Stufen zu seiner Veranda hinaufging und im Haus verschwand. Erst jetzt wurde Claire klar, dass die Nachricht vom Tod ihrer Großmutter Sydney überrascht hatte. Aber erwartete sie wirklich, Oma noch hier vorzufinden? »Wann?«, fragte Sydney.

»Wann was?«

»Wann ist sie gestorben?«

»Vor zehn Jahren, an Heiligabend, in dem Jahr, in dem

du verschwunden bist. Ich hatte keine Möglichkeit, dich zu informieren. Wir wussten nicht, wo du warst.«

»Oma wusste es. Ich hab's ihr gesagt. Äh … hast du was dagegen, wenn ich die Klapperkiste hinters Haus stelle?« Sydney schlug auf die Motorhaube. »Irgendwie ist mir das Ding peinlich.«

»Was ist mit Omas altem Wagen passiert, den sie dir geschenkt hat?«

»Den hab ich ihn New York verscherbelt. Oma hat gesagt, ich kann ihn verkaufen, wenn ich möchte.«

»In New York hast du dich also rumgetrieben?«

»Da war ich nur ein Jahr. Dann bin ich in der Gegend herumgezogen. Genau wie Mom.«

Sie sahen sich in die Augen, und plötzlich wurde es sehr still. »Was willst du hier, Sydney?«

»Ich brauch einen Platz, wo ich bleiben kann.«

»Wie lange?«

Sydney holte tief Luft. »Ich weiß es nicht.«

»Du kannst Bay nicht hierlassen.«

»*Was?*«

»Wie Mom uns hiergelassen hat.«

»Ich würde meine Tochter nie irgendwo lassen!«, rief Sydney empört aus, und plötzlich wurde Claire bewusst, wie viel ihre Schwester nicht erzählte. Etwas Schlimmes musste geschehen sein, wenn sie hierher zurückkam. »Soll ich dich auf Knien anflehen, Claire?«

»Nein.«

»Ich weiß nicht, wo ich sonst hin soll«, presste Sydney hervor.

Sydney gehörte zur Familie, und die, das hatte Claire

unter Schmerzen gelernt, war nicht selbstverständlich. Aber sie wusste auch, dass Verwandte einen stärker verletzen konnten als jeder andere auf der Welt. »Hast du schon gefrühstückt?«

»Nein.«

»Dann mach ich dir was.«

»Komm, Bay, ich fahr den Wagen hinters Haus«, rief Sydney, und Bay rannte zu ihrer Mutter.

»Bay, magst du Erdbeer-Pop-Tarts?«, fragte Claire.

Bays Lächeln war das Ebenbild von Sydneys Kinderlachen. Fast tat es Claire weh, es zu sehen, denn es erinnerte sie an all die Dinge, die sie so gern ungeschehen gemacht hätte, zum Beispiel, dass sie Sydney aus dem Garten vertrieben hatte, als diese sehen wollte, was Claire und ihre Großmutter dort trieben, und dass sie Rezepte auf hohen Regalen versteckte, damit Sydney ihre Geheimnisse niemals erfuhr. Claire hatte sich immer gefragt, ob sie schuld daran war, dass Sydney den Namen Waverley hasste. Würde ihre Tochter die Waverleys auch hassen? Bay ahnte es noch nicht, aber sie besaß eine Gabe. Vielleicht konnte Claire ihr beibringen, sie zu nutzen. Claire wusste nicht, ob sie und Sydney je eine Versöhnung schaffen würden, doch möglicherweise gelang es ihr, die Fehler der Vergangenheit durch Bay wiedergutzumachen.

Innerhalb weniger Minuten veränderte sich Claires Leben. Ihre Großmutter hatte Claire und Sydney bei sich aufgenommen; Claire würde das Gleiche für Sydney und Bay tun. Ohne Fragen zu stellen – das war Waverley-Art.

»Pop-Tarts liebe ich!«, rief Bay aus.

»Woher wusstest du das?«, fragte Sydney Claire erstaunt.

»Ich hatte keine Ahnung«, antwortete Claire und wandte sich dem Haus zu. »Aber Evanelle.«

Sydney parkte den Subaru neben einem weißen Minivan hinter dem Haus. Bay hüpfte aus dem Wagen, Sydney folgte ihr ein wenig langsamer mit ihrer Umhängetasche und Bays Rucksack und ging dann nach hinten, um das Washingtoner Nummernschild abzumontieren und zu verstauen. Jetzt gab es keinerlei Hinweis mehr darauf, wo sie herkamen.

Bay stand auf dem Weg, der das Haus vom Garten trennte. »Bleiben wir wirklich hier?«, fragte sie, schon zum x-ten Mal seit ihrer Ankunft.

Sydney holte tief Luft. Sie konnte es selbst kaum glauben. »Ja.«

»Das ist das Haus einer Prinzessin.« Bay deutete auf das offene Tor. »Darf ich mir die Blumen ansehen?«

»Nein, das sind Claires Blumen.« Da hörte sie einen dumpfen Schlag, und ein Apfel rollte ihr aus dem Garten vor die Füße. Sie betrachtete ihn nachdenklich. Keiner in ihrer Familie hatte es je seltsam gefunden, einen Baum zu besitzen, der die Zukunft vorhersagen und Menschen mit Früchten bewerfen konnte. Aber immerhin war diese Begrüßung besser als die von Claire. Sie kickte den Apfel zurück in den Garten. »Und halt dich von dem Apfelbaum fern.«

»Ich mag Äpfel sowieso nicht.«

Sydney ging vor Bay in die Hocke, strich ihr die Haare

hinter die Ohren und zupfte ihre Bluse zurecht. »Also gut: Wie heißt du?«

»Bay Waverley.«

»Und wo bist du geboren?«

»In einem Greyhound-Bus.«

»Wer ist dein Vater?«

»Den kenne ich nicht.«

»Woher kommst du?«

»Von überall und nirgends.«

Sie ergriff die Hände ihrer Tochter. »Du weißt, warum du so antworten musst, oder?«

»Weil wir hier nicht mehr die sind, die wir waren.«

»Du erstaunst mich.«

»Danke. Glaubst du, Claire wird mich mögen?«

Als Sydney sich erhob, wurde ihr kurz schwarz vor den Augen. Ihre Haut begann zu prickeln, und sie musste blinzeln. Sie war so müde, dass sie sich kaum noch auf den Beinen halten konnte, aber das durfte sie Bay nicht zeigen, und Claire auch nicht. Sydney rang sich ein Lächeln ab. »Sie wäre verrückt, wenn sie es nicht täte.«

»Ich kann sie gut leiden. Sie ist ein bisschen wie Schneewittchen.«

Sie betraten das Haus durch den Wintergarten, und Sydney sah sich voller Ehrfurcht um. Die Küche war vollständig renoviert und nahm nun auch den größten Teil des früheren Esszimmers ein. Hier glänzte überall Edelstahl, und es gab zwei große Profikühlschränke sowie zwei Herde.

Sie setzten sich wortlos an den Küchentisch, während Claire Kaffee kochte und zwei Pop-Tarts in den Toaster schob. Claire hatte sich verändert – nicht drastisch, sondern fast unmerklich, ähnlich, wie das Licht sich im Lauf des Tages wandelt und unterschiedliche Farbschattierungen erzeugt. Sie wirkte nicht mehr egoistisch und gierig wie früher und schien sich wohl zu fühlen in ihrer Haut, genau wie einst ihre Großmutter.

Sydney wurde bewusst, dass Claire schön war. Das schien auch ihr Nachbar zu merken, der sie ganz offensichtlich attraktiv fand. Und Bay war ebenfalls fasziniert von ihr; sie ließ Claire nicht aus den Augen, als diese die Pop-Tarts und ein Glas Milch vor sie hinstellte.

»Du machst also in Catering?«, fragte Sydney schließlich. »Ich hab den Lieferwagen draußen gesehen.«

»Ja«, antwortete Claire und wandte sich in einer Wolke aus Minz- und Fliederdüften ab. Sie trug die Haare, die ihre Schultern schützend umhüllten wie ein Schal, nun länger als früher. Wenn Sydney sich mit etwas auskannte, dann damit. Sie liebte die Friseurkurse und die Arbeit im Salon in Boise. Haare sagten mehr über die Menschen aus, als sie ahnten, und Sydney verstand ihre Sprache instinktiv.

Als sie an ihrem Kaffee nippte, stellte sie fest, dass Zimt darin war, wie früher bei Oma Waverley. Ihre Hand begann zu zittern, und sie musste die Tasse absetzen.

Wann hatte sie das letzte Mal geschlafen? In den vergangenen zehn Tagen immer nur ein paar Minuten in Raststätten und auf Wal-Mart-Parkplätzen. In ihrem Kopf lief ein endloses Highwayband ab, und sie spürte nach wie vor das Summen der Straße in den Knochen.

»Komm, Bay«, sagte Sydney, sobald ihre Tochter fertig gefrühstückt hatte. »Lass uns raufgehen.«

»Ich hab die Betten mit neuen Laken von Evanelle bezogen«, bemerkte Claire.

»In welchem Zimmer?«

»Du kannst dein früheres haben, und Bay schläft in meinem alten. Ich hab jetzt das von Oma«, erklärte sie mit dem Rücken zu ihnen, während sie begann, große Mehl- und Zuckerbehälter aus den Schränken zu hieven.

Sydney ging mit Bay zur Treppe, wo diese ihr vorausrannte und oben auf sie wartete. Im ersten Stock führte Sydney sie zuerst zu Claires früherem Zimmer, in dem nun andere Möbel als zehn Jahre zuvor standen. Der Nähtisch zum Beispiel hatte sich einst im Wohnraum befunden und das Bett bei ihrer Großmutter. Bay lief zum Fenster. »Hier gefällt's mir!«

»Tante Claire hat Stunden an diesem Fenster zugebracht und hinaus auf den Garten gestarrt. Du kannst bei mir schlafen, wenn du möchtest. Von meinem Zimmer aus hat man einen Blick auf das blaue Haus nebenan.«

»Vielleicht.«

»Ich hol jetzt unsere Sachen rein. Hilfst du mir?«

»Darf ich oben bleiben?«, fragte Bay.

Sydney war zu müde für eine Diskussion. »Aber bitte geh nicht aus diesem Zimmer. Wenn du dir das Haus anschauen möchtest, machen wir das gemeinsam.«

Bevor Sydney die Schachteln und Tüten aus dem Wagen holte, wollte sie noch einen Blick in ihr altes Zimmer werfen. Als Kind hatte sie dort viel Zeit allein verbracht, manchmal mit Phantasien darüber, von ihrer bösen Schwester eingeschlossen zu sein, wie im Märchen. Noch zwei Jahre, nachdem ihre Mutter verschwunden war, hatte Sydney mit einem zu einem Seil verknoteten Laken unter dem Bett geschlafen, damit sie aus dem Fenster klettern könnte, wenn ihre Mutter zurückkäme, um sie zu retten. Doch dann war sie älter und klüger geworden und hatte irgendwann gemerkt, dass ihre Mutter nicht wiederkehren würde. Und von da an konnte Sydney es gar nicht mehr erwarten, sich ebenfalls aus dem Staub zu machen, mit ihrem Freund Hunter John Matteson, mit dem die Liebe ewig währen würde.

Sie holte tief Luft, bevor sie den Raum voller Ehrfurcht betrat, wie eine Kirche mit Erinnerungen. Ihr Bett und ihr Frisiertisch befanden sich nach wie vor darin, und an dem Ganzkörperspiegel klebten noch immer einige ihrer alten Sticker. Als sie den Schrank öffnete, entdeckte sie darin allerlei von Mäusen angenagte Laken. Aber im Ganzen wirkte das Zimmer gepflegt. Sie konnte nirgendwo Staub entdecken, und es roch vertraut, nach Gewürznelken und Zedernholz. Claire hatte es nicht einfach mit Dingen vollgestellt, die sie nicht mehr benötigte, und auch Sydneys Sachen nicht entfernt.

Sydney setzte sich auf die Bettkante und begann stumm zu weinen, damit Bay, die im Nachbarzimmer leise vor sich hin sang, sie nicht hörte.

Zehn Tage unterwegs.

Sie brauchte ein Bad.

Claire sah hübscher und sauberer aus als sie.

Oma Waverley gab es nicht mehr.

Bay gefiel es hier, aber es war ihr noch nicht klar, was es hieß, eine Waverley zu sein.

Was machte David gerade?

Hatte sie irgendwelche verräterischen Hinweise zurückgelassen?

So vieles hatte sich geändert, doch ihr Zimmer war noch genauso wie früher.

Sie kroch zu dem Kissen am Kopfende des Betts und rollte sich zusammen. Bereits wenige Sekunden später schlief sie tief und fest.

DREI

Das männliche Hinterteil war ein Kunstwerk, anders konnte man es nicht ausdrücken.

Die jungen Jogger auf der Collegeaschenbahn wirkten so fit und voller Elan, dass sie für Evanelle, selbst wenn sie jemals das Bedürfnis verspürt hätte, ihnen etwas zu schenken, uneinholbar gewesen wären. Offenbar ahnte ihre Gabe das und meldete sich nie, wenn sie während des Schuljahrs ihre Runde drehte. Aber im Sommer waren ältere, langsamere Leute hier unterwegs, und manchmal musste Evanelle ihnen einfach ein Ketchuptütchen oder eine Pinzette geben. Eines Tages überreichte sie einer alten Frau sogar ein Glas Sauerbaumhonig, was ihr einen seltsamen Blick einbrachte.

An jenem Morgen beschloss Evanelle, statt zur Aschenbahn in Richtung Ortszentrum zu gehen, bevor die Läden öffneten. Am Marktplatz waren immer Jogger. Sie folgte einer Gruppe von ihnen zu Fred's Gourmet Grocery, wo sie eher zufällig durchs Fenster sah. Im Innern holte Fred, deutlich früher, als er normalerweise zur Arbeit erschien, gerade strumpfsockig und mit zerknitterter Kleidung einen Behälter Joghurt aus der Abteilung mit den Milchprodukten. Wahrscheinlich, dachte Evanelle, hatte der Rosengeranienwein bei James nicht gewirkt und Fred die Nacht im Laden verbracht. Manchmal meinen Menschen, die lange zusammen sind, früher sei alles besser gewesen, auch wenn das letztlich nicht stimmt. Erinnerungen werden mit der Zeit weich wie Pfirsiche.

Fred und James waren ein Paar, das wussten alle, und ihre Homosexualität übersah man einfach, weil ihre Verbindung schon so lange währte. Trotzdem legte Fred, ein zutiefst treuer Mensch, Wert darauf, dass die Leute eine gute Meinung von ihm hatten. In dieser Hinsicht ähnelte er seinem Vater, obwohl er das natürlich nie zugegeben hätte. Wenn jemand ihn kritisierte, beschäftigte ihn das lange, und er änderte sein Verhalten. Deshalb sollte niemand erfahren, dass er und James Probleme hatten.

Evanelle hätte ihm gern etwas geschenkt, um ihm zu helfen, doch ihr fiel einfach nichts ein. Sie konnte ihm nichts geben außer Rat, und den nahmen die meisten Menschen nicht allzu ernst. Evanelle war nicht so geheimnisvoll oder klug wie ihre Waverley-Verwandten in dem Queen-Anne-Haus in der Pendland Street, aber sie besaß die Gabe der Vorsehung. Schon als kleines Mädchen hatte sie ihrer Mutter Handtücher gebracht, bevor sie die Milch verschüttete, die Fenster geschlossen lange, ehe der Sturm über den Ort hinwegfegte, oder dem Geistlichen ein Bonbon gegeben, bevor er während der Predigt einen Hustenanfall bekam.

Als Evanelle ihren späteren Mann kennenlernte, waren sie beide sechs Jahre alt, und sie schenkte ihm einen kleinen schwarzen Stein, den sie an jenem Tag auf der Straße gefunden hatte. In der Nacht klopfte er damit gegen ihre Scheibe, und sie wurden die besten Freunde. Nach achtunddreißig Jahren Ehe ohne das Bedürfnis, ihm je wieder etwas zu geben, verspürte sie dann irgendwann plötzlich den Drang, ihm einen neuen Anzug zu kaufen – weil er keinen guten hatte, in dem man ihn in der folgenden Woche hätte begraben können. Sie empfand es als frustrierend, nicht zu wissen, wozu die Leute ihre Geschenke benötigten. Wenn sie sich in ihrem Haus besonders einsam fühlte, überlegte sie manchmal, was geschehen wäre, wenn sie ihrem Mann den Anzug nicht gekauft hätte.

Sie beobachtete Fred, wie er zu den Regalen mit den Picknickutensilien ging und einen Beutel mit Plastiklöffeln aufriss, bevor er den Joghurt öffnete. Evanelle begann darüber nachzudenken, wie schön es wäre, in einem Lebensmittelladen zu leben oder, noch besser, in einem Wal-Mart oder der Einkaufspassage, weil es dort sogar Betten und riesige Lebensmittelabteilungen gab. Plötzlich merkte sie, dass Fred, den Plastiklöffel im Mund, ihren Blick durchs Fenster erwiderte.

Sie winkte ihm lächelnd zu.

Er kam zur Tür. »Kann ich dir irgendwie helfen, Evanelle?«, fragte er und trat zu ihr hinaus.

»Nein. Ich bin zufällig vorbeigekommen und hab dich gesehen.«

»Möchtest du mir was geben?«, erkundigte er sich.

»Nein.«

»Ach«, sagte er, als wünschte er sich etwas von ihr, das alles einrenken würde. Doch in Beziehungen ging es hart zu. Dafür gab es keine Heilmittel. Er blickte sich um, ob jemand sie bemerkt hatte, bevor er sich zu Evanelle vorbeugte und ihr zuflüsterte: »Ich hab ihn gestern und vorgestern gebeten, früher heimzukommen, aber er ist überhaupt nicht aufgetaucht. Was soll ich bloß allein mit mir anfangen, Evanelle? Er kann einfach besser Entscheidungen treffen als ich. Am Abend wusste ich nicht mal, wann ich kochen sollte. Wenn ich zu früh anfing und er doch noch erschien, konnte ich nicht mit ihm zusammen essen. Aber wenn ich zu lange wartete, wurde es überhaupt zu spät. Um zwei Uhr früh hab ich die Sachen fürs Frühstück vorbereitet, für den Fall, dass er nach Hause käme. Dann wollte ich hier ein paar Dinge holen, doch normalerweise schreibt James mir eine Einkaufsliste, und als ich hier war, hatte ich keine Ahnung, was ich mitnehmen sollte. Ich dachte die ganze Zeit: Was, wenn er keine Grapefruit möchte? Und was, wenn ich Kaffeebohnen nehme, die er nicht mag? Am Ende bin ich auf dem Sofa im Büro eingeschlafen. Ich weiß nicht mehr, was ich tue.«

Evanelle schüttelte den Kopf. »Was sein muss, muss sein. Du zögerst es nur raus. Das macht die Sache bloß schlimmer. Glaub mir, ich weiß Bescheid.«

»Ich geb mir ja Mühe«, sagte Fred. »Ich hab Rosengeranienwein von Claire gekauft.«

»Das meine ich nicht. Ich finde, du solltest mit ihm reden, nicht nur darauf warten, dass er heimkommt. Ruf ihn an und hör auf, dich zu drücken.« Da nahm Freds Gesicht einen störrischen Ausdruck an, und Evanelle musste lachen. »Na schön, dazu bist du also noch nicht bereit. Vielleicht funktioniert der Wein ja, wenn du James dazu bringst, ihn zu trinken. Aber egal, was du machst: Es ist besser, du tust es mit Schuhen an den Füßen.«

Fred sah an sich hinunter, und als sein Blick auf seine Socken fiel, verschwand er entsetzt im Laden.

Seufzend ging Evanelle weiter. Die meisten morgendlichen Jogger waren inzwischen verschwunden, also würde sie nach Hause gehen und sauber machen, bevor sie Sydney besuchte. Claire hatte bei ihrem Anruf am Vorabend nervös geklungen, als sie Evanelle von Sydneys Rückkehr erzählte. Evanelle hatte sie beruhigt, ihr gesagt, dass sich schon alles fügen werde, denn es sei gut, nach Hause zu kommen, weil nichts dieses Zuhause ersetze.

Evanelle ging am White Door Salon vorbei, wo Frauen mit zu viel Zeit und Geld beträchtliche Summen für neue Frisuren und Massagen ausgaben. Dann blieb sie vor Maxine's stehen, dem schicken Klamottenladen, in dem die Damen gern nach ihrem Besuch im White Door Salon einkauften. Im Schaufenster entdeckte sie ein blaues Seidenhemd.

Sie betrat das Geschäft, obwohl es eigentlich noch nicht geöffnet hatte. Ihre Gabe war wie ein Mückenstich, der erst zu jucken aufhörte, wenn sie sich kratzte.

Unvermittelt verspürte sie das Bedürfnis, Sydney dieses Hemd zu kaufen.

Sydney schreckte aus dem Schlaf hoch und sah auf die Uhr. Sie hatte nicht eindösen wollen. Sie stolperte ins Bad, um Wasser aus dem Hahn zu trinken und sich damit zu erfrischen.

Dann ging sie zu Bays Zimmer. Ihr Bett war gemacht, und ihre Lieblingskuscheltiere saßen auf den Kissen. Nachdem Sydney oben überall nachgeschaut hatte, lief sie voller Panik nach unten. Wo steckte Bay?

Als Sydney die Küche betrat, wähnte sie sich urplötzlich im Himmel. Hier war ihre Großmutter, in jedem Duft.

Zuckrig-süß.

Würzig-scharf.

Hefig-frisch.

Oma Waverley hatte so gekocht und Claire immer eine Möglichkeit gefunden, Sydney aus der Küche zu vertreiben, so dass diese vom Flur aus dem Blubbern der vor sich hin köchelnden Sauce, dem Zischeln in den Pfannen, dem Klappern der Töpfe, dem Gemurmel von Claire und Oma Waverley lauschen musste.

Auf der Edelstahlarbeitsfläche befanden sich zwei große Schüsseln, die eine voll mit Lavendel, die andere mit Löwenzahnblättern. Brotlaibe lagen warm dampfend auf dem Tisch. Und Bay stand mit einem Pinsel auf einem Stuhl neben Claire und bemalte Stiefmütterchen mit Eiweiß. Claire nahm die Blüten eine nach der anderen und tauchte sie vorsichtig in extrafeinen Zucker, bevor sie sie auf Backpapier legte.

»Wie hast du das alles in so kurzer Zeit geschafft?«, fragte Sydney ungläubig.

»Hallo«, begrüßte Claire sie. »Wie fühlst du dich?«

»Gut, danke. Das Nickerchen war nötig.«

Bay sprang herunter, rannte zu Sydney und umarmte sie. Sie trug eine blaue Schürze mit der weißen Aufschrift *Waverley's Catering*, die so lang war, dass sie auf dem Boden schleifte. »Ich helfe Claire, Stiefmütterchen zu kandieren, die oben auf den Pudding kommen. Schau.« Sie eilte zu ihrem Stuhl zurück.

»Vielleicht später, Liebes. Lass uns die Sachen aus dem Wagen holen, dann kann Claire ungestört arbeiten.«

»Bay und ich haben alles schon gestern reingebracht«, sagte Claire.

Sydney sah noch einmal auf die Uhr. »Wie bitte? Ich hab doch bloß zwei Stunden geschlafen.«

»Ihr seid gestern Morgen hier angekommen. Du hast sechsundzwanzig Stunden geschlafen.«

Sydneys Herz setzte einen Schlag aus; sie stolperte zu einem Stuhl und sank darauf. Sie hatte ihre Tochter sechsundzwanzig Stunden lang allein gelassen? Hatte Bay Claire von David erzählt? Hatte Claire sich um Bay gekümmert und sie ins Bett gebracht? »Bay …«

»Hat mir geholfen«, sagte Claire. »Sie redet nicht viel, lernt aber schnell. Gestern haben wir den ganzen Tag gekocht und am Abend ein Schaumbad gemacht. Und seit heute Morgen kochen wir weiter.«

Hielt Claire ihre Schwester für eine schlechte Mutter? Dieses Haus verwirrte Sydney. Hier wusste sie nie so recht, wer sie war.

»Möchtest du einen Kaffee?«, fragte Claire. »Evanelle hat gesagt, sie schaut heute vorbei.«

»Bleib da, Mommy, und schau zu, was ich kann.«

Reiß dich zusammen, dachte Sydney. »Gut, Liebes, ich bleibe.« Sie schenkte sich einen Kaffee ein. »Wie geht's Evanelle?«

»Gut. Sie brennt darauf, dich zu sehen. Nimm dir doch

ein bisschen Lavendelbrot. Bay und ich haben uns schon eine Scheibe von dem Laib da drüben runtergeschnitten. Kräuterbutter gibt's auch.«

Sorgte Claire sich um sie? Im Lauf der Jahre hatte Sydney viel über sie nachgedacht und meist ihr eigenes abenteuerliches Leben mit dem langweiligen ihrer Schwester in dem blöden Bascom verglichen, nicht zuletzt deshalb, weil sie, Sydney, immer neidisch darauf gewesen war, wie wohl Claire sich in ihrer Haut zu fühlen schien. Und Claire hatte sich gefreut, als sie gegangen war. Doch jetzt sorgte sie sich um sie und sagte ihr, sie solle etwas essen. Sydney war so hungrig, dass sie einfach ein Stück Brot abriss, Kräuterbutter darauf strich, hineinbiss und verzückt die Augen schloss. Nach einer Weile begann sie, sich in der großen Küche umzusehen. »Beeindruckend«, sagte sie. »Das hätte ich dir nicht zugetraut. Sind das Omas Rezepte?«

»Manche, zum Beispiel die Löwenzahnquiche und das Lavendelbrot.«

»Die hast du mich damals nie sehen lassen.«

Claire wischte sich die Finger an der Schürze ab. »Das ist alles für einen Auftrag morgen in Hickory. Ich hab zwei Mädchen angerufen, die mir im Sommer manchmal helfen, aber wenn du Geld brauchst, kannst du mir auch zur Hand gehen.«

Sydney bedachte sie mit einem merkwürdigen Blick. »Du möchtest, dass ich dir helfe?«

»Normalerweise schaff ich es allein, doch für größere Aufträge brauch ich Unterstützung. Wirst du morgen noch hier sein?«

»Klar«, antwortete Sydney. »Glaubst du mir etwa nicht?«

»Tja, dann hilf mir, solange du hier bist.«

»Dass ich das Geld brauche, liegt wohl auf der Hand.«

Claire lächelte, und Sydney gefiel die Verbindung, die sich zwischen ihnen aufzubauen begann.

Mutiger geworden, sagte sie: »Erzähl mir mehr von diesem Tyler.«

Claire wandte sich mit gesenktem Blick ab. »Was soll mit ihm sein?«

»Ist er heute schon dagewesen?«

»Gestern war er das erste Mal hier, um mir Äpfel von meinem Baum zu bringen, die in seinen Garten gefallen sind.«

»Hast du sie vergraben?«

»Wir vergraben die Äpfel, die vom Baum fallen, doch immer«, antwortete Claire. Bay sah sie neugierig an. Sydney spürte ein Gefühl der Angst in sich aufsteigen; sie wollte das, was hier vor sich ging, so lange wie möglich vor Bay verbergen.

»Zurück zu Tyler«, sagte Sydney, bevor Bay Fragen stellen konnte. »Ist er verheiratet?«

»Keine Ahnung.« Claire schob das Backblech mit den Stiefmütterchen in den warmen Ofen.

»Interessiert er dich?«

»Nein«, antwortete Claire zu hastig.

»Er gehört hierher«, sagte Bay.

Claire wandte sich ihr zu.

»Sie hat sehr genaue Vorstellungen davon, wo die Dinge hingehören«, bemerkte Sydney.

»Das erklärt manches. Ich hab sie gebeten, mir eine Gabel zu holen, und sie ist sofort zur richtigen Schublade gegangen.« Claire sah Bay nachdenklich an.

»Nein«, sagte Sydney. »Belaste sie nicht damit.«

»Tu ich nicht.« Claire klang verletzt. »Dir hat auch niemand was aufgezwungen. Du bist sogar so weit weggelaufen, wie du konntest, und niemand hat dich aufgehalten.«

»Der ganze Ort wollte es mir aufzwingen! Ich hab versucht, normal zu sein, und keiner ließ mich.« Die Töpfe über der Arbeitsfläche begannen gefährlich zu schwingen. Sydney holte tief Luft. Sie hatte völlig vergessen, wie sensibel das Haus reagieren konnte, wie die Bodendielen zu vibrieren begannen, wenn jemand wütend wurde, wie die Fenster aufgingen, wenn alle gleichzeitig lachten. »Entschuldigung. Ich wollte nicht streiten. Wie kann ich dir helfen?«

»Im Moment ist nichts zu tun. Bay, dich brauch ich jetzt auch nicht mehr.« Claire nahm Bay die Schürze ab. »Hast du einen schwarzen Rock und eine weiße Bluse? Dann könntest du mir morgen beim Servieren zur Hand gehen«, sagte Claire.

»Ich hab eine weiße Bluse«, antwortete Sydney.

»Einen Rock kannst du dir von mir leihen. Hast du schon mal serviert?«

»Ja.«

»Du hast also als Kellnerin gearbeitet?«

Sydney schob Bay aus der Küche. Fliehen, stehlen, *Männer*. Damit kannte Claire sich nicht aus. Sydney würde Claire nichts über ihre Vergangenheit erzählen.

Jedenfalls noch nicht. So etwas sagte man nicht jedem, nicht einmal der eigenen Schwester, wenn man nicht glaubte, dass sie einen verstand. »Auch«, antwortete sie also nur.

Am späten Nachmittag sah Sydney von der Veranda aus zu, wie Bay im Garten Rad schlug. Als Evanelle sich näherte, lächelte sie. Evanelle trug einen blauen Jogginganzug und wie immer eine Umhängetasche über der Schulter. Früher hatte Sydney gern geraten, was sich darin befand, und nun hoffte sie, dass Bay das auch Spaß machen würde. Evanelle gehörte zu dem wenigen Positiven, das die Waverley-Familie zu bieten hatte.

Evanelle unterhielt sich kurz mit Tyler, der im Garten versonnen und ein wenig gelangweilt einen großen Haufen gemähtes Gras betrachtete. Er hatte ziemlich lange Haare, offenbar, damit die Naturlocken glatt wurden.

Nach der Sache mit David konnte Sydney sich eigentlich keine Beziehung mehr vorstellen, aber beim Anblick von Tyler bekam sie ein komisches Gefühl. Sie begehrte ihn nicht, und er fand ihre Schwester attraktiv, doch der Gedanke, dass es auch anständige Männer gab, ließ sie Hoffnung schöpfen. Vielleicht nicht für sich selbst, sondern für andere, glücklichere Frauen.

Sobald Evanelle sich von Tyler verabschiedet hatte, begrüßte Sydney sie. »Evanelle!«, rief sie aus, als sie die alte Dame umarmte. »Claire hat mir gesagt, dass du vorbeischauen würdest. Schön, dass du da bist. Du siehst aus wie immer.«

»Alt.«

»Wunderschön. Was wolltest du denn drüben bei Tyler?«

»Heißt er so? Ich hatte den Eindruck, dass er Säcke fürs Gras braucht. Zum Glück hatte ich welche dabei. Hier ist seine Telefonnummer.« Sie reichte Sydney einen Zettel.

Sydney warf verlegen einen Blick darauf. »Evanelle, ich bin nicht ... ich möchte nicht ..«

Evanelle tätschelte Sydneys Hand. »Schätzchen, keine Ahnung, was du damit machen sollst. Ich weiß bloß, dass ich dir den Zettel geben muss. Keine Angst, ich will euch nicht verkuppeln.«

Sydney lachte erleichtert.

»Ich hab noch was für dich.« Evanelle kramte eine Weile in ihrer Umhängetasche herum, bevor sie die Einkaufstüte mit dem Aufdruck einer schicken Boutique am Marktplatz darin fand, an die Sydney sich gut erinnerte. Schulkameradinnen mit reichen Eltern kauften bei Maxine's. Sydney arbeitete den ganzen Sommer, um auch dort shoppen und aussehen zu können, als gehörte sie dazu. Evanelle holte ein wunderschönes blaues Seidenhemd heraus. Es war zwar ungefähr drei Nummern zu groß, aber Sydney hatte schon lange nichts so Luxuriöses mehr besessen seit damals, mit dem Geld von ihrem Freund, dem Autodieb. David war wohlhabend, jedoch nicht großzügig; er belohnte, bereute und entschuldigte sich nicht.

Sydney setzte sich auf die Stufen, hielt das Hemd an die Nase und atmete den Duft des Ladens ein, der sie an feines Papier und englisches Parfüm erinnerte. »Mein Gott, wie schön.«

Evanelle setzte sich neben Sydney und begann, wieder in ihrer Tasche zu suchen. »Ich weiß, es ist zu groß. Hier, die Quittung. Heute Morgen war ich im Ort unterwegs, um mir ein paar knackige Männerärsche anzuschauen, und bei Maxine's musste ich an dich denken und dieses Hemd kaufen, in dieser Größe.«

Nun gesellte sich Bay zu ihnen, die vorsichtig die Finger über den weichen Stoff in Sydneys Händen gleiten ließ. »Evanelle, das ist meine Tochter Bay.«

Als Evanelle das Kinn vorreckte, begann Bay zu kichern. »Sie sieht aus wie deine Großmutter als kleines Mädchen. Dunkles Haar, blaue Augen. In ihren Adern fließt Waverley-Blut, das steht fest.«

Sydney legte schützend den Arm um Bay. *Nein*, dachte sie. »Erdbeer-Pop-Tarts mag sie besonders gern. Danke.«

»Es ist immer schön, wenn die Dinge ihre Bestimmung finden.« Evanelle tätschelte Sydneys Knie. »Wo ist Claire?«

»In der Küche. Sie bereitet einen Lunch vor.«

»Wirst du ihr helfen?«

»Ja.«

Evanelle musterte sie mit wachen Augen. Sydney hatte sie immer gemocht. Welches Kind liebt keine alten Frauen, von denen es Geschenke bekommt? Doch Claire schien Evanelle von jeher besser zu verstehen. »Vergiss nicht: Claire bittet ungern um etwas.« Bay rannte zurück in den Garten, um für sie Rad zu schlagen, und sie lobten sie. Es verging eine Weile, bis Evanelle sagte: »Es ist nicht leicht, um Hilfe zu bitten, und war mutig von dir, hierherzukommen. Ich bin stolz auf dich.«

Die alte Frau wusste Bescheid, das erkannte Sydney nun.

Es war Freitagnachmittag, fast fünf Uhr, als Claire, Sydney und Bay von dem Catering-Auftrag für den Lunch in Hickory zurückkehrten. Bay schlief im Wagen. Da Sydney sie noch nicht so lange bei Evanelle lassen wollte, hatte Claire gesagt: »Wir nehmen sie mit.« Einfach so.

Bay machte es Spaß, und die alten Damen vom Amateurbotanikerverein mochten sie sofort. Während Claire und Sydney Teller abräumten oder Drinks nachfüllten, ordnete Bay instinktiv alles richtig ein.

Nun trug Sidney Bay hinauf, brachte sie ins Bett und schaltete einen der Ventilatoren ein, die Claire vom Speicher geholt hatte, weil sich allmählich sommerliche Hitze im Haus ausbreitete. Dann schlüpfte sie in Shorts und T-Shirt. Claire würde es ihr vermutlich gleichtun, bevor sie die Sachen aus dem Lieferwagen holte.

Doch als Sydney nach unten kam, hatte Claire bereits alles in die Küche gebracht und war dabei, die Spülmaschine einzuräumen und die Karaffen in heißem Wasser einzuweichen. Sie trug immer noch Bluse und Rock und die blaue Schürze.

»Ich wollte dir helfen«, sagte Sydney.

Claire sah sie überrascht an. »Das schaff ich schon. Wenn ich Leute anheuere, dann nur fürs Servieren. Entspann dich. Ich wusste nicht, ob dir Bargeld oder ein Scheck lieber ist, und hab mich für Bares entschieden. Der Umschlag liegt da drüben.« Sie deutete auf den Küchentisch.

Sydney reagierte nun ihrerseits erstaunt. War es denn kein guter Tag gewesen? Hatten sie nicht prima harmoniert? Den Damen beim Lunch schmeckten Claires Gerichte, und Sydney machten sie Komplimente für ihre Servierkünste, obwohl sie anfangs nervös war. In ihrer Zeit als Kellnerin hatte sie Gäste betrogen und immer wieder mal zu wenig herausgegeben. Wenn sie es merkten, versuchte sie, sie mit einem Lächeln und einem Flirt abzulenken. Es schadete auch nicht, dass sie normalerweise mit dem Inhaber des Lokals ins Bett ging, der sich in solchen Fällen auf ihre Seite schlug. Sydney kannte alle Tricks. Sie hatte Angst gehabt, dass das Servieren sie in alte Gewohnheiten verfallen lassen würde. Doch das geschah nicht. Es war ein gutes Gefühl, ehrlich und hart zu arbeiten. Das erinnerte sie an die schöne Zeit in Boise im Friseursalon, an die schmerzenden Füße und Hände und die Haare der Kundinnen, die nach dem Schneiden unter ihre Kleidung rutschten und kratzten. All das hatte sie geliebt.

Doch jetzt brauchte Claire ihre Hilfe nicht mehr. Sydney musterte ihre Schwester. Sie würde verrückt werden, wenn sie nichts anderes tun durfte, als Claire hin und wieder auszuhelfen. Claire ließ sie ja nicht einmal die Hausarbeit erledigen. »Kann ich denn überhaupt nichts machen?«

»Nein. Ich hab da meine Strukturen.«

Schweigend nahm Sydney den Umschlag und verließ das Haus durch die Hintertür, um zu ihrem Subaru zu gehen. Sie lehnte sich dagegen und zählte die Scheine. Claire war sehr großzügig. Mit diesem Geld konnte Sydney tatsächlich etwas anfangen. Wahrscheinlich erwartete Claire das auch von ihr. Sie sollte den Wagen volltanken, sich mit Leuten treffen.

Aber es gab niemanden, den sie gern hätte wiedersehen wollen.

Sie legte das Kuvert zusammen und steckte es in die Gesäßtasche ihrer abgeschnittenen Jeans. Da sie nicht ins Haus zurück und Claire beim Arbeiten zusehen wollte, begann sie, Kiesel von der Auffahrt wegzukicken. Claire würde den Weg bestimmt später rechen und alles wieder in Ordnung bringen.

Sydney schaute hinüber zu Tylers Haus. Sein Jeep stand davor. Einem plötzlichen Impuls folgend, durchquerte sie den Garten, klopfte an seine Tür und wartete, die Hände in den Taschen.

Nach einer Weile hörte sie Schritte, und er öffnete. Tyler trug Jeans und ein T-Shirt voller Farbspritzer und wirkte irgendwie zerzaust und geistesabwesend, als fragte er sich permanent, wohin die Zeit verschwinde.

»Hallo«, begrüßte sie ihn, als er sie verwirrt musterte. »Ich bin Sydney Waverley, von nebenan.«

Jetzt lächelte er. »Ach ja, ich erinnere mich.«

»Ich wollte nur mal vorbeischauen und hallo sagen.« Sein Blick wanderte neben und hinter sie. Schließlich streckte er den Kopf ganz heraus, um zum Waverley-Haus hinüberzusehen. Sydney fragte sich, wie Claire diesen Mann so in ihren Bann hatte ziehen können. Vielleicht stand er auf Frauen, die das Heft in der Hand hatten. »Ich bin ohne Claire da.«

Er wirkte enttäuscht. »Entschuldigung, wie unhöflich

von mir«, sagte er und trat einen Schritt beiseite. »Kommen Sie doch herein.«

Als die alte Dame Sanderson noch in dem Haus wohnte, war Sydney ein paarmal hier gewesen. Jetzt wirkte es heller und roch sehr viel besser, denn Mrs. Sanderson hatte Katzen geliebt. Im Wohnzimmer befanden sich eine hübsche rote Couch und einige bequeme Sessel, allerdings an merkwürdigen Stellen, als hätten die Umzugsleute sie dort vergessen. An den Wänden lehnten Reihen um Reihen ungerahmter Gemälde, und überall standen Pappkartons herum. »Ich wusste gar nicht, dass Sie erst eingezogen sind.«

Er strich sich die Haare zurück. »Vor ungefähr einem Monat. Ich will schon die ganze Zeit auspacken, aber im Moment male ich in der Küche. Wie spät ist es?«

»Kurz nach fünf. In welcher Farbe streichen Sie die Küche denn?«

Er schüttelte lachend den Kopf. »Nein, nein, ich mein's wörtlich. Dort steht meine Staffelei.«

»Ach, Sie sind Maler!«

»Ich unterrichte Kunst am Orion College.« Er schob Zeitungen von einem Stuhl auf den Boden. »Setzen Sie sich doch.«

»Wie lange sind Sie schon in Bascom?«, erkundigte sie sich.

»Ungefähr ein Jahr.« Er sah sich nach einem weiteren Platz zum Sitzen um, fuhr sich wieder mit der Hand durch die Haare, schob eine Strähne aus der Stirn.

»Ich könnte Ihnen die Haare schneiden, wenn Sie wollen.«

Er bedachte sie wieder mit diesem bekümmerten Blick. »Das vergesse ich immer. Könnten Sie das wirklich?«

»Ich hab eine abgeschlossene Friseurausbildung …«

»Ach. Danke.« Er hob eine Kiste vom Sofa und setzte sich. »Schön, dass Sie gekommen sind. Ich kenne noch niemanden von meinen Nachbarn. Außer Mrs. Kranowski vielleicht, die den halben Tag mit der Jagd nach ihrem Hund Edward zu verbringen scheint.«

»Ja, an Mrs. Kranowski erinnere ich mich. Wie alt ist sie inzwischen, hundert?«

»Aber immer noch ganz schön flink.«

Sydney lachte. »Ich schau morgen mit meinem Köfferchen vorbei. Haben Sie was dagegen, wenn ich meine Tochter mitbringe?«

»Aber nein.«

Sydney musterte ihn eine Weile. »Meine Schwester gefällt Ihnen also?«

Die Frage überraschte ihn, aber es kam ihm nicht in den Sinn, sie nicht zu beantworten. »Sie reden nicht lange um den heißen Brei herum, was? Aber ja … ich mag sie. Ich finde sie *faszinierend*.« Er beugte sich lächelnd vor und stützte die Ellbogen auf die Knie. Seine Begeisterung wirkte ansteckend. Sydney erwiderte sein Lächeln. »Ich hab von ihr geträumt, ein ungewöhnlicher Traum. Sie hatte kürzere Haare und trug ein Stirnband …« Er lehnte sich wieder zurück. »Ich hör jetzt lieber auf, bevor ich mich lächerlich mache.«

Sie fand nicht, dass er sich lächerlich machte. Im Gegenteil: Er klang nett, und fast beneidete sie Claire. »Meine Tochter mag sie auch.«

»Allzu glücklich scheinen Sie darüber nicht zu sein.«

»So sollte das nicht klingen.« Sydney seufzte. »Es ist nur nicht so wie erwartet. Claire und ich haben uns als Kinder oft gestritten. Ich glaube, wir waren beide sehr froh, als ich weggegangen bin. Sie konnte mich damals nicht besonders gut leiden. Und ich hätte nicht gedacht, dass sie Bay mögen könnte.«

»Wie lange waren Sie weg?«

»Zehn Jahre. Ich hätte nie gedacht, dass ich zurückkommen würde.« Sie schüttelte den Kopf, wie um ihre Gedanken loszuwerden. »Stört Sie mein Besuch? Sie interessieren sich für meine Schwester, nicht für mich, also haben wir keinen Stress miteinander. Ich muss nur manchmal raus aus diesem Haus. Soll ich uns eine Pizza bestellen? Ich lade Sie ein.«

»Klingt gut. Ich glaub, ich hab heut noch nichts gegessen.« Tyler musterte sie nachdenklich. »Sie können vorbeischauen, wann immer Sie wollen, aber gibt es denn hier keine alten Freunde, die Sie gern wiedersehen würden?«

Alte Freunde. Fast hätte sie gelacht. Falsche Kanaillen und Weicheier, ja. Alte Freunde, nein. »Nein. Das hat wahrscheinlich damit zu tun, dass ich nicht damit gerechnet habe, nach Bascom zurückzukehren.«

»Sie haben also alle Brücken hinter sich abgebrochen?«, fragte Tyler. Offenbar war er doch nicht so geistesabwesend, wie er auf den ersten Blick wirkte.

»Tja, so könnte man es ausdrücken.«

VIER

Als Emma Clark sich an jenem Abend am anderen Ende des Orts für den Wohltätigkeitsball bereit machte, ahnte sie nicht, dass ihre Welt bald aus dem Lot geraten würde. Vielmehr freute sie sich schon auf das Rampenlicht, in dem sie wie immer stehen würde.

Clark-Frauen liebten den großen Auftritt, besonders vor Männern. Und die umschwirrten sie ihrer erotischen Ausstrahlung wegen wie Motten das Licht. Sie machten *immer* eine gute Partie.

Emma Clarks Mann Hunter John Matteson, der gesellige, gut aussehende, sportliche Erbe eines Familienunternehmens, das Wohnwagen herstellte, war der beste Fang im Ort, das wusste jeder. Emmas Mutter, eine kluge Frau, hatte ihre Tochter schon als Kleinkind in Position gebracht. Sie verkehrten in den gleichen Kreisen, also war es nicht schwierig, die Kinder zusammenzubringen. Einen Sommer machten die Familien sogar gemeinsam Ferien auf Cape May. »Wie süß die beiden zusammen aussehen«, schwärmte Emmas Mutter die ganze Zeit.

Es gab nur ein Problem: Den Manövern ihrer Mutter, Emmas Schönheit und gesellschaftlicher Stellung sowie der Tatsache, dass sie die Jungs seit ihrem fünfzehnten Lebensjahr hinter den unüberdachten Sitzen des Sportstadions beglückte und jeder Mann sie wollte, zum Trotz war Hunter John die ganze Highschool-Zeit über hoffnungslos in Sydney Waverley verliebt.

Natürlich wusste er, dass er sich nicht mit ihr abgeben sollte, denn Leute seines Schlags hatten nichts mit Waverleys zu tun. Aber seinen Freunden blieben seine Gefühle für sie nicht verborgen. Er schmachtete sie mit Blicken an und benahm sich wie jeder liebeskranke Teenager.

Als er sechzehn wurde, fragte er Sydney in seinem einzigen Akt der Rebellion, ob sie mit ihm ausgehen wolle, und zur Überraschung aller erlaubten seine Eltern ihm das. »Lass dem Jungen den Spaß«, sagte sein Vater zu seiner Mutter. »Sie ist hübsch und scheint nicht diese seltsame Waverley-Ader zu haben. Mein Junge weiß, was von ihm nach der Schule erwartet wird. Ich hab mir vor der Ehe auch die Hörner abgestoßen.«

Das war der zweitschlimmste Tag in Emmas Leben.

In den folgenden zwei Jahren blieb Hunter Johns Clique nichts anderes übrig, als Sydney aufzunehmen, weil sie und Hunter John unzertrennlich waren. Emmas Mutter riet dieser, den Mund zu halten und den Feind zu beobachten, und so freundete Emma sich mit Sydney an, obwohl sie Höllenqualen litt. Sie lud sie immer wieder ein, bei ihr zu übernachten. Das Haus von Emmas Eltern hatte viele Zimmer, doch Sydney musste auf dem Boden schlafen. Sydney machte das nichts aus, weil sie es daheim bei den Waverleys nicht aushielt; alles war besser als dort. Am Ende gesellte Emma sich dann meist zu Sydney auf den Boden, diskutierte oder machte Hausaufgaben mit ihr. Sydney war zwar nur eine Waverley, aber clever und kurzweilig und hatte einen unfehlbaren Geschmack in puncto Frisuren. Emma würde nie vergessen, wie sie sich einmal von Sydney stylen ließ und an jenem Tag alles wie am Schnürchen klappte. Sogar Hunter John machte ihr ein Kompliment. Emma gelang es später nie, sich selbst so zu frisieren. Es gab Zeiten, in denen sie Sydney tatsächlich leiden konnte.

Doch dann erzählte Sydney eines Nachts, als sie wieder einmal in den Schlafsäcken auf dem Boden Geheimnisse austauschten, dass sie und Hunter John das erste Mal Sex miteinander haben wollten. Das trieb Emma vor Kummer fast die Tränen in die Augen. So lange hatte sie zusehen müssen, wie der Junge, den sie lieben sollte, mit einer anderen zusammen war, und sich dann auch noch aus strategischen Gründen mit dieser anderen angefreundet. Und jetzt würde Sydney mit ihm schlafen? Dies war Emmas ureigenstes Gebiet, und ausgerechnet Sydney sollte Hunter zuerst bekommen. Es kostete Emma allergrößte Überwindung zu warten, bis Sydney schlief, bevor sie zu ihrer Mutter rannte, um ihr alles zu erzählen.

Ihre Mutter Ariel nahm sie tröstend in den Arm und strich ihr übers Haar. Sie lag im Bett, auf den weißen Seidenlaken. In ihrem Zimmer roch es immer nach Kerzen, und der Kronleuchter schickte Lichtsplitter in den Raum. Emma wollte genau so sein wie ihre Mutter, ein Fleisch gewordener Männertraum.

»Ach, Emma«, sagte Ariel, »du machst es jetzt schon länger als ein Jahr, und zwar gut. Alle Clark-Frauen sind gut im Bett. Warum, meinst du, angeln wir uns so attraktive Ehemänner? Mach dir keine Gedanken. Jetzt hat sie ihn, du kriegst ihn den Rest deines Lebens. Es ist nur eine Frage der Zeit. Du wirst immer besser sein als sie, und Männer sollten einen Vergleich haben. Das bedeutet natürlich nicht, dass du sie nicht ein bisschen in die Irre führen könntest. Kaum zu glauben, aber viele Frauen haben Angst vor dem ersten Mal.«

Da musste Emma lachen. Clark-Frauen hatten niemals Angst vor Sex.

Ihre Mutter küsste ihre Stirn mit kühlen, weichen Lippen, bevor sie sich zurücklehnte und sagte: »Und jetzt geh mal lieber wieder in dein Zimmer. Dein Vater kommt bald nach Hause.«

Am nächsten Tag erzählte Emma Sydney allerlei furchteinflößende Dinge und gab ihr schlechte Tipps. Hinterher fragte Sydney sie nie, wie es gewesen war; der zufriedene Ausdruck auf Hunter Johns Gesicht nach dem ersten Mal mit Emma genügte ihr.

Sydney verließ Bascom, als Hunter John sich nach dem Schulabschluss von ihr trennte. Sie verlor fast den Boden unter den Füßen, als sie merkte, dass die Schulzeit eine einzige große Seifenblase gewesen war, sie und Hunter John im richtigen Leben nicht zusammen sein konnten und ihre gemeinsamen Freunde nun nicht mehr ihre Freunde sein würden. Sie mutierten zu vollwertigen Mitgliedern der Bascomer Society und mussten das gesellschaftliche Erbe der Familie antreten. Und Sydney war und blieb eben nur eine Waverley. Das verletzte sie und machte sie wütend. Niemand ahnte, dass sie die Regeln nicht kannte. Sie liebte Hunter John und glaubte, diese Liebe würde ewig halten.

Emma hätte Mitleid mit ihr gehabt, wenn nicht so offensichtlich gewesen wäre, dass Hunter John genauso litt wie Sydney. Es kostete sie ziemlich viel Mühe, ihn in jenem Sommer auf ihre Seite zu ziehen. Sogar noch, nachdem sie miteinander geschlafen hatten, redete er davon, ein College in einem anderen Teil des Landes zu besuchen. Manchmal sagte er auch, Sydney habe recht gehabt zu fliehen. Er brauche diesen Ort nicht.

Also blieb Emma keine andere Wahl.

Sie hörte auf, die Pille zu nehmen, ohne Hunter John zu informieren, und wurde schwanger.

Hunter John heiratete sie und beklagte sich nie. Nach einer Weile beschlossen sie sogar, später noch ein Kind zu haben. Er arbeitete für seinen Vater und übernahm das Familienunternehmen, als dieser sich zur Ruhe setzte. Nach der Umsiedlung seiner Eltern nach Florida zogen Emma und Hunter John in deren großes Haus. Alles schien perfekt zu sein, doch Emma wusste nie, was Hunter John empfand, und das verunsicherte sie.

Was uns zum schlimmsten Tag in Emma Clarks Leben führt.

An jenem Freitagabend ahnte Emma wie gesagt nicht, dass etwas Wichtiges sich ereignen würde, obwohl es Hinweise genug gab: Ihre Haare hingen schlaff herunter; sie entdeckte einen Pickel auf ihrem Kinn; auf dem weißen Kleid, das sie zu dem Schwarz-Weiß-Ball zugunsten des örtlichen Krankenhauses tragen wollte, entdeckte sie einen Fleck, den die Haushälterin nicht herausbekam, weshalb Emma schließlich ein schwarzes Kleid anziehen musste. Dieses war selbstverständlich atemraubend schön wie alle ihre Kleider, aber nicht das, was sie wollte, und sie fühlte sich unwohl darin.

Als sie und Hunter John eintrafen, schien alles wunderbar zu sein, sogar perfekt. Der Krankenhausball fand immer im Harold Manor statt, einem denkmalgeschützten Gebäude aus der Zeit des Bürgerkriegs, *dem* Ort für gesellschaftliche Großereignisse. Das Manor war einfach phantastisch, wie aus der Zeit gefallen. Die Herren trugen Anzüge und gestärkte Hemden, und der Händedruck der Damen fühlte sich so sanft an wie der Flügelschlag eines Schmetterlings. Clark-Frauen waren in einem solchen Ambiente zu Hause, und schon bald stand Emma wie immer im Mittelpunkt. Doch irgendwie hatte sie das Gefühl, dass die Leute sie aus den falschen Gründen umschwärmten.

Hunter John fiel das nicht auf, aber das war nichts Ungewöhnliches. Er küsste ihre Wange und verschwand in Richtung Bar, wo seine Freunde auf ihn warteten. Junge Männer bei solchen Veranstaltungen waren wie Wollmäuse, die in die Ecken huschten, aus der Reichweite von Röcken und Damenlachen.

Auf der Suche nach ihrer Mutter begegnete Emma Eliza Beaufort. Eliza war in der Highschool eine ihrer besten Freundinnen gewesen. »Halt dir die Beauforts warm«, hatte Emmas Mutter dieser empfohlen. »Dann weißt du immer, was die Leute über dich reden.«

»Endlich finde ich dich«, sagte Eliza. »Erzähl mir, wie du davon erfahren hast.«

Emma lächelte verwirrt. »Wovon?«, fragte sie mit einem Blick über Elizas Schulter.

»Du weißt es also nicht?«

»Was?«

»*Sydney Waverley ist wieder da.*« Eliza zischte die Worte fast wie einen Fluch.

Emmas Blick huschte zurück zu Eliza. Waren deswegen heute Abend alle so komisch? Weil sie wissen wollten, wie Emma auf Sydneys Rückkehr reagieren würde? Sie fand das beunruhigend.

»Sie ist seit Mittwoch da und wohnt bei ihrer Schwester«, fuhr Eliza fort. »Heute Nachmittag hat sie Claire sogar bei einem Auftrag in Hickory geholfen. Weißt du das wirklich nicht?«

»Nein. Sie ist also wieder hier. Na und?«

Eliza hob die Augenbrauen. »Ich hätte nicht gedacht, dass du das so cool nimmst.«

»Sie war uns letztlich nie wichtig. Und Hunter John ist glücklich. Ich mache mir keine Sorgen. Aber jetzt muss ich zu Ariel. Wir sehen uns nächste Woche zum Lunch, ja? Küsschen.«

Sie entdeckte ihre Mutter an einem der Tische, wo sie Champagner trank und die Leute unterhielt. Ariel wirkte wie eine Königin, elegant und zehn Jahre jünger, als sie eigentlich war. Sie hatte wie Emma blonde Haare und große Titten, fuhr ein Kabrio, trug Diamanten zu Jeans und verpasste nie ein Football-Match der Highschool-Ehemaligen. Ariel war die personifizierte Südstaatenschönheit, weinte dicke Mississippi-Tränen und duftete immer ein wenig nach Pyramidenpappeln und Pfirsichen.

Als Ariel den Blick hob, sah Emma sofort, dass sie Bescheid wusste. *Nein, nein, nein*, dachte Emma. *Bitte verdirb mir's nicht, Mama.* Ariel verabschiedete sich mit einem vielversprechenden Lächeln von Emmas Vater, das ihn schon auf ihre Rückkehr einstimmte.

»Lass uns raus auf die Veranda gehen«, sagte Ariel, hakte sich bei Emma unter und führte sie hinaus zu den Rauchern, die lächelten, denn Lächeln bedeutete, dass alles in Ordnung war. Sobald sie den abgelegensten Winkel der Terrasse erreicht hatten, begann Ariel: »Du hast bestimmt von Sydney Waverley gehört. Mach dir keine Gedanken. Das wird schon.«

»Ich mache mir keine Gedanken, Mama.«

»Ich möchte, dass du Folgendes tust«, erklärte Ariel, ohne auf ihren Einwurf zu achten. »Bemüh dich besonders um Hunter John. Nächstes Wochenende veranstalte ich eine Party für dich bei dir zu Hause. Dann sehen deine Freunde, wie schön und außergewöhnlich du bist, und Hunter John merkt, wie sehr alle ihn um dich beneiden. Am Montag gehen wir shoppen und kaufen dir ein neues Kleid. Rot steht dir am besten, und Hunter John liebt die Farbe. Apropos Kleider: Warum trägst du heute Schwarz? In Weiß siehst du viel besser aus.«

»Mama, ich mache mir keine Gedanken wegen Sydney.«

Ariel wölbte die Hände um Emmas Gesicht. »Liebes, das solltest du aber. Die erste Liebe ist immer die stärkste. Wenn du deinen Mann allerdings daran erinnerst, warum er sich für dich entschieden hat, gibt's keine Probleme.«

Nach dem Ball konnte Emma es gar nicht erwarten, Hunter John ins Bett zu bekommen; sie redete sich ein, dass ihr Eifer *nichts* mit Sydneys Rückkehr zu tun habe. Sobald sie zu Hause war, warf sie einen Blick hinein zu ihren Söhnen, die friedlich schlummerten, und wünschte dem Kindermädchen geistesabwesend eine gute Nacht. Im Schlafzimmer begann sie sofort, sich auszukleiden. Am Ende stand sie, bis auf die Stöckelschuhe und die Perlenkette, die Hunter John ihr im vergangenen Jahr zum siebenundzwanzigsten Geburtstag geschenkt hatte, splitterfasernackt da.

Hunter John kam wenige Minuten später mit einem Bier und einem Sandwich herein. Nach »Ballessen«, wie er es nannte, hatte er noch Hunger. Er tat das jedes Mal, wenn sie von einer solchen Veranstaltung heimkehrten, und obwohl Emma diese Angewohnheit nicht gerade liebte, wollte sie deswegen auch keine Auseinandersetzung beginnen. Immerhin aß er den Snack bei ihr und nicht allein in der Küche.

Dass sie nackt war, schien ihn nicht zu überraschen, stellte Emma frustriert fest. Doch er lächelte, als sie ihm Bierflasche und Sandwichteller aus der Hand nahm, beides auf das Tischchen bei der Tür stellte, ihn in Richtung Bett zog und ihn lachend auf die Matratze stieß.

»Womit hab ich das verdient?«, fragte er, als sie seinen Reißverschluss öffnete.

Sie spreizte die Beine über ihm, ohne den Blickkontakt zu unterbrechen, und verharrte so, um ihn nicht zu schnell zu erregen. Doch er versuchte, ihre Hüften herunterzuziehen, und fing an, sich unter ihr zu bewegen.

Sie liebte Sex. Aber hatte ihre Mutter recht? War das ihre einzige Begabung? Wäre Hunter John sonst noch bei ihr? Sollte sie sich wirklich Gedanken über Sydneys Rückkehr machen? »Hunter John«, flüsterte sie und beugte sich über ihn, um ihn zu küssen, »liebst du mich?«

Sein Lachen verwandelte sich in ein erregtes Stöhnen. »Raus mit der Sprache: Was hast du angestellt?«

»Was?«

»Hast du irgendwas furchtbar Teures gekauft?«, fragte er.

Das also vermutete er. Im Grunde hatte er ja recht – mit dieser Methode bekam sie immer, was sie wollte. Alles bis auf eines: Es entging ihr nicht, dass Hunter John ihre Frage nicht beantwortete, ihr nicht sagte, dass er sie liebe.

Sydney hingegen hatte er geliebt, was bedeutete, dass Emma den Rat ihrer Mutter befolgen und sich stärker um ihn bemühen musste, um ihn zu halten.

»Ich möchte mir ein rotes Kleid kaufen«, antwortete sie und kam sich dabei vor wie ein in einem Dornbusch gefangener Vogel – zerkratzt, verängstigt und *wütend*. »Ein wunderschönes rotes Kleid.«

»Ich kann's gar nicht erwarten, dich darin zu sehen.«

»Das wirst du. Und anschließend kriegst du mich ohne.«

»Das höre ich gern.«

Am Montagnachmittag legte Claire den Telefonhörer an ihrem Schreibtisch im Vorratsraum auf, ließ die Hand jedoch noch darauf ruhen.

Wenn man ahnt, dass etwas nicht stimmt, aber nicht genau weiß, was, verändert sich die Luft um einen herum.

Das spürte Claire jetzt. Der Plastikhörer war zu warm, und die Wände schienen zu schwitzen. Wenn sie hinaus in den Garten ginge, würde sie sehen, dass die Blüten der Prunkwinde sich am helllichten Tag geöffnet hatten.

»Claire?«

Sydney stand in der Tür. »Ach, hallo«, begrüßte Claire sie. »Wie lange bist du denn schon wieder da?« Sydney und Bay hatten Tyler besucht, zum vierten Mal.

»Erst ein paar Minuten. Wieso, was ist?«

»Ich weiß es nicht.« Claire nahm die Hand von dem warmen Hörer. »Gerade ist ein Auftrag für das Catering bei einem Fest von Mr. und Mrs. Matteson dieses Wochenende reingekommen.«

Sydney verschränkte die Arme vor der Brust, ließ sie aber gleich wieder sinken. Nach kurzem Zögern fragte sie: »Die Mattesons in dem großen Tudor-Haus in der Willow Springs Road?«

»Ja.«

»So kurzfristig?«

»Ja. Sie hat mir das Doppelte des üblichen Satzes versprochen, aber nur, wenn ich genug Leute zum Helfen organisiere.«

»Mrs. Matteson konnte ich immer gut leiden«, sagte Sydney seltsam aufgeregt. So etwas Ähnliches wie Hoffnung schien sich da nach oben kämpfen zu wollen. »Nimmst du den Auftrag an? Soll ich dir helfen?«

»Bist du sicher?«, fragte Claire. Sydney war früher mit Hunter John zusammen und mit Emma befreundet gewesen. Hätte sie sie wiedersehen wollen, wäre das längst möglich gewesen.

»Klar.«

Claire zuckte die Achseln. Vermutlich machte sie sich zu viele Gedanken. »Na schön. Danke.«

»Keine Ursache.«

Claire folgte Sydney in die Küche. Manches an ihr hatte sich nicht verändert, zum Beispiel ihre hellbraunen, gewellten Haare, ihre makellose, stets ein wenig gebräunte Haut oder die Sommersprossen rund um ihre Nase. Nur abgenommen hatte sie. Neben der zierlichen Sydney kam Claire sich mit ihren zehn Zentimetern mehr Größe immer ein wenig plump und unbeholfen vor.

Das waren die vertrauten Dinge.

Doch der Sonntag hielt viele Wirrungen bereit. Nach einer Woche des Zusammenlebens versuchte Claire nach wie vor, aus Sydney schlau zu werden. Sie war eine ausgezeichnete Mutter, so viel stand fest. Lorelei diente nicht gerade als leuchtendes Vorbild, ihre Großmutter hatte sich zumindest Mühe gegeben, aber beide konnten Sydney nicht das Wasser reichen. Sie ging liebevoll und aufmerksam mit Bay um, ohne sie zu bevormunden; sie ließ sie träumen und spielen. Es rührte Claire zu sehen, dass ihre kleine Schwester sich so gut in ihre Mutterrolle fügte. Wo hatte sie das nur gelernt?

Und wo hatte sie sich in den zehn Jahren herumgetrieben? Sydney war nervös, anders als früher. In der vergangenen Nacht, die Claire wieder einmal schlaflos im Garten verbracht hatte, war sie am Ende von Sydney ausgesperrt worden, die im Dunkeln immer alle Schlösser mehrfach überprüfte. Wovor rannte sie weg? Es hatte keinen Sinn, ihr Fragen zu stellen, denn dann wechselte Sydney einfach das Thema. Und auch aus Bay bekam Claire nichts heraus. Ihrer Aussage nach war sie in einem Greyhound-Bus zur Welt gekommen, und sie und ihre Mutter hatten nie irgendwo, sondern *überall und nirgends* gelebt.

Sydney ging zu dem dampfenden Topf auf dem Herd. »Ach, das hätt ich fast vergessen: Ich hab Tyler zum Abendessen eingeladen«, sagte sie und schnupperte an der Kamillen-Hühnchensuppe.

Claire sah sie mit offenem Mund an. »Was?«

»Ich hab Tyler zum Abendessen eingeladen. Das ist doch in Ordnung, oder?«

Wortlos und ohne Sydney in die Augen zu sehen, machte Claire sich auf den Weg zum Brotkasten, um einen Laib Weizenbrot herauszuholen und für Sandwiches aufzuschneiden.

»Ach, Claire«, sagte Sydney lachend. »Der Mann ist schrecklich dünn. Überall in seinem Haus hängen Zettel, damit er das Essen nicht vergisst. Gestern hat er mir ein paar von seinen Bildern gezeigt; die sind phänomenal. Aber eins schwör ich dir: Wenn er mir noch eine einzige Frage über dich stellt, schlag ich ihm vor, zum Psychiater zu gehen. Tyler ist wirklich ein netter Typ. Wenn du ihn nicht willst, soll er mir eine Chance geben.«

Claire hob den Blick. »Verbringst du deswegen so viel Zeit bei ihm? Weil Tyler dich interessiert?«

»Nein. Aber warum willst du ihn nicht?« Claire wurde durch ein Klopfen an der Haustür davor bewahrt, eine Antwort geben zu müssen. »Ist für dich«, sagte Sydney.

»*Du* hast ihn eingeladen.«

Sydney ging lächelnd zur Tür.

Claire legte das Brotmesser weg und spitzte die Ohren, um zu hören, was Tyler sagte: »Danke für die Einladung. Tolles Haus.«

»Soll ich dich rumführen?«, fragte Sydney, was Claire nervös machte. Sie wollte nicht, dass Sydney Tyler das Haus zeigte, ihm ihre Geheimnisse offenbarte.

»Gern.«

Claire schloss die Augen. *Denk nach, denk nach, denk nach*, ermahnte sie sich. Was würde Tyler dazu bringen, sie zu vergessen, sich weniger für sie zu interessieren? Welches Gericht? Sie hatte keine Zeit, etwas Spezielles zu kochen.

Ihn konnte sie nun wirklich nicht gebrauchen. Im Augenblick hatte sie genug damit zu tun, Sydney und Bay in ihr Leben zu integrieren, und zwar in dem Bewusstsein, dass sie irgendwann wieder verschwinden würden. Sydney hasste das Haus und den Ort seit jeher. Selbst jetzt versuchte sie, Bay vor »merkwürdigen« Dingen zu schützen, und erklärte ihr weder den Garten noch den Apfelbaum und auch nicht, was es bedeutete, eine Waverley in Bascom zu sein. Es wäre nur eine einzige unachtsame Bemerkung nötig, um Sydney zu vertreiben.

Aber Tyler konnte sie kontrollieren. Sie musste ihn entmutigen, deutlich, sogar unhöflich, wenn nötig. In ihrem Leben war einfach kein Platz für ihn. Im Moment ließ sie ohnehin schon zu viele Leute hinein.

Bay lief Sydney und Tyler voraus in die Küche und umarmte Claire, als wäre das das Natürlichste von der Welt, und Claire drückte sie einen Augenblick fest an sich. Bay entwand sich ihr wieder, eilte zum Tisch und setzte sich.

Claire fiel sofort auf, dass Tylers Haare geschnitten waren. Die Frisur stand ihm, ließ ihn zupackender wirken. Sein Blick richtete sich auf sie. *Was man nicht hat, kann man nicht verlieren*, dachte sie und wandte sich ab.

»Es muss schön gewesen sein, in diesem Haus aufzuwachsen«, bemerkte Tyler.

»Ja, interessant«, pflichtete Sydney ihm bei. »Auf der Treppe gibt es eine Stufe, die dritte von unten, die knarrt. Als wir Kinder waren, streckte jedes Mal, wenn jemand drauftrat, eine Maus neugierig den Kopf aus dem Astloch darin.«

Claire sah ihre Schwester erstaunt an. »Das hast du gewusst?«

»Ich bin hier aufgewachsen«, sagte Sydney und stibitzte eine Scheibe Brot, während Claire die Sandwiches bestrich und auf Teller legte. »Claire hat die ganzen verrückten Rezepte von unserer Großmutter.«

»Das hier ist kein verrücktes Rezept. Es gibt Suppe und Sandwiches mit Erdnussbutter und Marmelade.«

Sydney zwinkerte Tyler zu. »Mandelbutter- und Ingwermarmeladesandwiches.«

Plötzlich begann Claires Haut zu prickeln. Sydney hatte eine so lockere Art, mit Menschen umzugehen. Wie natürlich sie es erscheinen ließ, das Gespräch mit Tyler, als wäre es nichts Besonderes, Kontakt mit jemandem aufzunehmen, in einer Zeit, in der Kontakte so leicht abgebrochen wurden.

»Wart ihr euch als Kinder sehr nah?«, fragte Tyler.

»Nein«, antwortete Sydney, bevor Claire etwas sagen konnte.

Claire füllte drei Schalen mit Suppe und stellte sie mit den Sandwichtellern auf den Tisch. »Guten Appetit«, sagte sie, verließ die Küche und ging hinaus in den Garten. Tyler, Sydney und Bay sahen ihr erstaunt nach.

Etwa eine Dreiviertelstunde später hatte Claire das Loch am Zaun fertig gegraben und sammelte die Äpfel rund um den Baum ein. Die Luft war schwül, dick wie Sorghumsirup; in ihr lag bereits eine Ahnung des bevorstehenden Sommers.

»Hör auf damit«, schalt sie den Baum, der immer weiter Äpfel abwarf, um sie zu ärgern. »Je mehr du fallen lässt, desto mehr vergrabe ich. Du weißt ganz genau, dass du eine Woche brauchst, bis wieder neue wachsen.«

Ein kleiner Apfel landete auf ihrem Kopf.

Sie hob den Blick. Die Äste zitterten leicht, obwohl kein Wind ging. »Ich hab gesagt, hör auf damit.«

»Ist das Ihr Geheimnis?«

Als sie sich umwandte, sah sie Tyler hinter sich stehen. Wie lange war er schon dort? Sie hatte ihn nicht einmal herankommen hören, weil der Baum sie ablenkte. Verdammter Baum.

»Mein Geheimnis?«, fragte sie argwöhnisch.

»Ihr Gartengeheimnis. Sie sprechen mit den Pflanzen.«

»Ach so.« Sie drehte sich wieder um und sammelte weiter Äpfel auf. »Ja.«

»Das Essen war prima.«

»Freut mich, dass es Ihnen geschmeckt hat.« Als er keine Anstalten machte, sich zu entfernen, fügte sie hinzu: »Ich hab leider ziemlich viel zu tun.«

»Sydney hat mich schon gewarnt, dass Sie das sagen würden. Und sie meinte, ich soll trotzdem zu Ihnen rausschauen.«

»Ihr Selbstbewusstsein wirkt anziehend, ich weiß, und im Augenblick braucht sie einen Freund«, sagte Claire, schockiert über sich selbst, weil das klang, als böte sie ihre Schwester an. Natürlich wollte sie Tyler von sich ablenken, aber seine Aufmerksamkeit sollte sich nicht auf Sydney richten. Claire schloss die Augen. Hatte sie Gefühle wie Neid und Eifersucht nicht überwunden?

»Und was ist mit Ihnen? Brauchen Sie auch einen Freund?«

Sie sah ihn an. Er schien so sehr in sich zu ruhen in seiner weiten Jeans und dem lose herabhängenden Button-down-Hemd. Einen kurzen Moment verspürte sie das Bedürfnis, sich von ihm umarmen und einfach fallen zu lassen. Was war nur los mit ihr? »Ich brauche keine Freunde.«

»Brauchen Sie mehr?«

Viel Erfahrung hatte sie nicht mit Männern, aber sie verstand, was er meinte. Und sie wusste, was diese winzigen purpurfarbenen Funken rund um ihn herum bedeuteten, die man nur in der Nacht sehen konnte. »Mir gefällt, was ich habe.«

»Mir auch, Claire. Sie sind wunderschön«, sagte er. »Tja, nun ist es raus.«

Er hatte keine Angst davor, verletzt zu werden, schien das Gefühl sogar willkommen zu heißen. Einer von ihnen musste vernünftig bleiben. »Ich bin übrigens wirklich beschäftigt«, sagte sie.

»Und ich finde Sie wirklich schön.«

Sie ging zu dem Loch beim Zaun und ließ die Äpfel hineinfallen. »Ich werde noch ziemlich lange beschäftigt sein.«

Als Claire sich ihm wieder zudrehte, wandte Tyler sich grinsend zum Gehen. »Ich nicht.«

Sie sah ihm mit unsicherem Gefühl nach. Sollte das eine Drohung sein?

Ich habe alle Zeit der Welt, mich in dein Herz zu schleichen.

FÜNF

Das Haus der Mattesons sah genauso aus, wie Sydney es in Erinnerung hatte. Vermutlich hätte sie Hunter Johns Schlafzimmer auch heute noch mit geschlossenen Augen gefunden. Wenn sie früher allein im Haus waren, tat sie immer so, als würden sie zusammen dort leben. Sie malte sich im Bett ihre gemeinsame Zukunft aus. Er sagte bei der Trennung: »Ich dachte, du verstehst das.«

Damals hatte sie es nicht verstanden, heute begriff sie. Er war der einzige Mann, den sie je so geliebt hatte. Und sie wusste, dass sie Bascom auf jeden Fall verlassen hätte, egal, ob mit ihm oder ohne ihn, denn er wäre nicht in der Lage gewesen, sie so zu akzeptieren, wie sie war. Das hatte ja nicht einmal sie selbst gekonnt.

Wie früher bekam sie eine Gänsehaut an diesem Ort, an dem sie nichts verloren hatte, als Claire den Wagen vor dem Lieferanteneingang abstellte und sie die Küche betraten. Sie hätte nicht kommen sollen, musste aber die Herausforderung annehmen, wie damals, wenn sie ihre Freunde bestahl, bevor sie sich aus dem Staub machte. Auch hier würde sie etwas entwenden – Erinnerungen, die ihr nicht mehr gehörten. Warum? Weil ihre schönste Zeit in Bascom die mit der besten Partie des Orts gewesen war. Damals hatten alle sie bewundert und akzeptiert.

Sie brauchte diese guten Erinnerungen, dringender als die Mattesons. Ihnen würden sie nicht fehlen. Vermutlich hatten sie Sydney schon längst vergessen.

Die Haushälterin, die sie empfing, stellte sich als Joanne vor. Sie war um die vierzig und hatte glatte, glänzend schwarze Haare.

»Die Blumen sind bereits geliefert. Man hat mir gesagt, dass ich mit dem Arrangieren auf Sie warten soll«, erklärte Joanne. »Wenn Sie mit dem Ausladen fertig sind: Ich bin auf der Terrasse. Wissen Sie, wo die ist?«

»Ja«, antwortete Sydney selbstsicher, als Joanne durch die Schwingtür in die Vorratskammer verschwand. »Myrtle war mir sympathischer.«

»Wer ist Myrtle?«, erkundigte sich Claire.

»Die alte Haushälterin.«

»Ach«, sagte Claire.

Nachdem sie alles hereingebracht und im Kühlschrank verstaut hatten, führte Sydney Claire durchs Haus zur Terrasse. Mrs. Matteson war immer stolz auf ihre Antiquitäten gewesen, weswegen es Sydney überraschte, dass das Haus nun so … pink aussah. Im Esszimmer gab es eine rosafarbene Damasttapete, und die Stühle an dem langen Tisch waren altrosa bezogen. Dahinter befand sich das Wohnzimmer mit einer Flut von pinkfarbenen Blumenmustern auf Sofakissen und Läufern.

Die große Terrasse lag auf der rechten Seite. Eine warme Sommerbrise wehte den Geruch von Rosen und Chlor heran. Um den Pool standen runde schmiedeeiserne Tische und Stühle, und in der Ecke war kunstvoll eine Theke errichtet. Die langen Tische fürs Essen hatte man an die Wände gerückt, wo inmitten leerer Vasen und Eimer mit Blumen auch Joanne war.

Claire trat auf Joanne zu, doch Sydney blieb wie angewurzelt stehen. Ihr war ein wenig schwindlig. Das Ganze mutete sie wie ein Traum an – die im Wind flatternden weißen Leinentischdecken, die Kerzen am Pool, die wässrige Schatten warfen, die Lichter in den Büschen. Als junge Frau hatte sie sich das alles, diesen Wohlstand, so sehr gewünscht. Und jetzt erinnerte sie sich sehr deutlich, wie es sich angefühlt hatte dazuzugehören.

Auch wenn alles eine Lüge gewesen war.

Sie verschränkte die Arme vor der Brust und beobachtete, wie ein Hausmädchen hohe Sturmlampen aufstellte. Sydney hörte mit halbem Ohr zu, wie Claire Joanne erklärte, wo die Rosen, Fuchsien und Gladiolen auf den Tischen platziert werden sollten. »Die Gladiolen kommen neben die Muskatnussfüllung in den Kürbisblüten und das Fenchelhühnchen.« Man wollte den Gästen das Gefühl geben, dass sie etwas einzigartig Geplantes erlebten. Das sah Mrs. Matteson überhaupt nicht ähnlich. Und doch hatte Claire fast den ganzen Montagabend damit verbracht, mit ihr telefonisch die Speisenfolge zu besprechen, das wusste Sydney, weil sie sich in der Küche aufgehalten hatte, als Claire sagte: »Für die Liebe sollten Sie Rosen wählen.« Oder: »Zimt und Muskatnuss stehen für Wohlstand.«

Nachdem Claire mit Joanne die Blumenarrangements organisiert hatte, wollte sie wieder ins Haus zurückgehen, blieb aber stehen, als sie feststellte, dass Sydney ihr nicht folgte.

»Alles in Ordnung?«, fragte Claire.

Sydney wandte sich ihr zu. »Es ist wunderschön, findest du nicht?«, sagte sie.

»Es wirkt sehr …« Claire zögerte einen Augenblick. »Gewollt. Komm, wir müssen den Zeitplan einhalten.«

Ein paar Stunden später bemerkte Sydney in der Küche: »Jetzt begreife ich, was du vorhin mit ›gewollt‹ gemeint hast. Warum muss alles im Uhrzeigersinn auf den Tabletts angeordnet werden? Beim Lunch der Botanikerinnen haben wir das doch auch nicht gemacht.«

»Den Damen war das Essen wichtig, nicht seine Aussage.«

»Und was bedeutet das alles hier?«, fragte Sydney.

»Dass die Gäste sie als wahnsinnig verliebt und reich wahrnehmen sollen.«

»Wieso? Das weiß doch schon jeder. Haben Mr. und Mrs. Matteson Probleme? Früher wirkten sie so glücklich.«

»Ich stelle keine Fragen, sondern gebe den Menschen, was sie wollen. Bist du so weit?«, fragte Claire und ging mit zwei Tabletts in Richtung Schwingtür, um die Arrangements auf den Tischen aufzufüllen.

Sydney war gespannt, ob sie dort draußen jemanden erkennen würde. Sie hatte versucht, die Stimmen zu hören, und die Ohren gespitzt, wenn jemand lachte. Würde Hunter John auch da sein? War das wichtig? »Ja«, antwortete sie und griff nach ihren Tabletts.

Auf Partys fühlte Emma sich wie ein kleines Mädchen, das sich für seine eigene Welt verkleidet. Ihre Mutter war ihr in dieser Hinsicht früher sehr ähnlich gewesen. »Überlass das Zaubern den Waverleys«, pflegte sie zu sagen, wenn die kleine Emma ihr zusah, wie sie vor Festen Kleid um Kleid anprobierte. »Wir haben etwas Besseres. Phantasie.«

Emma stand an der Theke neben Hunter John, weil sie von dort aus das Geschehen überblicken konnte. Sie liebte Partys, aber so eine hatte sie noch nie erlebt: Jeder zweite Satz war entweder ein Kompliment oder eine neidische Bemerkung. Sie fand das herrlich.

Ariel gesellte sich mit einem Wangenküsschen zu Emma. »Liebes, du bist wunderschön. Dieses Rot ist die perfekte Farbe für dich.«

»Das war eine großartige Idee, Mama. Danke. Wer hat das Catering übernommen? Ich krieg nur Komplimente fürs Essen. Längst nicht so viele wie für mein Kleid, aber immerhin.«

Ariel drehte Emma zwinkernd so, dass sie in Richtung der Verandatüren jenseits des Pools schaute. »Das, Liebes, ist mein größtes Geschenk an dich heute Abend.«

»Was meinst du?«

»Wart's ab. Ich zeig's dir.«

Emma, die nicht verstand, was ihre Mutter meinte, lachte voller Vorfreude. »Mama, was hast du ausgeheckt? Hast du mir irgendwas gekauft?«

»Könnte man so ausdrücken«, antwortete Ariel mit geheimnisvoller Miene.

»Mama, was? Bitte, bitte, sag's mir!«

Emmas hohe Stimme brachte Hunter John dazu, sich von seinen Freunden abzuwenden. »Was ist denn los, Emma?«

Emma ergriff Hunter Johns Hand und zog ihn zu sich heran. »Mama hat mir ein Geschenk gekauft, will mir aber nicht verraten, was.«

»Ah, da ist es ja«, erklärte Ariel und deutete mit ihrem Champagnerglas über den Pool.

»Was?«, fragte Emma aufgeregt. »Wo?« Da fiel ihr Blick auf zwei junge Frauen, die gerade mit Tabletts aus dem Haus kamen, offensichtlich Serviererinnen. Erst nach einer Weile erkannte sie die eine. »Ist das nicht Claire Waverley? Du hast *sie* fürs Catering angeheuert?« Und plötzlich wurde ihr alles klar. Sie sah sich Claires Begleiterin genauer an. »Du gütiger Himmel.«

»Sydney Waverley?«, fragte Hunter John, löste seine Hand aus der Emmas und ließ sie stehen, um wie von einem Magneten angezogen auf Sydney zuzugehen.

»Mama, was hast du getan?«, herrschte Emma ihre Mutter an.

Ariel zischte ihr zu: »Nun führ dich nicht so auf und geh rüber zu ihnen. Zwing all ihre alten Freunde, sie anzusehen.«

»Nicht zu fassen, dass du das gemacht hast.«

»Sie ist wieder da, und du musst die Zügel in die Hand nehmen. Zeig ihr, dass sie keine Chance hat, sich Hunter John zurückzuholen. Und zeig deinem Mann, dass du besser bist als sie. Du bist die Prinzessin, sie ist die Serviererin. Und jetzt geh.«

Dies war der längste Weg, den Emma je zurücklegte. Hunter hatte Sydney bereits erreicht und beobachtete, wie sie die Tabletts auf den Büfetttischen abstellte. Tat sie so, als sähe sie ihn nicht? Spielte sie die Kokette? Sie war schmaler als früher und wirkte älter, aber ihr Gesicht strahlte noch immer, und ihre Haare saßen perfekt wie eh und je. Sie musste sie niemals färben oder eindrehen wie Emma seit dem zwölften Lebensjahr.

Emma stand fast schon neben Hunter John, als dieser sich räusperte und fragte: »Sydney Waverley, bist du das?«

Sydneys Kopf schoss hoch, und ihr Blick traf den von Hunter John. Gleichzeitig drehte sich Eliza Beaufort, die am Nachbartisch stand, zu ihnen um. Und Claire beäugte sie kritisch wie eine Lehrerin.

»Ich hab's ja immer schon gesagt«, bemerkte Eliza und schlenderte zu ihnen herüber. »Du gibst einfach die besten Partys. Carrie, komm mal her«, rief sie. »Das musst du dir ansehen.«

Carrie Hartman aus der alten Highschool-Clique gesellte sich zu ihnen. »Sydney Waverley«, säuselte sie. Carrie war das einzige Mädchen der Schule gewesen, das sich in puncto Aussehen auch nur halbwegs mit Sydney hatte messen können.

Sydney fühlte sich in die Enge getrieben. Fast hatte Emma Mitleid mit ihr.

»Wir haben schon gehört, dass du wieder da bist«, sagte Eliza. »Du warst ja eine ganze Weile weg. Wo hast du dich denn rumgetrieben?«

Sydney wischte sich die Hände an der Schürze ab und strich sich die Haare hinter die Ohren. »Ach, überall und nirgends«, sagte sie mit leicht zittriger Stimme.

»Warst du in New York?«, wollte Hunter John wissen. »Davon hast du doch immer geträumt.«

»Ich hab ein Jahr dort gelebt.« Sydneys Blick begann zu schweifen. »Wo sind denn deine Eltern?«

»Sie sind vor zwei Jahren nach Florida gezogen, und ich hab das Geschäft übernommen.«

»Also wohnst *du* hier?«

»*Wir* leben hier«, antwortete Emma, hakte sich bei Hunter John unter und drückte sich gegen ihn.

»Emma? Du und Hunter John, ihr seid … verheiratet?«, fragte Sydney schockiert. Wie, dachte Emma, konnte Sydney schockiert darüber sein, dass Hunter John sie gewählt hatte?

»Wir haben im Jahr nach dem Schulabschluss geheiratet, gleich, als du weg warst, Sydney«, sagte sie. »Da drüben sind zwei leere Tabletts.« Emma versuchte sich einzureden, dass Sydney sich diese Demütigung selbst zuzuschreiben hatte, aber ein gutes Gefühl verschaffte ihr das nicht. Sie verletzte Sydney nicht gern. Schließlich hatte sie, Emma, doch gewonnen. Oder?

Hunter John sah Emma an, dann Sydney und wieder Emma. »Ich muss unter vier Augen mit dir reden«, erklärte er und dirigierte Emma durch die Gästeschar hindurch ins Haus. Sydney folgte ihnen mit den Augen.

»Was ist denn los, Schatz?«, fragte Emma, als Hunter John im Arbeitszimmer die Tür hinter ihnen schloss. Emma hatte diesen Raum für ihn gestaltet, mit creme- und schokoladenfarbenen Wänden, gerahmten Fotos von Hunter Johns Heldentaten auf dem Football-Feld der Highschool, Topfpflanzen und dem riesigen Schreibtisch mit der Lederarbeitsfläche. Sie trat an den Walnussholztisch und lehnte sich aufreizend dagegen. Emma hatte ihn gewählt, weil er eine angenehme Unterlage bot, wenn sie ihn bei der Arbeit mit einem Quickie überraschte. Und genau darauf schien er jetzt Lust zu haben. Wieder einmal hatte ihre Mutter recht gehabt. Hunter John war beim Anblick Sydneys klar geworden, dass er die richtige Wahl getroffen hatte.

Doch Hunter John blieb an der Tür stehen und betrachtete sie mit düsterem Blick. »Du hast Sydney absichtlich gedemütigt.«

Sie fühlte sich, als hätte sie zu Weihnachten ein hübsch verpacktes Geschenk bekommen, in dem sich nur ein hässlicher Stein oder ein gesprungener Spiegel befand. »Seit wann ist dir das wichtig?«

»Es ist mir wichtig, was für einen Eindruck die Gäste haben. Warum, verdammt noch mal, bringst du sie hierher, in dieses Haus?«

»Schatz, ruhig. Ich schwör dir, dass ich nichts damit zu tun habe.« Sie trat zu ihm und legte ihm die Hand aufs Revers. Dann ließ sie sie hinunter und über seinen Schritt gleiten.

Er packte sie am Gelenk. »Emma, wir haben Gäste.«

»Dann lass uns schnell machen.«

»Nein«, sagte er zum ersten Mal in zehn Jahren und trat einen Schritt zurück. »Nicht jetzt.«

Claire war nervös, und sie hasste dieses Gefühl der Hilflosigkeit. Sie hatte die Konfrontation tatenlos mitverfolgt, ohne zu wissen, ob Sydney wollte, dass sie sich einmischte, oder wütend werden würde, wenn Claire sie von den Freunden wegzog, die sie seit zehn Jahren das erste

Mal wiedersah. Jetzt wirkte Sydneys Miene angespannt, und ihre Schritte klackten hart über den Boden, als Claire ihr in die Küche folgte.

Sobald die Tür sich hinter Claire geschlossen hatte, stellte Sydney die leeren Tabletts auf der Arbeitsfläche ab und fragte: »Warum hast du mir nicht gesagt, dass Mr. und Mrs. Matteson Hunter John und *Emma Clark* sind?«

Claire stapelte Sydneys Tabletts auf ihre eigenen, bevor sie sie wegräumte. »Ich bin gar nicht auf die Idee gekommen, dass du das nicht wissen könntest. Was dachtest du denn?«

»Dass das Hunter Johns Eltern sind! Wie sollte ich ahnen, dass Hunter John und Emma geheiratet haben?«

»Sie sind zusammengekommen, nachdem du dich von ihm getrennt hattest«, antwortete Claire, bemüht um einen ruhigen Tonfall, obwohl sie ein flaues Gefühl im Magen hatte und eine Stimme in ihrem Kopf immer wieder sagte: *Irgendwas stimmt hier nicht.*

»Und woher sollte ich das wissen? Ich war doch nicht hier«, erwiderte Sydney. »Außerdem hab nicht ich mich von ihm getrennt, sondern er sich von mir. Wie kommst du denn auf die Idee, dass ich ihm den Laufpass gegeben habe?«

Claire zögerte. »Ich dachte, du bist meinetwegen gegangen, weil ich dich ausgegrenzt habe, bis du keine Waverley mehr sein wolltest.«

»Du bist nicht schuld. Das hat der ganze Ort hier besorgt«, sagte Sydney und schüttelte den Kopf, als wäre sie enttäuscht über Claire. »Aber jetzt gehe ich deinetwegen.«

»Bitte, Sydney, bleib hier.«

»Das war alles arrangiert! Begreifst du denn nicht? Emma Clark wollte, dass ich vor Hunter John und meinen alten Highschool-Freunden mit ihren teuren Klamotten und Silikontitten aussehe wie ein Dienstmädchen. Woher wusste sie überhaupt von meiner Rückkehr? Warum hast du ihr davon erzählt?«

»Das hab ich nicht.«

»Ach. Und wie soll sie's sonst rausgefunden haben?«

»Vielleicht hat Eliza Beaufort es ihr gesagt«, mutmaßte Claire. »Ihre Großmutter war bei dem Lunch der Botanikerinnen in Hickory dabei.«

Sydney musterte Claire ziemlich lange mit feuchten Augen. Soweit Claire sich erinnerte, hatte sie Sydney noch nie weinen sehen. Sie waren beide hart im Nehmen gewesen und hatten auch nach dem Verschwinden ihrer Mutter keine Träne vergossen. »Warum hast du mich da rausgehen lassen? Hast du's nicht merkwürdig gefunden, dass Emma dich um Arrangements zur Demonstration eines Lebensstils bittet, über den sowieso alle Bescheid wissen? Leidenschaft und Geld. Das wollte sie mir vor Augen führen.«

»Nicht sie hat mich beauftragt, sondern ihre Mutter. Ich hab nicht mit Emma gesprochen. Vielleicht ist das alles Zufall und bedeutet überhaupt nichts.«

»Wie kannst ausgerechnet du so etwas sagen? Für eine Waverley hat alles eine Bedeutung! Und warum verteidigst du sie? Fühlst du dich denn wohl in Gesellschaft von Leuten, die so über uns denken? Als wir Kinder waren, wollte niemand mit dir befreundet sein, und die Jungs interessierten sich nicht für dich. Ich dachte, dass du dich deswegen auf das hier zurückgezogen hast« – Sydney machte eine ausladende Handbewegung, die das Essen und die Blumen einbezog – »und nur das Haus und Oma brauchst. Ich wollte mehr als das, zum Beispiel die Freunde da draußen. Und ich war am Boden zerstört, als Hunter John mir den Laufpass gegeben hat, aber dir ist das nicht mal aufgefallen. Das heute Abend hat mich verletzt, Claire. Ist dir denn alles egal?«

Claire fehlten die Worte. Sydney wandte sich mit einem Fauchen ab und ging zu ihrer Handtasche, die sie bei der Tür abgelegt hatte, um einen Zettel herauszuholen. Dann trat sie an das Wandtelefon neben der Vorratskammer.

»Was machst du?«, fragte Claire.

Wortlos wählte Sydney die Nummer auf dem Zettel.

»Bitte, Sydney, geh nicht weg.«

»Tyler?«, sprach Sydney in den Hörer. »Sydney Waverley. Ich sitz hier fest und bräuchte jemanden, der mich nach Hause bringt.« Kurzes Schweigen. »In der Willow Springs Road, auf der Ostseite des Orts. Nummer zweiunddreißig, ein großes Tudor-Haus. Komm bitte an den Hintereingang. Vielen Dank.«

Sydney nahm ihre Schürze ab, ließ sie zu Boden gleiten, packte ihre Handtasche und marschierte zur Tür hinaus.

Claire sah ihr hilflos nach. Das flaue Gefühl im Magen war inzwischen so schlimm geworden, dass sie Angst hatte, sich übergeben zu müssen. Sie beugte sich vor, um die Hände auf die Knie zu stützen. Claire wollte Sydney nicht schon wieder verlieren.

Die vergangenen zehn Jahre waren nicht das einzige Geheimnis Sydneys. Jetzt merkte Claire, dass sie ihre Schwester nicht einmal in der Kindheit richtig gekannt hatte. Sie hatte nicht geahnt, dass Hunter John die Liebe ihres Lebens gewesen und Sydney durch die Trennung so sehr verletzt worden war. Doch die Leute da draußen auf der Terrasse wussten es und hatten das hier arrangiert. Claires ungutes Gefühl bestätigte sich. Sydney hatte recht: In allem steckte eine Bedeutung.

Claire holte tief Luft und richtete sich auf. Sie würde das wieder in Ordnung bringen.

Sie ging zum Telefon, um den Wahlwiederholungsknopf zu drücken.

Es dauerte ein paar Sekunden, bis Tyler sich meldete. »Hallo?«

»Tyler?«

»Ja.«

»Claire Waverley.«

Er schwieg überrascht. »Claire. Merkwürdig, gerade hat mich Ihre Schwester angerufen. Sie klang ziemlich durcheinander.«

»Ist sie auch. Sie hilft mir hier bei einem Auftrag. Ich muss … Sie um einen Gefallen bitten.«

»Gern.«

»Bitte gehen Sie rüber zu mir, bevor Sie Sydney abholen, und bringen Sie mir ein paar Sachen aus Haus und Garten. Ich sage Ihnen, wo der Reserveschlüssel liegt.«

Etwa vierzig Minuten später klopfte es an der hinteren Tür.

Claire öffnete sie. Tyler stand mit zwei Pappkartons davor, in denen sich Pflanzen und Kochzutaten befanden. »Wo soll ich die abstellen?«

»Auf der Arbeitsfläche bei der Spüle.« Als er an ihr vorbeiging, sah sie hinaus zum Lieferanteneingang, vor dem Tylers Jeep mit eingeschalteten Scheinwerfern wartete. Sydney starrte auf dem Beifahrersitz unverwandt vor sich hin.

»Ich hab Sie ja schon bei Anna arbeiten sehen, aber hinter den Kulissen ist es noch spannender«, bemerkte Tyler, als er die Kisten abstellte.

Unterdessen hatte Claire Lebensmittel und Pflanzen aufgereiht und die dazugehörigen Zutaten auf Karteikarten vermerkt, damit sie die Rezepte nicht verwechselte und uneindeutige Signale erzeugte. Sie hatten Rosen für die Liebe bestellt; gab man ein Quäntchen Trauer dazu, wurde Reue daraus. Und wenn man der Muskatnuss für den Wohlstand Schuldgefühle beimischte, entstand Verlegenheit.

»Danke«, sagte Claire zu Tyler in der Hoffnung, dass er keine Fragen stellen würde. Aber warum sollte er? Er war ja nicht von hier und kannte ihre geheimen Kräfte nicht.

»Keine Ursache.«

Als sie den Blick senkte, merkte sie, dass die Knie seiner Jeans schmutzig waren von der Erde im Garten. »Tut mir leid wegen der Flecken. Ich kauf Ihnen eine neue.«

»Meine Liebe, ich bin Maler. Alle meine Hosen sehen so aus.« Sein freundliches Lächeln benahm ihr fast den Atem. »Kann ich sonst noch was für Sie tun?«

»Nein«, sagte sie, fügte dann aber hinzu: »Oder doch.

Würden Sie Sydney bitten, nicht gleich wegzufahren, sondern das Ende des Abends abzuwarten? Ich muss hier noch etwas in Ordnung bringen.«

»Haben Sie sich mit ihr gestritten?«

»Könnte man so sagen.«

Wieder lächelte er. »Ich tue, was ich kann.«

Als Claire nach Hause kam, waren Sydney und Bay schon im Bett. Offenbar hatte Sydney Tyler gebeten, bei Evanelle vorbeizufahren und Bay abzuholen.

Immerhin würden sie also die Nacht hierbleiben, dachte Claire, und das reichte, um einige Dinge ins Lot zu bringen.

Claire buk noch die sechs Dutzend Zimtbrötchen, die sie dem Coffee House am Marktplatz jeden Sonntagmorgen lieferte. Gegen Mitternacht trottete sie müde hinauf, um den Wecker zu stellen und kurz nach Bay zu sehen.

Als sie an Sydneys Zimmer vorbeikam, hörte sie diese sagen: »Während du weg warst, sind ziemlich viele Anrufe reingekommen.«

Claire schaute zu ihr hinein. Sydney war wach und lag, die Arme hinter dem Kopf verschränkt, im Bett. »Eliza Beaufort, Carrie, Partygäste, die ich nicht mal kannte. Sie haben sich alle entschuldigt. Eliza und Carrie behaupten, sie hätten mich in der Highschool eigentlich gut leiden können und sich gewünscht, dass die Dinge anders gelaufen wären. Was hast du ihnen erzählt?«

»Ich hab kein Wort gesagt.«

»Was hast du ihnen gegeben?«

»Zitronenmelissesorbet in Tulpenbechern, Löwenzahnblüten im Obstsalat und Minzeblätter in der Schokoladenmousse.«

»Das stand nicht auf der Speisekarte«, bemerkte Sydney.

»Ich weiß.«

»Emma Clark und ihre Mutter haben nicht angerufen.«

Claire lehnte sich gegen den Türstock. »Sie haben spitzgekriegt, was ich mache, sich kein Dessert vom Nachspeisenbüfett geholt und mich vor die Tür gesetzt.«

»Und die Restzahlung?«

»Kann ich wohl in den Wind schreiben. Und zwei von ihren Bekannten haben Aufträge für heute Abend storniert.«

»Das tut mir leid.«

»Offiziell ist das eine Absage, aber sie wollen sich melden, wenn sie wieder etwas brauchen. Ich soll's nicht an die große Glocke hängen.«

»Ich hab alles durcheinandergebracht. Tut mir leid.«

»Du hast überhaupt nichts durcheinandergebracht«, sagte Claire. »Bitte geh nicht, Sydney. Ich möchte dich bei mir haben, obwohl ich das vielleicht nicht immer so zeigen kann.«

»Ich hab nicht vor zu gehen. Das kann ich gar nicht.« Sydney seufzte. »So verrückt dieser Ort auch sein mag – hier fühle ich mich sicher. Bay braucht Sicherheit. Und ich als ihre Mutter muss sie ihr geben.«

Claire merkte, dass ihre Schwester diese Worte am liebsten zurückgenommen hätte. »Hattest du die denn zuvor nicht?«, fragte sie.

Sydney drehte sich weg. »Kannst du nicht was dagegen unternehmen?«, fragte sie und deutete auf das offene Fenster. »Wie soll man da schlafen?«

Es drang schwaches purpurfarbenes Licht herein. Neugierig geworden, trat Claire an das Fenster, das auf Tylers Haus ging. Tyler marschierte, nur mit einer Pyjamahose bekleidet, eine Zigarette in der Hand, in seinem Garten herum. Wieder war er von diesen winzigen purpurfarbenen Funken umgeben. Gelegentlich blieb er stehen und sah zum Haus der Waverleys herüber, bevor er seine Wanderschaft erneut aufnahm.

»Du kannst es sehen?«, fragte Claire, ohne den Blick von Tyler abzuwenden.

»Natürlich.«

»Dann bist du mehr Waverley, als du zugeben möchtest.«

Sydney schnaubte verächtlich. »So eine Freude. Und, was willst du mit ihm machen?«

Die Schmetterlinge in ihrem Bauch verfluchend, bewegte Claire sich vom Fenster weg. »Ich kümmere mich drum.«

»Nur, weil niemand es von dir erwartet, bedeutet das nicht, dass du es nicht kannst. Willst du die Leute denn nie verblüffen?«

»Ich bin eine Waverley«, widersprach Claire und ging zurück zur Tür. »Das ist nichts Ehrenrühriges.«

»Und du bist eine Frau. Es schadet nicht, wenn du Gefühle zulässt. Triff dich mit Tyler. Sollen die Leute doch sagen: ›Nicht zu fassen, dass sie das macht.‹«

»Du klingst wie Mom.«

»Ist das ein Kompliment?«

Claire blieb an der Tür stehen und lachte auf. »Das weiß ich auch nicht so genau.«

Sydney setzte sich auf und boxte ein paar Mal in ihr Kissen. »Wenn du mich weckst, helf ich dir morgen früh die Zimtbrötchen ausliefern«, sagte sie, bevor sie wieder zurücksank.

»Nein, ich kann … Danke.«

SECHS

Als Claire am Dienstagnachmittag verkündete, sie wolle zum Lebensmittelgeschäft fahren, fragte Sydney, ob sie und Bay sie begleiten dürften. Sydney wollte sich der Stellenanzeigen wegen eine Zeitung besorgen und, obwohl sie das bedauerte, das Hemd von Evanelle zurückgeben. Den Lohn von Claire hatte sie für Notfälle zurückgelegt, aber sie brauchte auch Geld für Toilettenartikel und Essen, das Bay mochte. Claire war zwar eine tolle Köchin, doch auf Bays Frage, ob sie Pizza backen könne, reagierte sie mit einem verständnislosen Blick.

Claire und Bay betraten Freds Lebensmittelladen, während Sydney weiterschlenderte. Der Marktplatz hatte sich nicht sehr verändert; das einzig Neue war die Eichenblattskulptur eines Uni-Studenten beim Springbrunnen auf der Grünfläche.

Sydney brachte das Hemd zu Maxine's zurück, wo sie von der schicken, etwa fünfzigjährigen Inhaberin erfuhr, dass die Besitzerinnen in den vergangenen zehn Jahren zweimal gewechselt hatten. Zwar brauche sie momentan niemanden im Laden, sagte sie, notierte sich aber Sydneys Telefonnummer und versprach, sie anzurufen, falls sich etwas ergäbe. Als sie den Namen Waverley hörte, fragte sie, ob sie mit Claire verwandt sei. Sydney bejahte, und die Frau erzählte ihr begeistert von Claires Geburtstagskuchen für ihre Tochter im vergangenen Jahr, von dem ihre Freundinnen aus Atlanta noch lange geschwärmt hätten. Und dann wiederholte sie, sie werde anrufen, wenn sie Hilfe benötige.

Auf dem Weg zurück zum Lebensmittelgeschäft kam Sydney am White Door Salon vorbei, in dem sich zehn Jahre zuvor ein In-Friseur befunden hatte. Eine Kundin trat in einer Wolke aus Shampoo-Gerüchen heraus. Dieser Duft brachte Sydneys Herz zum Singen. Mein Gott, wie sehr hatte er ihr gefehlt!

Bei dem Gedanken, in dem Laden zu arbeiten, empfand sie ein Gefühl des Glücks. Konnte sie es wagen, sich dort vorzustellen? Die Ausbildung hatte sie unter ihrem richtigen Namen absolviert, und den kannte David nicht. Hier würde er sie, anders als in Boise, nicht aufspüren.

Sie strich sich die Haare glatt, froh darüber, dass sie am Morgen ihren Pony nachgeschnitten und sich schick frisiert hatte.

Dann straffte sie die Schultern und betrat den Salon.

Ihr war fast schwindlig vor Glück, als sie sich zu Claire und Bay gesellte und ihnen beim Verstauen der Einkäufe im Lieferwagen half. Immer wieder sah sie Claire an, bis diese endlich fragte: »Also, warum strahlst du so?«

»Das errätst du nie.«

Claire lächelte belustigt über Sydneys gute Laune. »Was?«

»Ich hab einen Job! Du weißt, dass ich bleibe, und da brauch ich Arbeit, oder?«

Claire hielt mitten in der Bewegung inne. Sie wirkte aufrichtig verwirrt. »Aber du hast doch schon einen Job.«

»Claire, du arbeitest für drei und brauchst nur hin und wieder eine Aushilfe. Ich spring gern ein, wenn du mich benötigst.« Sydney lachte. »Vielleicht nicht grade wieder bei Emma, aber … du weißt schon.«

Claire richtete sich auf. »Wo hast du so schnell eine Stelle gefunden?«

»Im White Door.« Sie würde ihre gesamten Ersparnisse einschließlich des Geldes für das zurückgegebene Hemd für Stuhlmiete und Grundausstattung brauchen, hatte aber ein sehr gutes Gefühl bei der Sache. Teile der Ausrüstung besaß sie noch, und die bürokratischen Hürden wären schnell überwunden. Bald würde sie genug verdienen, um wieder einen Notgroschen beiseite legen zu können. Die Leute in Bascom würden ihr Talent erkennen und zu ihr kommen, genau, wie sie Claire ihrer Gabe wegen aufsuchten.

»Du bist Friseurin?«, fragte Claire.

»Ja.«

»Das wusste ich nicht.«

Aus Angst vor weiteren Fragen über ihre Vergangenheit sagte Sydney: »Bay kommt im Herbst in den Kindergarten. Würdest du bis dahin auf sie aufpassen, wenn ich in der Arbeit bin? Evanelle bitte ich auch noch.«

Vielleicht, dachte Claire, würde Sydney ihr eines Tages doch noch von den vergangenen zehn Jahren erzählen, wenn sie genug Vertrauen gefasst hätte.

»Klar«, antwortete Claire.

Sie machten sich wieder daran, die Einkäufe einzuladen. Nach einem Blick in eine der Tüten fragte Sydney: »Was ist denn das?«

»Ich backe Pizza«, antwortete Claire.

»Die kannst du doch auch tiefgefroren kaufen.«

»Weiß ich«, sagte Claire. Dann flüsterte sie Bay zu: »Ist das wahr?«

Bay lachte.

»Und das hier?«, fragte Sydney. »Blaubeeren? Wasserkastanien?«

Claire scheuchte sie weg und schloss die hintere Tür des Lieferwagens. »Ich koche was für Tyler«, gestand sie.

»Ach. Ich dachte, du willst nichts mit ihm zu tun haben.«

»Will ich ja auch nicht. Es handelt sich um spezielle Gerichte.«

»Einen Liebestrank?«

»Liebestränke gibt es nicht.«

»Du hast hoffentlich nicht vor, ihn zu vergiften, oder?«

»Natürlich nicht. Aber die Blumen in unserem Garten …« Claire schwieg eine Weile. »Vielleicht schaffe ich es, dass er das Interesse an mir verliert.«

Sydney lachte lautlos. Sie kannte sich aus mit Männern, doch sie dazu zu bringen, dass sie das Interesse an ihr verloren, hatte nie zu ihren Stärken gehört. Das überließ sie gern Claire.

Bay streckte sich im Gras aus, die Sonne im Gesicht. Die Vergangenheit begann zu verblassen, wie Rosa im grellen

Licht fast Weiß wurde. Welche Farbe hatten die Augen ihres Vaters? Wie viele Schritte waren es von ihrem alten Haus bis zum Gehsteig? Sie erinnerte sich nicht mehr.

Bay hatte von Anfang an gewusst, dass sie Seattle verlassen würden, ihrer Mutter jedoch nichts davon gesagt, weil es schwierig zu erklären gewesen wäre und sie es selbst kaum verstand. Sie gehörten einfach nicht in diese Stadt, und Bay begriff instinktiv, wohin die Dinge gehörten. Manchmal, wenn ihre Mutter im alten Haus Sachen einräumte, schlich Bay sich später ins Zimmer und stellte sie dorthin, wo ihr Vater sie haben wollte. Ihre Mutter legte seine Socken in die Schublade, doch er wünschte sie sich im Schuhschrank. Wenn ihre Mutter sie tatsächlich dort verstaute, ahnte Bay, wann ihn das zur Weißglut trieb, und schlichtete sie in die Schublade. Doch manchmal veränderten sich seine Vorlieben so schnell, dass Bay nicht Schritt halten konnte, und dann brüllte er ihre Mutter an und quälte sie. Bay freute sich, nun an einem Ort zu sein, an dem klar war, wohin alles gehörte. Die Küchengeräte lagen immer in der Schublade links von der Spüle, und das Bettzeug befand sich im Schrank am oberen Ende der Treppe. Bei Claire hatten die Dinge ihren festen Platz.

Bay hatte von diesem Ort geträumt und gewusst, dass sie hierherkommen würden. Jetzt, im Garten, versuchte sie herauszufinden, was fehlte. In ihrem Traum lag sie ebenfalls im Gras, gleich bei diesem Apfelbaum. Das Gras war weich wie in ihrer Vision, und die Kräuter und Blumen dufteten genauso. Aber in ihrem Traum tanzten Regenbogen und winzige Lichter auf ihrem Gesicht. Außerdem fehlte das Geräusch von etwas, das im Wind flatterte wie Papier, und hier konnte sie nur das Rascheln der Blätter am Baum hören, der Äpfel rund um sie abwarf.

Als eine Frucht ihr Bein traf, machte Bay ein Auge auf, um den Baum anzusehen. Er warf immer weiter Äpfel auf sie ab, als wollte er mit ihr spielen.

Sie richtete sich auf, als sie Claire rufen hörte. Dies war Sydneys erster Tag im Salon und der erste, an dem Claire auf Bay aufpasste. Sydney wollte Bay nicht in den Garten lassen, doch Claire erlaubte es, solange sie keine Blumen pflückte.

»Ich bin hier«, rief Bay und stand auf. Sie entdeckte Claire am anderen Ende des Gartens beim Tor. »Ich hab keine Blumen gepflückt.«

Claire hielt eine mit Alufolie bedeckte Kasserolle hoch. »Die bring ich Tyler. Komm mit.«

Bay rannte den Kiesweg entlang zu Claire, erfreut darüber, dass sie Tyler wiedersehen würde. Bei ihrem letzten Besuch hatte er sie die Staffelei benutzen lassen und ihr Werk an die Kühlschranktür geklebt.

Claire verschloss das Tor hinter sich, bevor sie zu Tyler hinübergingen, Bay dicht an ihrer Seite. Bay liebte Claires Geruch nach Küchenseife und Gartenkräutern. »Tante Claire, warum wirft der Baum mit Äpfeln nach mir?«

»Weil er möchte, dass du einen isst«, antwortete Claire.

»Aber ich mag keine Äpfel.«

»Das weiß er.«

»Warum vergräbst du sie?«

»Damit niemand sonst sie isst.«

»Wieso nicht?«

Claire zögerte einen Augenblick mit der Antwort. »Weil du, wenn du in einen Apfel von dem Baum beißt, das wichtigste Ereignis in deinem Leben siehst. Ist es etwas Schönes, wird dir klar, dass alles andere dich nie so glücklich machen wird. Und ist es etwas Schlechtes, verbringst du den Rest deines Lebens mit dem Wissen darum.«

»Aber manche Leute wollen es wissen, oder?«

»Ja. Doch solange der Baum in unserem Garten steht, haben wir ein Wörtchen mitzureden.«

Mittlerweile hatten sie die Stufen zu Tylers Haus erreicht. »Heißt das, dass der Garten auch mir gehört?«

»Ja«, antwortete Claire lächelnd. Einen Moment fühlte sie sich in Bays Alter zurückversetzt und war genauso glücklich wie sie, endlich dazuzugehören.

»Was für eine angenehme Überraschung«, begrüßte Tyler sie, als er die Tür öffnete. Er trug ein farbverschmiertes T-Shirt und Jeans. Manchmal bekam sie in seiner Gegenwart ein so prickelndes Gefühl, dass sie am liebsten aus ihrer Haut geschlüpft wäre. Was würde ein Kuss von ihm wohl bewirken? Das Prickeln lindern? Es verstärken? Er lächelte, nicht im Geringsten verlegen darüber, dass sie unangemeldet bei ihm auftauchte, ähnlich, wie sie an seiner Stelle reagiert hätte, doch er war ganz offensichtlich nicht wie sie. »Kommen Sie herein.«

»Ich hab Ihnen was gekocht«, sagte sie und reichte ihm den Topf.

»Mm, das riecht köstlich. Reinspaziert.« Er trat einen

Schritt beiseite, um sie einzulassen, doch das wollte Claire nicht.

Bay sah sie verwundert an. Nun ging Claire doch hinein, um sie nicht zu verunsichern.

Tyler führte sie durch das Wohnzimmer mit wenigen gemütlichen Möbeln und ziemlich vielen Kisten in eine weiße Küche mit Glasschränken. Dort gab es eine sehr große abgetrennte Frühstücksnische – eher einen eigenen Raum – mit Fenstern, die von der Decke bis zum mit einer Plane bedeckten Boden reichten. Auf einem Tapeziertisch lagen allerlei Farbtuben, und in der Mitte standen zwei Staffeleien.

»Deswegen hab ich dieses Haus gekauft«, erklärte Tyler, als er die Kasserolle auf der Arbeitsfläche abstellte. »Wegen des phantastischen Lichts.«

»Darf ich was zeichnen, Tyler?«, fragte Bay.

»Klar. Deine Staffelei steht da drüben. Ich leg dir Papier drauf.«

Während Tyler die Staffelei auf Bays Größe einstellte, ging diese zum Kühlschrank und deutete auf die bunte Zeichnung eines Apfelbaums. »Schau, Claire, die hab ich gemacht.«

Claire beeindruckte weniger, dass Tyler Bays Werk an den Kühlschrank geklebt, sondern dass er es dort gelassen hatte. »Sie ist wunderschön.«

Sobald Bay zu zeichnen begann, gesellte Tyler sich lächelnd zu Claire.

Claires Blick wanderte besorgt zu dem Hühnchen-Wasserkastanien-Eintopf mit dem Öl von Löwenmäulchensamen. Löwenmäulchen wehrten die unerwünschte

Einflussnahme durch andere sowie Flüche und Zauber ab. »Wollen Sie denn nicht essen?«, fragte Claire.

»Jetzt gleich?«

»Ja.«

Er zuckte die Achseln. »Warum nicht? Leisten Sie mir Gesellschaft?«

»Nein, danke. Ich hab schon gegessen.«

»Dann setzen Sie sich wenigstens zu mir.« Er holte einen Glasteller aus dem Schrank und gab etwas Eintopf darauf, bevor er Claire zu zwei Hockern an der Arbeitsfläche führte. »Und, wie kommen Sie und Bay ohne Sydney zurecht?«, erkundigte er sich. »Sie war gestern da, um mir von ihrem Job zu erzählen. Sydney hat einen Blick für Haare. Das ist eine echte Begabung.«

»Bestens«, sagte Claire und beobachtete Tyler, wie er den Löffel zum Mund führte. Seine vollen Lippen und sein Adamsapfel wirkten so sinnlich. Warum nur brachte sie einem Mann, von dem sie in wenigen Augenblicken befreit sein würde, solche Gefühle entgegen?

»Haben Sie je mit dem Gedanken gespielt, selber Kinder zu haben?«, fragte er.

»Nein«, antwortete sie.

»Nie?«

Sie wandte den Blick von seinen Lippen ab und dachte über seine Frage nach. »Jedenfalls bisher nicht.«

Er nahm einen weiteren Bissen und deutete dann mit dem Löffel auf den Teller. »Schmeckt köstlich. Ich glaub, so etwas Feines hab ich noch nie gegessen.«

Vielleicht brauchten die Löwenmäulchen eine Weile, bis sie wirkten. »Als Nächstes erzählen Sie mir sicher, dass ich Sie an Ihre Mutter erinnere. Für ein bisschen originelIer hätte ich Sie schon gehalten. Essen Sie.«

»Nein, überhaupt nicht. Sie ist ein Freigeist, und der tummelt sich nicht gern in der Küche.« Sie hob die Augenbrauen. »Fragen Sie ruhig«, forderte er sie auf.

Sie zögerte, erkundigte sich dann aber tatsächlich: »Inwiefern Freigeist?«

»Meine Eltern sind Töpfer. Ich bin in einer Künstlerkolonie in Connecticut aufgewachsen. Wenn man nackt herumlaufen wollte, durfte man das. Und wenn man keine Lust zum Abspülen hatte, zerschlug man die Teller eben und töpferte neue. Es war auch nicht verboten, ein bisschen Gras zu rauchen oder mit dem besten Freund des Ehemanns zu schlafen. Alles kein Problem. Für mich allerdings schon. Gegen meine Künstlernatur kann ich mich nicht wehren, aber mir sind Sicherheit und Strukturen bedeutend wichtiger als meinen Eltern. Es ist nur schade, dass ich für beides kein allzu gutes Händchen habe.«

Ich dafür umso mehr, dachte Claire.

Noch zwei Bissen, dann war der Teller leer.

Sie sah ihn erwartungsvoll an. »Hat's geschmeckt? Wie fühlen Sie sich?«

Angesichts der Begierde, die sie in seinem Blick entdeckte, wäre sie fast vom Hocker gefallen. Sie war wie eine heftige Herbstböe, die das Laub in die Luft wirbelte, gefährlich für dünnheutige Menschen. »Gut, und ich möchte Sie fragen, ob Sie mit mir ausgehen wollen.«

Claire ließ seufzend die Schultern sinken. »Verdammt.«

»Im Sommer gibt's samstagabends immer Musik auf dem Campus. Begleiten Sie mich diesen Samstag?«

»Nein, da bin ich beschäftigt.«

»Womit?«

»Damit, wieder eine Kasserolle für Sie zu kochen.«

Sydneys dritter Tag im Salon war der dritte ohne Kundin.

Da sie mittags nichts Besseres zu tun und bereits das von Claire eingepackte Olivensandwich und die Kartoffelchips gegessen hatte, erbot Sydney sich, Snacks für die anderen Friseurinnen zu holen. Sie waren allesamt nett und trösteten sie. Aber ihre Kundinnen wollten sie natürlich nicht abgeben. Sydney musste eine Möglichkeit finden, selbst welche anzulocken.

Im Coffee House und im Brown Bag Café sprach sie Gäste an, um ihnen Sonderkonditionen anzubieten, wenn sie ins White Door kämen und sich von Sydney die Haare schneiden ließen. Die Reaktionen fielen eher zurückhaltend aus. Sydney kehrte in den Salon zurück und stellte die Tüten mit den Snacks in den Aufenthaltsraum und die Milch- und Eiskaffees neben die Stühle, an denen ihre Kolleginnen arbeiteten.

Zu Terri ging sie zuletzt.

»Danke, Sydney«, sagte Terri, die gerade dabei war, den blonden Haaren ihrer Kundin Strähnchen zu verpassen.

Da hob sich der Kopf der Frau mit einem Ruck, und Sydney sah, dass er Ariel Clark gehörte.

Sydney entfernte sich wortlos, weil sie sich nicht den Tag verderben wollte.

Als Sydney später die Haare um einen Stuhl zusammenfegte, trat Ariel auf sie zu, die die gleichen strohblonden Haare und blauen Augen und den gleichen selbstbewusst wiegenden Gang wie ihre Tochter hatte. Zur Zeit von Sydneys und Emmas Freundschaft hatte Ariel sich Sydney gegenüber höflich-distanziert gegeben. Wenn Sydney im Haus der Clarks übernachtete, vermittelte Ariel ihr stets das Gefühl, sie nur zu dulden.

Als Ariel sich nicht von der einzigen Stelle wegbewegte, die noch zu fegen war, hielt Sydney inne.

Sie rang sich ein höfliches Lächeln ab, obwohl ihre Hände den Besenstiel würgten. Leider musste sie, wenn sie im White Door bleiben wollte, den Kundinnen gegenüber höflich sein. »Hallo, Mrs. Clark. Wie geht's? Ich hab Sie auf der Party gesehen. Schade, dass keine Gelegenheit zu einer richtigen Begrüßung war.«

»Nun, du hattest ja zu tun, da wäre das wohl kaum passend gewesen.« Ihr Blick wanderte zu den Haaren auf dem Boden. »Du arbeitest also hier?«

»Ja.«

»Aber du schneidest nicht wirklich Haare, oder?«, fragte sie, als entsetzte der Gedanke sie.

»Doch.«

»Braucht man dazu nicht so eine Art Abschluss?«

Sydneys Knöchel begannen weiß hervorzutreten, so fest hielt sie den Besenstiel umklammert. »Ja.«

»Hmm«, meinte Ariel. »Und du hast eine Tochter. Wer ist denn der Vater?«

Sydney wusste, dass sie sich Ariel gegenüber keine Blöße geben durfte. »Ach, den kennen Sie nicht.«

»Tja, das glaube ich gern.«

»Noch etwas, Mrs. Clark?«

»Meine Tochter ist sehr glücklich und macht auch ihren Mann sehr glücklich.«

»Schließlich ist sie eine Clark«, sagte Sydney.

»Genau. Ich weiß ja nicht, was du dir erhoffst … Ihn kannst du jedenfalls nicht haben.«

Darum ging es also? »Vielleicht überrascht Sie das, aber ich bin nicht zurückgekommen, um ihn mir zu holen.«

»So, so. Ihr Waverleys seid durchtrieben. Glaub ja nicht, dass ich das nicht weiß.« Bereits an der Tür holte sie ihr Handy aus der Handtasche und begann zu wählen. »Emma, Liebes, ich hab erstaunliche Neuigkeiten«, sagte sie.

Um fünf Uhr nachmittags wollte Sydney gerade zusammenpacken und nach Hause gehen, als ein Mann im grauen Anzug hereinkam.

Wollten denn die Peinlichkeiten an diesem Tag kein Ende nehmen?

Hunter John durchquerte den Salon. Sydney hätte sich in den Aufenthaltsraum zurückziehen, ihm aus dem Weg gehen sollen, doch die Erinnerungen hielten sie an Ort und Stelle. Er war jetzt achtundzwanzig Jahre alt; seine Haare wurden bereits schütter. Ein besserer Schnitt hätte das kaschieren können.

»Ich hab gehört, dass du hier arbeitest«, begrüßte Hunter John sie.

»Kann ich mir vorstellen.« Sydney verschränkte die Arme vor der Brust. »Du hast Lippenstift am Hals.«

Er rieb den Fleck verlegen weg. »Emma ist eigens zu mir ins Büro gekommen, um es mir zu erzählen.«

»Du hast also das Geschäft übernommen.«

»Ja.«

Matteson Enterprises stellten außerhalb von Bascom Wohnwagen her. Sydney hatte in den Sommerferien als Rezeptionistin dort gearbeitet, während Hunter John sein Praktikum im Familienunternehmen absolvierte. Manchmal, wenn wenig los war, gesellte Emma sich zu ihnen, und die drei setzten sich zum Rauchen auf die Holzstöße vor dem Lager.

Wie sah sein Leben wohl jetzt aus?, fragte sich Sydney. Liebte er Emma wirklich, oder hatte sie sich ihn nur mit Sex geangelt, wie Clark-Frauen es für gewöhnlich taten? Von Emma hatte Sydney erfahren, wie der perfekte Blowjob funktionierte. Erst Jahre später fand sie heraus, dass das eine bewusste Fehlinformation Emmas gewesen war. Mochte Emma Hunter John überhaupt? Und er hatte immer gesagt, Emma sei ihm ein wenig zu hektisch. Sydney hätte nie gedacht, dass die beiden zusammenkommen würden.

»Darf ich mich setzen?«, fragte Hunter John.

»Soll ich dir die Haare schneiden? Das kann ich wirklich gut.«

»Nein, aber ich möchte nicht, dass es so aussieht, als wär ich bloß hergekommen, um mich mit dir zu unterhalten«, sagte er, als er sich setzte.

Sie verdrehte die Augen. »Gott bewahre.«

»Ich wollte ein paar Dinge klären, das Richtige tun.« Hunter John tat immer das Richtige, dafür war er bekannt. Der gute Sohn und Goldjunge. »Bei der Party wusste ich nicht, dass du da bist, und Emma auch nicht. Wir waren genauso überrascht wie du. Ariel hat Claire angeheuert. Niemand ahnte, dass du für sie arbeitest.«

»Sei nicht naiv, Hunter John. Wenn Eliza Beaufort informiert war, wussten es alle.«

Hunter John wirkte enttäuscht. »Tut mir leid, wie die Sache gelaufen ist, aber so war es wohl am besten. Wie du siehst, bin ich glücklich verheiratet.«

»Mein Gott, glauben hier eigentlich alle, dass ich deinetwegen zurückgekommen bin?«

»Und warum bist du dann wieder da?«

»Ist das hier denn nicht mein Zuhause, Hunter John? Der Ort, an dem ich aufgewachsen bin?«

»Ja, aber hier hat's dir nie gefallen.«

»Dir auch nicht.«

Hunter John seufzte über ihr Unverständnis. »Ich liebe meine Frau und meine Kinder. Ich führe ein prima Leben und würde es für nichts auf der Welt eintauschen. Früher einmal hab ich dich tatsächlich geliebt, Sydney, und die Trennung von dir ist mir wirklich schwergefallen.«

»So schwer, dass du dich gleich mit Emma getröstet und sie geheiratet hast?«

»Wir haben so schnell geheiratet, weil sie schwanger war. Emma und ich sind uns nach deiner Abreise näher gekommen. Das hat sich einfach so ergeben.«

Sydney musste lachen. »Wie blauäugig bist du eigentlich, Hunter John?«

»Sie ist das Beste, was mir passieren konnte.«

»Hast du die Notre-Dame gesehen? Bist du durch Europa gereist, wie du es wolltest?«

»Nein, Träume sind Schäume.«

»Offenbar hast du eine Menge Träume aufgegeben.«

»Ich bin ein Matteson und musste tun, was das Beste für die Familie war.«

»Und ich bin eine Waverley und muss dich dafür verfluchen.«

Dass er zusammenzuckte, verlieh Sydney ein merkwürdiges Gefühl der Macht. Doch dann lächelte Hunter John. »Ach was, du hasst es doch, eine Waverley zu sein.«

»Ich finde, du solltest jetzt gehen«, sagte Sydney. Hunter John stand auf und holte seine Brieftasche heraus. »Und wage ja nicht, mir Geld für einen Haarschnitt zu geben, den ich nicht gemacht habe.«

»Entschuldigung. Ich kann nicht über meinen Schatten springen. Aber du offenbar auch nicht.«

Als er sich entfernte, dachte sie, wie traurig es doch war, dass sie letztlich nur einen einzigen Mann geliebt hatte, ausgerechnet diesen, für den sie von Anfang an ein jugendlicher Fehltritt gewesen war.

Wie sehr hätte sie sich nun gewünscht, ihn tatsächlich verfluchen zu können.

»Ich hab mir schon Sorgen gemacht«, begrüßte Claire Sydney, als diese am Abend die Küche betrat. »Bay ist oben.«

Sydney öffnete die Kühlschranktür, um eine Flasche Wasser herauszuholen. »Ich bin ein bisschen länger geblieben.«

»Und, wie war der Tag?«

»In Ordnung.« Sie trat zu Claire an die Spüle, wo diese Blaubeeren wusch. »Und was machst du? Wieder was für Tyler?«

»Ja.«

Sydney nahm einen Strauß blauer Blumen von der Arbeitsfläche, um daran zu schnuppern. »Wofür brauchst du die denn?«

»Die Blütenblätter kommen auf die Blaubeertörtchen.«

»Und was bewirken sie?«

»Sie lassen die Menschen klarer sehen und verlegte Schlüssel finden oder verborgene Strukturen erkennen«, antwortete Claire.

»Dann soll Tyler also merken, dass du nicht die bist, nach der er sucht?«

Claire lächelte. »Kein Kommentar.«

Sydney sah Claire eine Weile bei der Arbeit zu. »Ich frage mich, warum ich die nicht geerbt habe«, sagte sie schließlich.

»Was?«

»Diese rätselhafte Waverley-Sensibilität, die dir und Evanelle eigen ist. Oma hatte sie auch. Und Mom?«

Claire drehte den Hahn zu und griff nach einem Handtuch. »Schwer zu sagen. Sie hat den Garten gehasst, das weiß ich.«

»Mich stört der Garten nicht, aber ansonsten bin ich, glaube ich, Mom ähnlicher als allen anderen in der Familie.« Sydney steckte ein paar Blaubeeren in den Mund. »Ich hab keine spezielle Gabe und bin genauso mit Bay hierher zurückgekommen wie sie, um ihr Sicherheit zu geben.«

»Mom ist nicht meinetwegen zurückgekommen«, widersprach Claire, »sondern um dich hier zur Welt zu bringen.«

»Sie ist gegangen, als ich sechs war«, sagte Sydney und trat an die offene Tür zum Wintergarten, um hinauszuschauen. »Wenn ich die Fotos nicht hätte, die Oma mir von Mom gegeben hat, würde ich nicht mal mehr wissen, wie sie aussah. Hätte ich ihr etwas bedeutet, wäre sie nicht einfach verschwunden.«

»Was ist eigentlich aus den Fotos geworden?«, erkundigte sich Claire. »Die hatte ich völlig vergessen.«

Im einen Augenblick legte Sydney noch den Kopf schräg, um den Duft der auf der Veranda trocknenden Kräuter einzuatmen, im nächsten war sie in Gedanken schon in Seattle, im Wohnzimmer neben der Couch, die sie am einen Ende hochhob. Darunter befand sich ein Umschlag mit der Aufschrift »Mom«. Sie hatte die Fotos lange nicht mehr angesehen, Bilder von Loreleis Leben auf Achse, ein Leben, dem Sydney so lange versucht hatte nachzueifern. Sie nahm das Kuvert in die Hand und ging die Fotos durch. Nach einer Weile stieß sie auf eines, das ihr einen Schreck einjagte. Es zeigte ihre Mutter mit vielleicht achtzehn Jahren vor dem Alamo-Gebäude, ein Schild mit der Aufschrift *Nie wieder Bascom! North Carolina ist Scheiße!* in der Hand. Als Teenager hatte Sydney das witzig gefunden. Aber was, wenn David den Umschlag entdeckte? Da hörte sie ihn an der Haustür. Sie schob das Kuvert hastig unters Sofa, bevor er hereinkam.

»Sydney?«

Sydney sah Claire verwirrt an. Sie war wieder in Bascom, Claire neben sich, die sie am Arm rüttelte.

»Sydney?«

»Die Fotos hab ich vergessen«, sagte Sydney. »Ich hab sie nicht mitgenommen.«

»Alles in Ordnung?«

Sydney nickte, versuchte, sich wieder in den Griff zu bekommen. Aber sie fürchtete, dass David ihre Gedanken erraten würde. Sie hatte die Tür zurück aufgestoßen, meinte sein Rasierwasser noch zu riechen. »Ja. Ich musste nur grade an Mom denken.« Sydney rollte die Schultern, um die Anspannung loszuwerden. David kannte das Versteck der Bilder nicht.

Er würde sie nicht finden.

An jenem Abend zog Evanelle ein kurzärmeliges Kleid über ihr Nachthemd und ging in die Küche, wo sie Kisten voller Pflaster und Streichhölzer, Gummis und Weihnachtsschmuck ausweichen musste. Auf der Suche nach Mikrowellenpopcorn schob sie Toaster in der Originalverpackung und en gros erstandene Aspirin beiseite.

Sie versuchte, die Sachen in Ecken oder ungenutzten Räumen zu verstauen, aber irgendwie tauchten sie doch immer wieder auf. Eines Tages würde jemand etwas davon brauchen, und dann musste sie nicht um drei Uhr früh zu Wal-Mart.

Da hörte sie ein Klopfen.

Jemand an ihrer Tür, wie ungewöhnlich. Oft bekam sie nicht Besuch. Sie lebte in einem Viertel mit alten Handwerkerhäusern, das inzwischen ein wenig schicker war als damals beim Einzug mit ihrem Mann, der für die Telefongesellschaft arbeitete. Hier lebten jetzt zum größten Teil kinderlose Paare zwischen dreißig und vierzig, die erst am Abend von der Arbeit nach Hause kamen. In drei Jahren hatte sie kein einziges Wort mit ihren unmittelbaren Nachbarn, den Hansons, gewechselt. Aber die Tatsache, dass sie den Mann, der sich um ihren Rasen kümmerte, beauftragten, »dem Viertel zuliebe« auch den ihrer Nachbarin zu mähen, sprach Bände. Solange das gratis geschah, würde sie sich allerdings nicht beklagen.

Sie schaltete das Verandalicht ein und öffnete die Tür, vor der ein klein gewachsener, stämmiger Mann mittleren Alters mit korrekt geschnittenem dunkelblondem Haar stand. Seine Hose und sein Hemd waren faltenfrei, und seine Schuhe glänzten. Zu seinen Füßen befand sich ein kleiner Koffer. »Fred!«

»Hallo, Evanelle.«

Trotz seiner deutlich sichtbaren Anspannung versuchte er zu lächeln. »Ich … brauch einen Platz zum Schlafen. Und da bist du mir eingefallen.«

»Liegt ja auch auf der Hand: Ich bin alt, und du bist schwul.«

»Klingt nach der perfekten Verbindung.« Er bemühte sich, witzig zu sein, doch im Schein des Verandalichts wirkte er zerbrechlich wie Glas. Ein Windstoß, und er würde in tausend Scherben zerbersten.

»Komm rein.«

Fred nahm seinen Koffer in die Hand und trat ein. Er sah aus wie ein kleiner Junge, der von zu Hause ausgerissen war. Evanelle kannte Fred von Kindesbeinen an. Damals hatte er den Buchstabierwettbewerb des Bezirks zwei Jahre hintereinander gewonnen, bevor Lorelei Waverley ihn in der vierten Klasse bezwang. Als Evanelle ihn vor der Turnhalle weinen sah, tröstete sie ihn, und er nahm ihr das Versprechen ab, seinem Vater nichts zu erzählen, denn der hatte ihm gesagt, er solle niemals vor anderen Tränen vergießen.

»Heute früh hat Shelly mich im Laden im Pyjama angetroffen. Es ist einfach, wenn ich gleich dort bleibe. Da weiß ich wenigstens, was zu tun ist«, erklärte Fred. »Aber jetzt kann ich da auch nicht mehr übernachten, und ins Motel will ich nicht. Die Freude mach ich James nicht. Ich weiß nicht mal, ob er merkt, dass ich nie daheim bin. Er hat kein einziges Mal angerufen, um zu fragen, wo ich mich rumtreibe. Ich weiß nicht mehr, was ich tun soll.«

»Habt ihr drüber geredet?«

»Ich hab's versucht und nach der ersten Nacht im Laden bei ihm im Büro angerufen. Aber er sagt, er will keine Diskussionen. Bloß weil ich endlich gemerkt hätte, dass was nicht stimmt, ist nicht alles in Ordnung. Ich hab ihm von Claires Wein erzählt, und er hält mich für verrückt, weil ich die Beziehung wieder so möchte, wie sie am Anfang war. Keine Ahnung, wann wir unser letztes vernünftiges Gespräch hatten. Es ist, als hätte er mich klammheimlich verlassen. Wie kann ein Mensch so etwas nicht merken?«

»Bleib hier, so lange du möchtest. Aber falls jemand fragen sollte: Meine Verführungskünste haben dich zum Hetero gemacht.«

»Ich back köstliche belgische Waffeln mit Pfirsichkompott. Sag mir, was ich kochen soll, und ich mach's.«

Sie tätschelte seine Wange. »Das glaubt mir keiner.«

Sie brachte ihn zum Gästezimmer am anderen Ende des Flurs, in dem sich nur ein paar Erste-Hilfe-Kästen und drei Kerosinöfen befanden. In den vergangenen dreißig Jahren hatte sie das Bett jede Woche frisch bezogen. Seit dem Tod ihres Mannes herrschte im Haus ein Vakuum. In der ersten Zeit danach hatte Lorelei die Nächte bei ihr verbracht und später Claire, doch die blieb letztlich lieber zu Hause. Evanelle hätte sich nicht träumen lassen, dass eines Tages Fred zu ihr kommen würde. Aber Überraschungen begleiteten sie schon ihr ganzes Leben. Das war, als öffnete man eine Dose mit Pilzsuppe und fände darin Tomatensuppe: Man aß sie trotzdem.

Fred legte seinen Koffer aufs Bett und sah sich um.

»Ich wollte mir Popcorn machen und die Nachrichten anschauen. Leistest du mir Gesellschaft?«

»Klar«, antwortete Fred und folgte ihr, froh, gesagt zu bekommen, was er tun solle. »Danke.«

Ach, wie schön, dachte Evanelle, als sie nebeneinander auf dem Sofa saßen, eine Schale Popcorn zwischen sich, und die Elf-Uhr-Nachrichten anschauten. Anschließend spülte Fred die Schale.

»Bis morgen früh«, sagte Evanelle, als sie eine Dose Cola aus dem Kühlschrank holte. Die stellte sie immer geöffnet aufs Nachtkästchen, so dass sie sie gleich nach dem Aufwachen leeren konnte. »Die Toilette ist den Flur runter.«

»Moment noch.«

Evanelle drehte sich um.

»Stimmt es, dass du meinem Vater einmal einen Löffel gegeben hast, als ihr Kinder wart? Den hat er benutzt, um eine Münze aus dem Boden zu graben, mit der er dann ins Kino gegangen ist, wo er meine Mutter kennengelernt hat.«

»Ich hab ihm tatsächlich einen Löffel geschenkt, besitze aber nicht die Macht, alles in Ordnung zu bringen, Fred.«

»Verstehe«, sagte er und faltete das Geschirrtuch zusammen. »War nur so eine Frage.«

Plötzlich wurde Evanelle klar, warum er zu ihr gekommen war.

Die meisten Leute gingen ihr aus dem Weg, weil sie ihnen Dinge gab.

Fred hingegen gesellte sich zu ihr, für den Fall, dass sie ihm etwas schenkte, das die Sache mit James klären konnte.

Sydney, Bay und Claire saßen am Sonntag auf der Veranda und aßen die Zimtbrötchen, die Claire zusätzlich zu ihrer üblichen Sonntagslieferung fürs Coffee House gebacken hatte. Es war heiß, und alles lief aus dem Ruder. Türknäufe, die sich normalerweise auf der rechten Seite befanden, tauchten plötzlich auf der linken auf. Die Butter schmolz im Kühlschrank. Unausgesprochenes vergiftete die Luft.

»Da ist Evanelle«, sagte Sydney.

Evanelle kam die Stufen herauf. »Eure Mutter hatte

früher mal zwei wirklich hübsche Mädchen, das muss man ihr lassen, aber ihr wirkt nicht grade fröhlich.«

»In der ersten Hitzewelle bekommen alle schlechte Laune«, erwiderte Claire und schenkte Evanelle ein Glas Eistee ein. »Was gibt's Neues? Ich hab dich ein paar Tage nicht gesehen.«

Evanelle nahm das Glas und setzte sich in den Korbschaukelstuhl neben Claire. »Ich hab einen Gast.«

»Wen?«

»Fred Walker.«

»Ach«, sagte Claire überrascht. »Ist dir das recht?«

»Ja.«

»Dann hat der Rosengeranienwein also nicht funktioniert?«

Evanelle zuckte mit den Achseln und nippte an ihrem Tee. »Er ist gar nicht zum Einsatz gekommen.«

Claire schaute hinüber zur Tür des Nachbarhauses. »Glaubst du, Fred würde mir die Flasche zurückverkaufen?«

»Warum nicht? Hättest du einen anderen Abnehmer?«

»Wahrscheinlich will sie ihn an Tyler ausprobieren«, mischte sich Sydney ein.

Claire bedachte sie halbherzig mit einem rügenden Blick. Letztlich hatte ihre Schwester recht.

Evanelle stellte den Tee weg, um in ihrer Umhängetasche zu kramen. »Ich muss dir das geben«, teilte sie Claire mit, als sie das weiße Stirnband darin fand. »Fred wollte mir ausreden, dass ich es dir bringe. Er sagt, du steckst dir die Haare mit Kämmen zurück, Bänder sind was für Leute mit kurzen Frisuren. Aber er begreift nicht: Ich muss dir *das* geben. Ich hab lange mit keinem Mann mehr zusammengelebt und ganz vergessen, wie stur Männer sein können. Aber wenigstens riechen sie gut.«

Sydney und Claire wechselten einen Blick. »Evanelle, du weißt schon, dass Fred schwul ist, oder?«, fragte Claire.

»Klar«, antwortete Evanelle lachend. Sie wirkte glücklicher und lockerer als seit langem. »Doch es ist schön zu wissen, dass ihr nicht die Einzigen seid, die meine Gesellschaft schätzen. Aber erzähl, Sydney, wie läuft's in der Arbeit?«

Sydney und Bay saßen auf der Hollywoodschaukel, die Sydney immer wieder mit dem nackten Fuß anstieß. »Den Job hab ich dir zu verdanken. Wenn du mir nicht das Hemd gegeben hättest, das ich zurückbringen musste, wär ich nie ins White Door gegangen, um zu fragen, ob ich einen Stuhl mieten kann.«

»Fred sagt, du holst den Mädels mittags die Snacks. Und einmal hat er dich beim Kehren beobachtet.«

»Tja, zu mehr tauge ich im Moment wohl nicht.«

»Was ist los?«, fragte Claire, der auffiel, dass Sydney grüblerisch wirkte. Anfangs war sie ganz aufgeregt gewesen wegen ihres neuen Jobs, doch nun kam sie jeden Tag früher nach Hause und lächelte immer weniger.

»Die Kunden des White Door scheinen alle entweder die Clarks oder die Mattesons zu kennen. Am dritten Tag hat Hunter John mich besucht. Offenbar passt das gewissen Leuten – ich nenne lieber keine Namen – nicht. Ich hatte nie viel zu tun, aber jetzt geht gar nichts mehr.«

»Hast du ihm die Haare geschnitten?«

»Nein, das wollte er nicht. Schade, ich wüsste einen tollen Schnitt für ihn«, sagte Sydney. »Tylers Haare hab ich ja auch gemacht.«

»Ach?«

»Und die von Bay und meine eigenen.«

»Das heißt also, dass die Leute dich mobben?«, fragte Claire. »Sie geben dir nicht mal eine Chance?«

»Wenn's so weitergeht, werd ich den Stuhl nicht halten können. Aber vielleicht ist es sowieso besser so«, sagte Sydney und legte den Arm um ihre Tochter. »Dann kann ich mehr Zeit mit Bay verbringen und dir helfen, wann immer du möchtest.«

Claire war in ihrem Erwachsenenleben ganze dreimal in einem Friseursalon gewesen, immer dann, wenn ihre Haare zu lang wurden und sich nicht mehr bändigen ließen. Sie suchte für gewöhnlich Mavis Adler's Salon of Style direkt am Highway auf. Mavis hatte früher Claires Großmutter zu Hause bedient, und das genügte Claire als Empfehlung.

Claire hielt sich nicht gerade für dumm und war schon zahllose Male am White Door vorbeigekommen, aber als sie nun hineinging und dort die Ledersofas, die Originalkunstwerke an den Wänden und einige der wohlhabenderen Frauen des Orts sah, für die sie schon Brunches, Lunches und Teegesellschaften organisiert hatte, fühlte sie sich doch ziemlich fehl am Platz.

Ganz hinten entdeckte sie Sydney, die die Haare unter dem Stuhl einer Kollegin zusammenfegte. Sie wirkte einsam, was für Claire in Ordnung gewesen wäre, nicht jedoch für Sydney.

Als Sydney sie bemerkte, ging sie sofort zu ihr. »Claire, was ist los? Ist was mit Bay?«

»Nein. Ich hab Evanelle gebeten, eine oder zwei Stunden auf sie aufzupassen.«

»Warum?«

»Weil ich möchte, dass du mir die Haare schneidest.«

Kolleginnen Sydneys und Kundinnen scharten sich um die beiden. Rebecca, die Inhaberin des White Door, wartete wie eine Lehrerin darauf, dass Sydney sich an die Arbeit machte. Getuschel über Claires wunderschöne lange Haare und Sydneys mangelnde Routine war zu hören.

»Vertraust du mir?«, fragte Sydney Claire, als sie den Stuhl hochpumpte, nachdem sie die Haare ihrer Schwester gewaschen hatte.

Claire sah Sydney im Spiegel an. »Ja«, antwortete sie.

Sydney drehte sie zu sich.

In den folgenden Minuten wurden Claires Haare immer leichter, je mehr feuchte dunkle Strähnen auf den Umhang über ihren Schultern glitten. Hin und wieder stellte Rebecca eine Frage, die Sydney selbstbewusst und mit dem richtigen Fachvokabular beantwortete.

Als Sydney den Stuhl schließlich wieder in Richtung Spiegel drehte, applaudierten die Umstehenden.

Claire traute ihren Augen nicht. Sydney hatte mindestens dreißig Zentimeter abgeschnitten, und der Pony ließ Claires Blick erstrahlen. Die Frau, die Claire da aus dem

Spiegel anschaute, sah so aus, wie Claire immer hatte sein wollen.

Sydney fragte sie nicht, ob ihr die neue Frisur gefalle, weil sie nicht daran zweifelte. Sie war eine Meisterin ihres Fachs. Alle zollten Sydney Bewunderung, deren Augen vor Freude glänzten.

Claire war den Tränen nahe, Tränen über eine Art Wiedergeburt oder Erlösung. Tief in ihrem Innern hatte sie es immer gewusst und Sydney deshalb als Kind beneidet. Ihre Schwester war hier geboren, und ihre Gabe hatte nur darauf gewartet, dass sie sie annahm.

»Jetzt kannst du sie nicht mehr leugnen«, sagte Claire.

»Was?«, fragte Sydney.

»Deine ganz spezielle Waverley-Gabe.«

TEIL ZWEI

EINBLICK

SIEBEN

Lester Hopkins saß auf einem Alustuhl unter dem Kastanienbaum in seinem Garten. Ein Wagen, der sich dem Haus neben der Molkerei auf der langen Auffahrt näherte, wirbelte eine Staubwolke auf.

Von seinem Schlaganfall im vergangenen Jahr hatte Lester ein Hinken und einen leicht verzogenen Mund zurückbehalten, weswegen er immer ein Taschentuch benötigte, um den Speichel wegzuwischen. Nun verbrachte er große Teile des Tages mit Herumsitzen und Nachdenken, was ihn nicht wirklich störte. Letztlich hatte er sich immer auf diese Zeit gefreut, wenn man regelmäßig jeden Monat seinen Rentenscheck mit der Post bekam. Als er ein Junge war, hatte sein Großvater es sich gut gehen lassen, lange gefrühstückt, war auf die Jagd gegangen, hatte nachmittags ein Nickerchen gemacht und abends Banjo gespielt. Lester hielt das für ein prima Leben. Schon in jungen Jahren wollte er so schnell wie möglich alt werden und in Rente gehen.

Aber ein paar Hindernisse gab es auf diesem Weg durchaus zu überwinden. Nach dem Tod seines Vaters musste Lester, damals siebzehn, hart arbeiten und die Molkerei allein leiten. Außerdem war ihm und seiner Frau nur ein Sohn vergönnt. Immerhin heiratete der ein fleißiges Mädchen, und sie wohnten alle im selben Haus. Als der Enkel auf die Welt kam, schien das Leben perfekt zu sein. Doch dann erkrankte Lesters Frau an Krebs, und sein Sohn starb zwei Jahre später bei einem Autounfall. Seine Schwiegertochter wollte nach Tuscaloosa zu ihrer Schwester ziehen, aber Lesters Enkel Henry, damals elf Jahre alt, weigerte sich.

Lester kannte nur zwei Konstanten in seinem Leben: seine Farm und Henry.

Als der Wagen näher kam, trat Henry aus dem Haus, um zu sehen, wer da heranfuhr. Um einen geschäftlichen Besuch handelte es sich offenbar nicht, weil schon fast die Dämmerung hereinbrach.

»Erwartest du jemanden, Pap?«, rief Henry Lester zu.

»Ja, mein Schiff, aber das ist es nicht.«

Als Henry sich zu Lester gesellte, betrachtete dieser seinen Enkel, der attraktiv, aber wie alle Hopkins-Männer bereits alt zur Welt gekommen war und nun sein ganzes Leben darauf wartete, dass sein Körper das gefühlte Alter erreichte. Aus diesem Grund heirateten Hopkins-Männer ausnahmslos ältere Frauen. Henry allerdings ließ sich ziemlich viel Zeit, und so versuchte Lester, ihm auf die Sprünge zu helfen. Er riet ihm, die Grundschulführungen durch die Molkerei selbst zu übernehmen, wenn die Lehrerinnen im richtigen Alter und unverheiratet waren. Und da das Kirchenkomitee in der Hauptsache aus geschiedenen Frauen bestand, lud Lester es immer ein, im Herbst Heu und im Winter Stechpalmenzweige zu holen. Aber leider fruchteten seine Bemühungen nichts. Henry war solide und selbstbewusst, fleißig und freundlich und somit ein guter Fang, doch er schien sich selbst zu genügen.

Das passiert, wenn man als alte Seele auf die Welt kommt.

Der Wagen hielt. Lester erkannte den Fahrer nicht, dafür jedoch die Frau, die auf der Beifahrerseite ausstieg.

Er lachte. Lester freute sich immer, wenn Evanelle Franklin vorbeischaute. Das war, als entdeckte man mitten im Winter ein Rotkehlchen. »Sieht so aus, als müsste Evanelle uns was geben.«

Evanelle durchquerte den Garten. »Lester«, sagte sie, blieb vor ihm stehen und stemmte die Hände in die Hüften, »du wirst von Mal zu Mal attraktiver.«

»Du solltest mal zum Augenarzt«, scherzte er.

»Altes Schandmaul.«

»Was führt dich zu uns?«

»Ich muss dir das geben.« Sie griff in ihre Umhängetasche und reichte ihm ein Glas mit Maraschinokirschen.

Lester sah Henry an, der sich ein Lächeln zu verkneifen suchte. »Die hab ich lang nicht mehr gegessen. Danke, Evanelle.«

»Gern geschehen.«

»Wen hast du denn da mitgebracht?«

»Fred vom Lebensmittelladen. Er wohnt bei mir, das ist richtig schön.«

»Hättet ihr zwei Lust, zum Abendessen zu bleiben?«, fragte Henry. »Yvonne hat Kartoffelküchlein gemacht.«

Yvonne war ihre Haushälterin, die Henry nach Lesters Schlaganfall im vergangenen Jahr eingestellt hatte. Natürlich war sie verheiratet.

»Nein, danke, ich muss gleich wieder los«, antwortete Evanelle. »Sehen wir uns bei dem Fest zum vierten Juli?«

»Ja«, sagte Lester, und sie ging zum Wagen zurück.

»Mir hat sie mal ein Wollknäuel gegeben«, erzählte Henry. »Ich war damals ungefähr vierzehn. Mein Gott, wie peinlich, dachte ich und warf das Ding weg. Aber in der folgenden Woche hätte ich es gut für ein Schulprojekt gebrauchen können.«

»Die Männer hier im Ort lernen ihre Lektion ziemlich schnell, wenn's um Waverley-Frauen geht«, sagte Lester und griff nach seinem Stock, den er gegen den Baum gelehnt hatte. »Denen sollte man zuhören.«

Am nächsten Nachmittag rief Sydney von oben: »Wo sind denn alle?«

»Ich bin hier unten«, antwortete Claire.

Schon bald erklangen Sydneys Schritte auf den Stufen zum Keller. Dort war es kühl und trocken, und manchmal klopften Männer, die sich überfordert fühlten, an, um zu fragen, ob sie eine Weile im Waverley-Keller sitzen dürften, weil das einen klaren Kopf machte und beruhigte.

Sydney ging auf den Lichtkegel von Claires Taschenlampe zu. Die Glühbirnen hier unten waren alle schon 1939 ausgebrannt, und das, was angefangen hatte, weil irgendjemand zu faul war, sie zu ersetzen, entwickelte sich irgendwann zu der Familientradition, den Keller dunkel zu lassen.

»Wo steckt Bay?«, fragte Sydney. »Ist sie nicht hier unten bei dir?«

»Nein, sie spielt am liebsten im Garten. Aber es ist alles in Ordnung. Der Baum wirft nicht mehr mit Äpfeln nach ihr, seit sie sie zurückwirft.« Claire reichte Sydney die Taschenlampe. »Leuchtest du mal bitte hierhin?«

»Geißblattwein?«

»Die Feiern zum vierten Juli sind nächste Woche. Ich zähle die Flaschen, damit ich weiß, wie viele wir bringen können.«

»Beim Reinkommen hab ich eine auf dem Küchentisch gesehen«, sagte Sydney.

»Das ist der Rosengeranienwein, den Fred mir zurückgebracht hat. Das Geld wollte er nicht wiederhaben. Vielleicht ist das als Bestechung gedacht, damit ich den Mund halte«, mutmaßte Claire und klatschte in die Hände, um den Staub loszuwerden. »Vierunddreißig Flaschen. Ich dachte, ich hätte letztes Jahr vierzig gemacht, aber egal. Das sollte reichen.«

»Wirst du ihn Tyler geben?«

Claire nahm die Taschenlampe wieder an sich. »Was?«

»Den Rosengeranienwein.«

»Ach«, sagte Claire und machte sich auf den Weg nach oben. Sydney folgte ihr. »Ich dachte, du könntest ihm die Flasche für mich bringen.«

»Er gibt Sommerkurse«, erklärte Sydney. »Deshalb wird er nicht oft hier sein.«

Claire war froh, dass Sydney ihren verwirrten Gesichtsausdruck nicht sah. Manchmal fürchtete sie, den Verstand zu verlieren. Beim Aufwachen war ihr erster Gedanke, wie sie Tyler loswerden könnte. Gleichzeitig hielt sie jedoch nach ihm Ausschau. Es ergab einfach keinen Sinn.

Als sie die Küche erreichten, verschloss Claire die Kellertür hinter sich. »Er ist ein anständiger Mann, Claire«, sagte Sydney. »Das weiß ich. Mich überrascht es, dass Männer auch gut sein können. Wer hätte das gedacht?«

Claire legte die Taschenlampe zurück zu den Kerzen und batteriebetriebenen Laternen in der Vorratskammer. Die Anspannung, die ihre Frustration erzeugte, ließ das tragbare Radio auf einem der Regalfächer zum Leben erwachen. Sie zuckte vor Schreck zusammen, schaltete es aus und lehnte sich gegen die Wand. So konnte das nicht weitergehen. »Er ist keine Konstante«, stellte Claire fest. »Der Apfelbaum schon und der Geißblattwein und dieses Haus. Aber Tyler Hughes nicht.«

»Ich auch nicht, oder?«, fragte Sydney, doch Claire blieb stumm. War Sydney eine Konstante? Hatte sie wirklich ihren Platz in Bascom gefunden oder würde sie wieder verschwinden, vielleicht wenn Bay größer war oder Sydney sich verliebte? Claire würde ihr keinen Anlass geben zu gehen, nur Gründe zum Bleiben.

Claire kehrte in die Küche zurück. »Wie läuft's in der Arbeit?«, fragte sie mit fröhlicher Stimme.

»Es gibt jede Menge zu tun. Das hab ich dir zu verdanken.«

»Ich hab nichts getan.«

Sydney schüttelte den Kopf. »Jetzt halten sie mich für eine Lehrerin oder so was. Ich begreif das nicht.«

»Tja, du hast soeben das Geheimnis meines Erfolgs entdeckt«, sagte Claire. »Wenn die Leute glauben, man hätte etwas Einzigartiges zu geben, schlagen sie sich darum und sind bereit, viel Geld dafür zu zahlen.«

Sydney lachte. »Heißt das: Wenn wir schon merkwürdig sind, sollen wir uns das wenigstens versilbern lassen?«

»Wir sind nicht merkwürdig.« Claire schwieg eine Weile. »Aber die Antwort auf den zweiten Teil des Satzes lautet ja.«

»In deinen Haaren sind Spinnweben vom Keller«, bemerkte Sydney und wischte sic weg. Sie strich ihr gern eine Strähne hinter die Ohren, fuhr mit den Fingern durch ihren Pony oder schob die Haare am Hinterkopf ein wenig hoch. Das war angenehm, wie ein Spiel aus Kindertagen, wenn sie sich damals näher gewesen wären.

»Wo hast du früher Haare geschnitten?«, fragte Claire, während sie Sydneys Gesicht aus der Nähe betrachtete. In den vergangenen zehn Jahren war ihre Schwester sehr erwachsen geworden.

Sydney versuchte, die Spinnweben an ihren Fingern loszuwerden, die jedoch daran kleben blieben. »Eine Weile in Boise.« Sie ergriff die Flasche Rosengeranienwein auf dem Tisch und eilte zur hinteren Tür hinaus, einen seltsamen Geruch nach Rasierwasser zurücklassend. »Ich geh raus zu Bay, und dann bring ich die hier Tyler.«

Seit jenem Tag, an dem Sydney im Geist in das Haus in Seattle zurückgekehrt war zu den Fotos ihrer Mutter, umwehte sie immer wieder ohne Vorwarnung der Duft von Davids Rasierwasser. Wenn der Geruch besonders stark wurde, schalteten sich die Ventilatoren an der Decke des unteren Stockwerks selbsttätig ein. Und in der oberen

Etage, wo es keine Ventilatoren gab, verharrte er zornesheiß. In solchen Nächten kroch Bay zu Sydney ins Bett, um mit ihr zu flüstern, darüber, wie glücklich sie waren, hier und frei zu sein. Dabei formten sie mit den Fingern Schattenbilder in dem purpurfarbenen Schimmer, der aus Tylers Garten herüberdrang.

Claire interessierte nach wie vor dafür, wo Sydney gewesen war und was sie in ihrer Abwesenheit gemacht hatte. Sydney spürte, dass es Zeit wurde, es ihr zu sagen, weil nun sogar Claire hin und wieder das Rasierwasser roch und laut überlegte, woher der Duft komme. Doch Sydney wusste, in welche Gefahr sie ihre Schwester durch ihre Rückkehr gebracht hatte.

Im Garten wurde der Geruch des Rasierwassers von dem nach Äpfeln, Salbei und Erde überdeckt. Sydney setzte sich zu Bay unter den Baum, wo sie sich über die Feiern zum vierten Juli unterhielten und darüber, dass sie sich irgendwann gemeinsam die Schule ansehen würden. Bay verbrachte jeden Tag ein paar Stunden im Gras unter dem Apfelbaum. Als Sydney sie fragte, warum, antwortete ihre Tochter, sie wolle etwas herausfinden. Sydney hakte nicht nach, weil die vergangenen Monate genug Stoff zum Nachdenken boten.

Nun ging Sydney zu Tyler hinüber, der gerade einen Rasenmäher aus seinem Schuppen holte.

»Na, Tyler, nimmst du den Kampf gegen das Gras wieder auf?«, rief sie ihm zu.

»Wenn ich's nicht bald mähe, verlaufen sich die kleinen Hunde der Nachbarschaft in meiner Wiese. Schon jetzt sucht Mrs. Kranowski ihren Edward manchmal darin.«

»Ich komm mit einem Geschenk von Claire.« Sie hielt die Weinflasche hoch.

Tyler zögerte. »Weißt du, ich versteh deine Schwester nicht. Warum schenkt sie mir Sachen, wenn sie mich nicht leiden kann? Ist das hier in den Südstaaten so üblich?«

»Sie kann dich durchaus leiden. Deswegen soll ich dir die Flasche ja auch geben. Macht's dir was aus, wenn ich mir ein Glas davon einschenke? Ich fühl mich ein bisschen wackelig.«

»Kein Problem. Komm.« Sie betraten die Küche durch den Hintereingang, wo Tyler zwei Gläser aus dem Schrank holte und füllte. Sydney nahm gierig einen Zug.

»Was ist denn los?«, erkundigte er sich.

»Ich bin vor einiger Zeit in Gedanken an einen gefährlichen Ort zurückgekehrt. Das macht mir immer noch Angst.«

»Willst du drüber reden?«

»Nein.«

Er nickte. »Auch gut. Was ist das?«, fragte er, während er das Glas an die Nase hob.

»Rosengeranienwein. Der soll gute Erinnerungen zurückbringen.«

Er prostete ihr zu. »Auf die angenehmen Erinnerungen.«

Doch bevor er einen Schluck nehmen konnte, platzte Sydney heraus: »Sie hofft, dass der Wein dich an eine andere erinnert und sie vergessen lässt. Genau wie die Kasserolle mit dem Löwenmäulchenöl und der Kuchen mit den blauen Blumen.«

Er senkte das Glas. »Ich versteh nicht ganz.«

»Die Pflanzen in unserem Garten sind etwas Besonderes. Vielleicht machen auch die Gerichte, die aus ihnen zubereitet werden, sie dazu. Sie haben eine Wirkung auf den, der sie isst. Du bist offenbar immun. Oder sie gibt sich zu viel Mühe, und das verändert den Effekt. Ich weiß es nicht.«

Tyler sah sie ungläubig an. »Sie versucht, mir das Interesse an ihr auszutreiben?«

»Was bedeutet, dass du einen Stein im Brett hast bei ihr. Claire mag nämlich Dinge, die nicht wieder verschwinden. Also bleib hier.«

Einen kurzen Augenblick fragte Sydney sich, ob es sinnvoll gewesen war, ihm das zu verraten, doch dann lächelte Tyler, und sie wusste, dass sie das Richtige getan hatte. Sie hatte Claire so viel zu verdanken. Und nun konnte sie sich revanchieren und ihr zeigen, dass es auch ein Glück außerhalb dessen gab, was sie kannte. Ein Glück an Tylers Seite.

»Ich hab nicht vor zu verschwinden«, sagte er.

»Gut.« Sydney wandte den Blick ab. Die Worte eines anständigen Mannes konnten einer Frau die Tränen in die Augen treiben. Sie beneidete Claire um Tyler. Sydney hatte viele Männer kennengelernt, keiner davon anständig. »Trink«, forderte sie ihn auf, wandte sich ab und begann, in der Küche hin und her zu gehen.

Tyler hob das Glas an die Lippen und nahm einen Schluck. »Der Wein ist ungewöhnlich, aber gut.«

»Willkommen in Claires Welt.«

»Und wie sehen deine angenehmen Erinnerungen aus?«, fragte er.

Sie ging an den Staffeleien vorbei zum Fenster. »Es ist merkwürdig. Die haben alle mit der vergangenen Woche zu tun. Die war die beste in meinem ganzen Leben. Und deine?«

»Der Wein schmeckt mir, aber er bewirkt nichts. Ich kann nur an Claire denken.«

Sie nahm lächelnd einen weiteren Schluck. »Du bist ein hoffnungsloser Fall.«

ACHT

Bascoms Feier zum vierten Juli fand jedes Jahr auf dem Marktplatz statt. Auf der Grünfläche neben dem Brunnen stellten Familien und Kirchengruppen Tische und Esszelte auf, so dass alle vor dem großen Feuerwerk von den Leckereien kosten konnten. Die Waverleys steuerten immer Geißblattwein bei, damit die Gäste in der Nacht nach Hause fanden. Dieser Wein brachte auch jedes Jahr ein paar Enthüllungen, denn ein Nebeneffekt der Fähigkeit, im Dunkeln zu sehen, ist, dass man sich mancher Dinge bewusst wird.

Der Tisch der Waverleys lag ein wenig abseits. Bay bastelte im überwachten Spielbereich Papierhüte und ließ sich schminken, während Sydney und Claire den Geißblatttrank kredenzten. Die Leute kamen ehrfürchtig auf einen kleinen Pappbecher voll, wie zur heiligen Kommunion, und hin und wieder schlenderte der Sheriff vorbei und sagte: »Der ist doch ohne Alkohol, oder?«

Und Claire antwortete wie alle Waverleys vor ihr: »Natürlich.«

Als Teenager hatte Sydney den vierten Juli immer bei Freunden am Pool verbracht und war dann gerade rechtzeitig zum Feuerwerk auf die Grünfläche gegangen. Jetzt fühlte sie sich älter als ihre früheren Highschool-Kameraden, von denen die meisten offenbar von privaten Grill- oder Poolfesten kamen, weil sie braun gebrannt waren und unter ihrer Kleidung die Träger von Badeanzügen hervorlugten. Emma unterhielt sich am Tisch der presbyterianischen Kirche mit Eliza Beaufort. Sydney beneidete sie nicht mehr um ihr privilegiertes Leben, sondern sehnte sich nur nach Freunden allgemein.

»Ich weiß gar nicht, wann ich das letzte Mal hier am Waverley-Tisch war«, sagte Sydney zu Claire.

»Ist eine ganze Weile her.«

Sydney holte tief Luft. »Es fühlt sich gut an.«

»Warum bist du dann so unruhig? Niemand wird uns mit faulen Eiern bewerfen.«

»Hm«, brummte Sydney, die das Gefühl hatte, Claire immer ähnlicher zu werden. Ein bisschen begann sie schon, sich wie ihre Schwester zu kleiden – ordentlich gebügelte ärmellose Blusen, khakifarbene Hosen, Madras-Shorts, fließende Sommerkleider. Claires Satz an jenem Tag im Friseursalon, dass sie eine spezielle Waverley-Gabe besitze, hatte ihre Einstellung grundlegend verändert. Nun fühlte sie sich wie eine Waverley. Doch im Moment war das, als lebte sie in einem Land, dessen Sprache sie noch nicht beherrschte, auch wenn sie sich wie die Einheimischen anzog. »Es ist in Ordnung, merkwürdig zu sein. Ich werd mich dran gewöhnen.«

»Wir sind nicht merkwürdig, sondern einfach, wie wir sind. Hallo, Evanelle!«

Evanelle gesellte sich zu ihnen und nahm einen Becher Wein. »Mm, der tut gut«, sagte sie und trank ihn mit einem Zug leer. »Ich muss Bay etwas geben.« Sie stellte den Becher ab und holte eine ziemlich auffällige Fünfziger-Jahre-Brosche aus ein wenig beschlagenem Glas aus ihrer Umhängetasche.

»Sie lässt sich gerade das Gesicht schminken«, erklärte Sydney.

»Gut, dann geh ich zu ihr rüber. Fred hilft mir, das Haus auf Vordermann zu bringen. Das Ding hab ich beim Kramen in einem alten Schmuckkästchen entdeckt, und ich wusste sofort, dass ich es Bay geben muss.«

Claire beugte sich ein wenig vor. »Fred hilft dir?«

»Er hat sich ein Ordnungssystem für den ganzen Krempel ausgedacht.«

»Das biete ich dir seit Jahren an, Evanelle«, sagte Claire. Sydney musterte sie neugierig. Claire wirkte verletzt.

»Ich weiß, aber damit wollte ich dich nicht belästigen. Jetzt, wo Fred bei mir wohnt …«

»Er wohnt bei dir?«, rief Claire aus. »Ich dachte, er bleibt nur ein paar Tage.«

»In der Zeit, die er bei mir verbringt, kann er sich's doch auch gemütlich machen, oder? Er verwandelt gerade den Speicher in sein eigenes kleines Reich und repariert allerlei Dinge. Ich bin wirklich froh, dass er im Haus ist.«

»Du weißt, dass ich immer für dich da bin, wenn du mich brauchst«, sagte Claire.

»Ja. Du bist ein guter Mensch.« Evanelle verstaute die Brosche wieder in ihrer Umhängetasche. »Wenn ich die Bay gegeben habe, muss ich noch mit ein paar Nägeln zu Reverend McQuail und mit einem Spiegel zu Mary-

Beth Clancy. Anschließend treff ich mich am Brunnen mit Fred. Ich hasse Menschenmassen, da ist immer so viel zu tun. Bis später.«

»Tschüs, Evanelle. Ruf mich an, wenn du mich brauchst!«

Sydney schnaubte verächtlich. »O doch: Wir sind merkwürdig.«

»Sind wir nicht«, widersprach Claire geistesabwesend. »Was hältst du davon, dass Fred bei Evanelle wohnt?«

»Schade, dass er und James Probleme haben.« Sydney zuckte die Achseln. »Aber Evanelle scheint seine Gesellschaft zu genießen.«

»Hmm.«

Wenige Minuten später, nachdem der Sheriff wieder bei ihnen vorbeigeschaut hatte, stieß Sydney Claire in die Rippen. »Falls dir das noch nicht aufgefallen ist: Tyler lässt dich nicht aus den Augen.«

»Verdammt«, stöhnte Claire. »Warum hast du nur hingeschaut? Jetzt kommt er rüber.«

»Du gütiger Himmel.«

»Wenigstens bin ich nicht die Einzige, die hier angestarrt wird. Du hast auch einen Verehrer.« Claire deutete auf ein Zelt mit der Aufschrift HOPKINS MOLKEREI, unter dem ein gut aussehender, blonder Mann mit schlanker Figur und gebräunter Haut Eis in Pappbecher füllte. Er wirkte robust, als könnte er allen Stürmen widerstehen, und schaute immer wieder zum Stand der Waverleys herüber.

»Meint er, wir wollen ein Eis? Vielleicht sehen wir verschwitzt aus.«

»Das ist Henry Hopkins«, sagte Claire.

»Henry!« Aus der Ferne konnte Sydney seine Gesichtszüge nicht so genau erkennen, aber seine Haare und Bewegungen kamen ihr bekannt vor. »Der war mir völlig entfallen.«

»Ich wusste gar nicht, dass du ihn kennst.« Als Claire aufstehen wollte, hielt Sydney sie zurück. »Lass mich los. Ich hab was im Lieferwagen vergessen.«

»Unsinn. Du möchtest nur Tyler aus dem Weg gehen. Und was Henry angeht: Wir waren mal ... Freunde, in der Grundschule. Später haben wir uns aus den Augen verloren.«

»Warum?«, fragte Claire, die versuchte, sich Sydneys Griff zu entziehen.

»Weil ich in der Highschool eine ziemliche Zicke war«, antwortete Sydney.

»Warst du nicht.«

»Doch.«

»Nein.«

»Hallo, die Damen. Wird hier ein Schiedsrichter gebraucht?«

Sydney ließ Claires Arm los. »Hallo, Tyler.«

»Claire, Ihre Haare«, bemerkte Tyler, und Claire hob unwillkürlich die Hand an den Kopf. Sie trug das weiße Stirnband von Evanelle, das sie jung und unschuldig wirken ließ. »Sie sind wunderschön. Ich hab geträumt, dass Ihre Haare so aussehen würden. Tut mir leid, das klingt ziemlich dumm.« Er rieb sich lachend die Hände. »Alle sagen, ich soll einen Schluck vom Geißblattwein der Waverleys trinken. Entweder ist das eine alte Tradition im

Ort, oder alle machen mit bei Claires großem Spiel, mir das Interesse an ihr auszutreiben.«

»Wie bitte?«

»Sydney hat mir erzählt, was Sie mit den Gerichten bewirken wollen, die Sie für mich kochen.«

Claire wandte sich Sydney zu, die sich bemühte, verlegen zu wirken, aber nichts bereute.

»Geißblattwein hilft, im Dunkeln zu sehen«, sagte Claire steif. »Es liegt bei Ihnen, ob Sie davon trinken oder nicht. Meinetwegen können Sie gern in der Nacht gegen einen Baum laufen oder in den Rinnstein fallen.«

Tyler nahm einen Pappbecher. »Der wird mir helfen, *Sie* im Dunkeln zu sehen.«

»Das wär mal was Neues.«

Tyler trank den Wein, ohne den Blick von ihr zu wenden. Sydney lehnte sich lächelnd zurück. Es war, als wohnte sie einem Tanz bei, von dem nur einer der beiden Tänzer die Schritte kannte.

Als Tyler sich entfernte, ging Claire auf ihre Schwester los. »Du hast es ihm erzählt?«

»Warum überrascht dich das? Ich bin leicht zu durchschauen.«

»Bist du nicht.«

»Doch.«

»Hau ab, misch dich unter die Leute und hör auf, deine Waverley-Gene spielen zu lassen«, sagte Claire kopfschüttelnd, aber mit einem Lächeln. Da war er, der Beginn einer neuen Nähe zwischen ihnen.

Ein schönes Gefühl.

Henry Hopkins wusste noch genau, wie Sydney Waverley und er Freunde wurden. Sydney saß während der Pause ganz oben im Klettergerüst. Henry hatte nie verstanden, warum die anderen Kinder nicht mit ihr spielen wollten, war aber auch nicht auf sie zugegangen. Doch an jenem Tag wirkte sie so traurig, dass er zu ihr hinaufkletterte. Sie beobachtete ihn eine Weile, bevor sie fragte: »Henry, erinnerst du dich an deine Mutter?«

»Natürlich. Die hab ich erst heut Morgen gesehen. Erinnerst du dich denn nicht an die deine?«

»Sie ist letztes Jahr verschwunden, und ich fange allmählich an, sie zu vergessen. Wenn ich mal groß bin und selber Kinder habe, lass ich die nie im Stich und sorge dafür, dass sie mich nicht vergessen.«

Das erschütterte Henry so sehr, dass er vom Klettergerüst fiel. Von jenem Tag an hing er in der Schule wie eine Klette an Sydney. Vier Jahre lang spielten und aßen sie miteinander, verglichen ihre Hausaufgaben und arbeiteten gemeinsam an Klassenprojekten.

Er hatte keinen Grund zu glauben, dass sich daran etwas ändern könnte, doch als er sie am ersten Tag nach den Sommerferien sah, war die Form ihres Körpers so weiblich, dass sich ihm der pubertierende Kopf drehte. Sie erinnerte ihn an den Herbst, wenn das Laub sich färbte und die Früchte reiften. Ihr Lächeln ließ ihn auf dem Absatz kehrtmachen und den Raum verlassen. Die restliche Schulstunde verbrachte er in der Toilette. Wenn sie mit ihm zu sprechen versuchte, wurde ihm ganz schwindlig, und er floh. Nach einer Weile stellte sie ihre Bemühungen ein.

Diese körperliche Anziehung kam völlig unerwartet für ihn und machte ihn ganz krank. Er wünschte sich die alte Sydney zurück. Sie war klug und konnte Menschen aufgrund ihres Haarschnitts charakterisieren. Das beeindruckte Henry, der seinem Großvater die ganze Geschichte erzählte und gestand, dass er nicht wisse, was er tun solle. Sein Großvater sagte, die Dinge kämen, wie sie kommen müssten, und es hätte keinen Sinn, in die Zukunft zu blicken. Die Gedanken des Menschen hätten keinerlei Einfluss auf die Geschehnisse. Man könne sich mit Gedankenkraft weder selbst heilen noch sich dazu zwingen, jemanden nicht mehr zu lieben.

Er war sich sicher, dass Sydney meinte, er habe sie verlassen wie ihre Mutter und wolle nicht mehr ihr Freund sein, genau wie die anderen Kinder. Und er fühlte sich schrecklich. Am Ende verliebte sich dann Hunter John in sie und tat, was Henry nicht konnte – er gestand ihr seine Liebe. Henry sah zu, wie Hunter Johns Freunde auch die ihren wurden, sie sich wie diese zu verhalten begann und im Flur über andere herzog, sogar über Henry.

Das war alles lange her.

Doch als er sie erblickte, fing alles wieder von vorne an, diese seltsame Sehnsucht und das Gefühl, sie das erste Mal zu sehen. Hopkins-Männer heirateten immer ältere Frauen, also fragte Henry sich, ob ihre neue Reife diese Emotionen verursachte. Wie damals, als ihr Körper sich über die Sommerferien verändert hatte.

»Wenn du so weitermachst, starrst du ihr noch ein Loch in den Bauch.«

Henry wandte sich seinem Großvater zu, der auf seinem Alu-Stuhl hinter einem der Tische saß, den Stock in der Hand, und von Zeit zu Zeit den Passanten etwas zurief wie ein Marktschreier. »Starre ich?«

»Ja, schon geschlagene dreißig Minuten«, antwortete Lester. »Und du hast kein Wort gehört von dem, was ich sage.«

»Tut mir leid.«

»Achtung, sie setzt sich in Bewegung.«

Sydney verließ den Waverley-Stand und ging zum Spielbereich für die Kinder. Ihre Haare glänzten in der Sonne wie Honig. Als ihre Tochter einen Papphut aufsetzte, begann sie zu lachen. Sydney sagte etwas zu ihr, ihre Tochter nickte, und die beiden kamen Hand in Hand auf Henry zu.

Sie kamen auf ihn zu.

Am liebsten hätte er sich in der Toilette verkrochen, genau wie damals in der Schule.

Sydney trat lächelnd an seinen Tisch. »Hallo, Henry.«

Henry blieb stumm.

»Erinnerst du dich noch an mich?«, fragte Sydney.

Er nickte.

»Das ist meine Tochter Bay.«

Er nickte wieder.

Sydney zuckte enttäuscht die Achseln und begann, sich mit ihrer Tochter über die unterschiedlichen Eiscremesorten zu beraten. Es gab Schokolade-Pfefferminze, Erdbeer-Rhabarber, Karamell-Pfirsich und Vanille-Kaffee. Das war die Idee seines Großvaters: Gib den Leuten etwas, das sie noch nicht kennen, und sie werden es lieben, hatte er gesagt.

»Könnten wir zweimal Schokolade-Pfefferminze haben?«, fragte Sydney schließlich.

Henry formte Kugeln und gab sie in die Pappbecher. Sydney beobachtete ihn dabei, den Blick auf seine Hände und Unterarme und schließlich auf sein Gesicht gerichtet.

Er sagte immer noch kein Wort, brachte nicht einmal ein Lächeln zustande.

»Danke, Henry. Du siehst gut aus«, bemerkte Sydney, nahm ihre Tochter an der Hand und entfernte sich. Etwa in der Mitte der Grünfläche schaute sie über die Schulter noch einmal zu ihm zurück.

»So eine klägliche Vorstellung«, sagte Lester. »Als ich ein kleiner Junge war, hat mir mal die Melkmaschine einen Mordsschrecken eingejagt. Dein Gesicht erinnert mich an damals.«

»Nicht zu fassen, dass ich kein Wort rausgebracht hab«, jammerte Henry.

»Genau wie ich bei der Sache mit der Melkmaschine. Ich hab nur immer wieder nach Luft geschnappt wie ein Fisch«, erzählte Lester lachend, bevor er mit seinem Stock nach Henrys Bein stieß. »Zzzzzzpppp!«

Henry machte vor Schreck einen Sprung. »Sehr witzig«, sagte er und begann ebenfalls zu lachen.

Evanelle und Fred winkten von der Steinumrandung des Brunnens aus Sydney und Bay zu, die Eis essend an ihnen vorbeigingen. Mit schlechtem Gewissen sah Evanelle, dass Bay ihre hässliche Brosche an das pinkfarbene T-Shirt gesteckt hatte. Bay war einfach zu sehr darauf bedacht, die Gefühle anderer nicht zu verletzen. Aber das war kein Schmuckstück für ein kleines Mädchen. Warum um Himmels willen hatte Evanelle sie ihr geben müssen? Sie seufzte. Vielleicht würde sie das nie erfahren.

»Ich bin nervös«, sagte Fred und rieb sich die Hände an den ordentlich gebügelten Shorts.

Evanelle wandte sich ihm zu. »Das sieht man dir auch an.«

Fred erhob sich und begann, auf und ab zu gehen. Evanelle blieb, wo sie war, im Schatten der Eichenblattskulptur. »Er hat gesagt, er kommt her, und wir können uns unterhalten. In der Öffentlichkeit, man stelle sich das vor! Hat er denn Angst, dass ich ihm was antue, wenn wir allein sind?«

»Männer. Man kann sie weder umbringen noch mit ihnen leben.«

»Wie würdest du dich fühlen, wenn dein Mann verspricht, er kommt, und es nicht tut?«

»Da er tot ist, Fred, würde mich das nicht sonderlich überraschen.«

Fred setzte sich wieder. »Entschuldige.«

Evanelle tätschelte sein Knie. Er lebte nun seit fast einem Monat bei ihr und war ihre ganze Freude. Aus dem vorübergehenden Arrangement schien ein dauerhaftes zu werden. Er und Evanelle hatten Tage damit verbracht, all die alten Dinge durchzugehen, und Fred schienen die Geschichten zu gefallen, die sie dabei erzählte. Er übernahm die Kosten für die Renovierung des Speichers, und Handwerker mit hübschen Hinterteilen tauchten auf, die Evanelle von einem Stuhl am Fuß der Treppe aus bewunderte.

So etwas wie Häuslichkeit stellte sich ein, doch manchmal, wenn Evanelle Fred beim Essen die Butter reichte oder ihm den Hammer gab, während sie ein Bild aufhängte, betrachtete er den Gegenstand in seiner Hand mit einem so erwartungsvollen Blick, dass es ihr einen Stich versetzte. Er hegte offenbar noch immer die Hoffnung, dass Evanelle ihm eines Tages etwas schenken würde, das die Sache mit James ins Lot bringen konnte.

»Es wird allmählich dunkel«, sagte Fred. »Die Leute fangen schon an, die Decken auszubreiten. Vielleicht hab ich ihn nicht gesehen.«

Evanelle entdeckte James vor Fred. James war groß und gut aussehend und sehr schlank, wie früher die grüblerischen Poeten mit ihren langgliedrigen Fingern und ihrem seelenvollen Blick. Evanelle wusste, wie alle anderen, nichts Schlechtes über James zu sagen. Er arbeitete für eine Investmentbank in Hickory und blieb immer ein wenig distanziert. Fred war in mehr als dreißig Jahren sein einziger Vertrauter gewesen, aber plötzlich hatte sich das geändert, und weder Fred noch sonst jemand im Ort ahnte, warum.

Doch Evanelle hatte einen Verdacht. Wenn man lange genug auf dieser Erde weilt, beginnt man, die Wirrnisse des Lebens zu verstehen.

Gewohnheit konnte in Verrücktheit umschlagen. Alle Burgess-Frauen des Orts, keine von ihnen mit weniger als sechs Kindern gesegnet, bewegten sich wie in einem Nebel, bis der Nachwuchs aus dem Haus war. Doch wenn das Jüngste auszog, taten sie immer etwas Seltsames, verbrannten alle ihre gediegenen, hochgeschlossenen Kleider oder legten zu viel Parfüm auf. Und in langjährigen Ehen kam es vor, dass der Partner unangekündigt eine Wand einriss, um einen Raum zu vergrößern, oder sich die Haare färbte, um anders auszusehen. Es gab die Midlifecrisis und andere Überraschungen, schlechte Entscheidungen und Affären. Manchmal sagte dann einer von beiden einfach: *Ich hab die Schnauze voll.*

Fred wurde ganz still, als James nahte.

»Tut mir leid, dass ich so spät dran bin. Fast hätt ich's nicht geschafft«, sagte James, auf dessen Stirn Schweißtropfen standen, ein wenig atemlos. »Ich war grade noch im Haus, um ein paar Sachen abzuholen. Der Rest gehört dir. Ich hab jetzt eine Wohnung in Hickory.«

Aha, dachte Evanelle. Deshalb hatte James sich hier mit Fred treffen wollen, damit er wusste, wann Fred nicht zu Hause wäre und er seine Sachen ohne lange Diskussion abholen konnte. Fred dachte offenbar das Gleiche.

»Nächstes Jahr geh ich in Vorruhestand. Wahrscheinlich werd ich nach Florida ziehen, vielleicht auch nach Arizona. Das steht noch nicht fest.«

»Das ist es also dann?«, fragte Fred, und Evanelle spürte, dass zu viele Dinge in ihm gegeneinander kämpften, die alle gleichzeitig herauswollten. Am Ende rang er sich nur diesen einen Satz ab: »Ist es das wirklich?«

»Monatelang war ich wütend, jetzt bin ich nur noch müde«, erklärte James. »Müde, dir immer den Weg zu zeigen. Deinetwegen hab ich mit der Schule aufgehört und bin zu dir gezogen, weil du nicht wusstest, was du mit dir anfangen solltest. Ich musste dir beim Outing helfen, die Mahlzeiten und die Freizeit planen. Ich dachte, ich tue das Richtige. Damals hab ich mich in deine Verletzlichkeit verliebt und, als dein Vater starb, gefürchtet, dass du es allein nicht schaffen würdest. Ich hab ziemlich lang gebraucht, um zu begreifen, dass ich dir einen schlechten Dienst erwiesen hab – und mir auch. Mit meinen Versuchen, dich glücklich zu machen, hab ich dich daran gehindert, das Leben selbst in die Hand zu nehmen, und mein eigenes Glück vertan.«

»Ich kann mich bessern. Sag mir nur …«, begann Fred, dann wurde ihm plötzlich klar, dass James recht hatte.

James kniff die Augen zu. »Ich geh jetzt lieber.«

»James, bitte nicht«, flüsterte Fred und ergriff die Hand seines Freundes.

»Ich halt das nicht mehr aus. Ich kann dir nicht die ganze Zeit sagen, wie du leben sollst. Darüber hab ich selbst fast vergessen, wie's geht.« James schwieg. »Weißt du, dieser Kochkursleiter vom Orion College … Steve … der sich im Laden immer mit dir über die neuesten Rezepte unterhält … den solltest du besser kennenlernen. Er mag dich.«

Fred ließ die Hand sinken, als hätte ihm jemand einen Haken in den Magen versetzt.

James wandte sich wortlos ab und stakste steifbeinig davon.

Fred sah ihm nach. »So oft hab ich die Kassiererinnen in der Pause beim Tuscheln belauscht«, sagte Fred schließlich leise, den Blick gesenkt, »und sie für alberne Gänse gehalten, weil sie glauben, das Schlimmste auf der Welt ist, jemanden loszulassen, der einen nicht mehr liebt. Sie wollten immer wissen, warum.«

Ohne ein weiteres Wort ging Fred weg.

Sydney saß allein auf einer von Oma Waverleys alten Quiltdecken in der Nähe der Familien, mit deren Töchtern Bay sich beim Spielen angefreundet hatte.

Emma thronte auf einem gepolsterten Liegestuhl, in Gesellschaft einiger Leute, die Sydney nicht kannte. Hunter John war nirgendwo zu sehen. Emma warf hin und wieder einen kurzen Blick in Sydneys Richtung, unternahm aber ansonsten keinerlei Versuch, Kontakt mit ihr aufzunehmen. Es war merkwürdig, dachte Sydney, sich so nahe bei ihren früheren Freunden zu befinden und sie plötzlich als Fremde wahrzunehmen.

Als Sydney Bay beobachtete, die mit einer Wunderkerze auf der Grünfläche herumtollte, sah sie jemanden von rechts auf sich zukommen.

Henry Hopkins blieb vor ihr stehen. Er war wirklich attraktiv mit seinem dichten, kurz geschnittenen Haar und den starken Armmuskeln. Das Letzte, woran sie sich im Zusammenhang mit ihm erinnerte, war ihr Spott über sein Stolpern im Flur der Highschool. Als Jugendlicher wirkte er ungeschickt, aber seine ruhige Würde als Kind war angenehm gewesen. Als Teenager hatten sie sich aus den Augen verloren, ohne dass sie gewusst hätte, warum. Vielleicht ihrer Überheblichkeit in der Highschool wegen.

»Hallo«, begrüßte Henry sie.

Sydney lächelte. »Schau an, er kann sprechen.«

»Darf ich mich zu dir setzen?«

»Als könnte ich einem Mann, der mir Eis schenkt, einen Wunsch abschlagen«, antwortete Sydney, und Henry ließ sich neben ihr nieder.

»Tut mir leid wegen vorhin«, sagte Henry. »Ich war ziemlich überrascht, dich zu sehen.«

»Ich dachte, du bist wütend auf mich.«

Henry blickte sie fragend an. »Wieso sollte ich das?«

»In der Highschool war ich nicht besonders nett zu dir.«

»Ich bin nicht wütend. Noch heute kann ich an keinem Klettergerüst vorbeigehen, ohne an dich zu denken.«

»Hm«, meinte Sydney, »das haben mir schon viele Männer gesagt.«

Er lachte. Sie lachte. Alles war in Ordnung.

»Du bist also wieder da.«

»Ja.«

»Das freut mich.«

Sydney schüttelte den Kopf. Was für eine unerwartete Entwicklung. »Du bist der Erste hier, der mir das sagt.«

»Es lohnt sich, auf die guten Dinge zu warten.«

»Bleiben Sie nicht zum Feuerwerk?«, fragte Tyler Claire, als diese die leeren Weinflaschen in einen Karton packte. Sie drehte sich nicht zu ihm um, weil sie nervös war und fürchtete, sich nicht gegen ihn wehren zu können. Solange sie ihm den Rücken zukehrte, blieb sie die alte, kontrollierte Claire, die Claire, die sie gewesen war, bevor sie Tyler kennenlernte und Sydney bei ihr einzog.

Claire sah, dass Henry Hopkins sich zu Sydney gesellt hatte. An den Gedanken, dass Henry ihre Schwester mochte, musste sie sich erst noch gewöhnen.

Warum beschäftigte sie das? Und warum beschäftigte es sie, dass Fred Evanelle half?

Ihre Mauern begannen zu bröckeln, und sie fühlte sich schrecklich schutzlos. Dies war der denkbar schlechteste Augenblick, sich mit Tyler auseinanderzusetzen.

»Die Show kenne ich schon«, sagte sie, noch immer mit dem Rücken zu ihm. »Sie endet mit einem Knall.«

»Ach, jetzt haben Sie mir die ganze Freude verdorben. Kann ich Ihnen irgendwie helfen?«

Sie stapelte zwei Kisten übereinander und hob sie hoch. Die anderen würde sie nachher holen. »Nein.«

»Gut«, sagte Tyler, nahm die verbliebenen Kisten und folgte ihr über die Grünfläche zu ihrem Lieferwagen auf der Straße. Sie spürte seinen Blick im Nacken. Jetzt erst merkte sie, wie verletzlich kurze Haare einen Menschen machen konnten.

»Wovor haben Sie Angst, Claire?«, fragte er sanft.

»Ich weiß nicht, was Sie meinen.«

Als sie den Lieferwagen erreichten, schloss sie die hintere Tür auf und schob die Kisten hinein. Tyler tat es ihr gleich. »Haben Sie Angst vor mir?«

»Natürlich nicht«, fauchte sie.

»Haben Sie Angst vor der Liebe?«

»Was für eine Arroganz«, sagte sie, als sie die Kisten festzurrte, damit die Flaschen beim Transport nicht kaputt gingen. »Weil ich Ihre Avancen zurückweise, glauben Sie, ich hätte Angst vor der Liebe.«

»Haben Sie Angst vor einem Kuss?«

»Niemand hat Angst vor einem Kuss.« Sie schloss die Tür und drehte sich um. Er stand näher bei ihr als erwartet. Zu nahe. »Wagen Sie es bloß nicht«, warnte sie ihn und straffte die Schultern, den Van im Rücken.

»Es ist nur ein Kuss«, sagte er, inzwischen so nahe, dass kaum noch ein Blatt Papier zwischen sie gepasst hätte. »Und davor braucht man keine Angst zu haben, stimmt's?«

Er legte eine Hand auf den Wagen, neben ihrer Schulter, und beugte sich vor. Natürlich hätte sie einfach fliehen können, doch dann senkte er den Kopf, und sie sah die Lachfältchen um seine Augen und das kleine Loch in seinem Ohrläppchen, vielleicht von einem Piercing. Sie erzählten Geschichten über ihn, denen sie sich nicht entziehen konnte. Dieser Funken Neugierde war ihr Verderben.

Vorsichtig berührten seine Lippen die ihren, und sie spürte ein warmes Prickeln, wie von Zimtöl. Das war alles?, fragte sie sich. Gar nicht so schlimm. Dann legte er den Kopf ein wenig schräg, und das warme Gefühl breitete sich in ihrem Körper aus. Sie schnappte erstaunt nach Luft, öffnete den Mund weiter und verlor die Kontrolle. Als seine Zunge die ihre fand, begannen verrückte Bilder in ihrem Kopf zu tanzen. Sie kamen nicht von ihr, sondern von ihm – nackte Körper, ineinander verschlungene Glieder, Händchenhalten, gemeinsames Frühstück und miteinander alt werden. Was für ein Zauber war das? Sie berührte ihn, zog ihn näher zu sich heran.

Er schien ihre Unruhe und Nervosität in sich aufzusaugen und sie wärmend wieder an sie abzustrahlen. Was für ein neues Gefühl!

Als ein paar Teenager an ihnen vorbeigingen, kehrte sie in die Realität zurück. Tyler rührte sich nicht von der Stelle.

»Lass mich los«, sagte sie.

»Ich glaub nicht, dass ich das kann.«

Sie schob ihn weg. Er sank gegen den Lieferwagen, als hätte er keine Kraft mehr, auf seinen Beinen zu stehen. Erst als sie versuchte, zur Fahrerseite zu gehen, und das fast nicht geschafft hätte, begriff sie, warum. Sie fühlte sich so schwach, als hätte sie seit Tagen nichts gegessen.

»Und das nach einem einzigen Kuss. Wenn wir jemals miteinander schlafen sollten, brauch ich wahrscheinlich eine ganze Woche, um mich zu erholen.«

Nein, sie durfte nichts mit ihm anfangen, weil es zwangsläufig zu Ende ginge. So etwas endete immer irgendwann. Und dann würde sie diesem Glück ihr Leben lang nachtrauern.

»Lass mich in Ruhe, Tyler«, sagte sie, als er sich, immer noch schwer atmend, vom Lieferwagen abstieß. »Das hätte nicht passieren dürfen. Und es wird auch nie wieder geschehen.«

Sie kletterte in den Wagen und fuhr mit quietschenden Reifen los.

NEUN

Hundert Jahre zuvor waren die Waverleys wohlhabende, im Ort angesehene Leute gewesen. Als sie aufgrund unkluger Investitionen Geld verloren, freute das die Clarks, reiche Grundbesitzer mit den besten Baumwoll- und Pfirsichplantagen der Gegend, diebisch. Die Waverleys waren längst nicht so betucht wie sie, dafür aber alter Geldadel aus dem Gebiet um Charleston, hatten sich ein imposantes Haus in Bascom gebaut und hielten sich für besser, als den Clarks lieb war.

Als die Clark-Frauen von der Verarmung der Waverleys erfuhren, führten sie ein Freudentänzchen im Licht des Halbmonds auf. Anschließend brachten sie den Waverleys als wohltätige Gaben Wollschals voller Mottenlöcher und Kuchen ohne Zucker, weil sie sehen wollten, wie schmutzig der Boden ohne die Bediensteten war und mit wie wenigen Möbeln die Waverleys nun auskommen mussten.

Emma Clarks Großgroßgroßtante Reecey holte die Äpfel aus dem Garten, und damit fing alles an. Die Waverley-Frauen, die inzwischen geflickte Kleidung und unordentliche Frisuren trugen, weil sie alles selbst machen mussten, zeigten den Clarks ihre Blumen, denn als Gärtnerinnen waren sie nach wie vor unübertroffen. Reecey Clark betrachtete die Pflanzen voller Neid und steckte heimlich die auf dem Boden liegenden glänzenden Äpfel in die Taschen und ihr Retikül. Die Waverleys schienen die vielen schönen Früchte ja ohnehin nicht zu essen. Es war fast so, als wollte der Baum, dass sie sie bekam.

Zu Hause gab sie die Äpfel der Köchin und wies sie an, Apfelbutter daraus zu machen. Noch Wochen später freuten sich die Clark-Frauen auf die schönen, erotischen Dinge, die sie nun beim Frühstück sahen. Die wichtigsten Ereignisse im Leben dieser Frauen, das stellte sich jetzt heraus, hatten immer mit Sex zu tun, eine Erkenntnis, die ihre Ehemänner vermutlich nicht überrascht hätte.

Doch dann war eines Tages die ganze Apfelbutter gegessen, und die erotischen Frühstücke fanden ihr Ende. Zwar bereitete die Köchin neue Butter zu, aber die hatte nicht die gleiche Wirkung. Da wusste Reecey, dass es an den Äpfeln der Waverleys lag, und wurde schrecklich neidisch, weil sie meinte, der Baum verhelfe allen zu erotischen Phantasien, die seine Früchte aßen. Kein Wunder, dass die Waverleys so in sich zu ruhen schienen. Es war einfach nicht fair, dass sie einen solchen Baum ihr eigen nennen durften und die Clarks nicht.

Ihren Eltern konnte sie nichts von dem Diebstahl erzählen, weil das peinlich gewesen wäre. Also schlüpfte sie mitten in der Nacht aus dem Bett und schlich hinüber zu den Waverleys, um den Zaun hochzuklettern, doch ihr Rock verfing sich an den Spitzen, und sie glitt ab. Am Ende hing sie den Rest der Nacht kopfüber am Zaun, wo sie am folgenden Morgen von den Waverleys entdeckt wurde. Man rief ihre Familie, und Phineas Young, der stärkste Mann im Ort, holte sie herunter. Sie wurde postwendend zu ihrer strengen Tante Edna in Asheville geschickt, wo sie fortan lebte.

Dort verbrachte sie zwei Monate später eine ausgesprochen leidenschaftliche Nacht mit einem der Stallburschen. Genau die hatte sie beim Genuss der Apfelbutter gesehen. Sie hielt das für Schicksal und war sogar bereit, sich mit ihrer widerlichen Tante Edna abzufinden, um diese Affäre fortführen zu können. Aber ein paar Wochen später wurde sie mit dem Burschen im Stall erwischt und flugs mit einem verknöcherten alten Mann verheiratet. Von da an war sie nie wieder glücklich oder sexuell befriedigt.

Sie hielt das alles für die Schuld der Waverleys, und noch als alte Frau fuhr sie jeden Sommer einmal nach Bascom, um den Clark-Kindern zu erzählen, wie egoistisch es von den Waverleys sei, den Zauberbaum für sich allein zu beanspruchen.

Diese Ressentiments pflegten die Clarks noch lange, nachdem der eigentliche Grund in Vergessenheit geraten war.

Am Tag nach dem vierten Juli versuchte Emma Clark Matteson auf die bewährte Clark-Methode, das zu bekommen, was sie wollte. Am Morgen hatte sie so leidenschaftlichen Sex mit Hunter John, dass die Fetzen flogen. Wäre das Radio nicht gelaufen, hätten die Kinder es sicher mitbekommen. Hinterher bemühte sich Emma, Hunter John in seiner postkoitalen Erschöpfung zu Äußerungen über Sydney zu bewegen. Sie wollte hören, wie sexy sie im Vergleich zu Sydney mit ihren altmodischen karierten Shorts war, die sie im Detail beschrieb. Aber Hunter John weigerte sich, auch nur ein Wort über Sydney zu sagen, mit der Begründung, sie habe jetzt nichts mehr mit ihrem Leben zu tun.

Als er aufstand und zum Duschen ging, biss Emma sich, den Tränen nahe, auf die Lippen. In ihrer Verzweiflung wusste sie nur eine Lösung: Sie rief ihre Mutter an und weinte sich aus.

»Du bist meinem Rat gefolgt und hast Hunter John von der Feier zum vierten Juli ferngehalten«, sagte Ariel. »Gut gemacht. Doch heute Morgen hättest du Sydney nicht erwähnen sollen.«

»Aber du hast doch gesagt, ich soll ihn dazu bringen, dass er uns insgeheim vergleicht«, jammerte Emma, die noch im Bett lag, einen Arm um ein Kissen geschlungen. »Wie soll ich das machen, ohne sie zu erwähnen?«

»Du hörst nicht richtig zu, Liebes. Den Vergleich hatte er schon bei der Party: Sydney als Serviererin und du als Herrin. Das genügt.«

Emma schwirrte der Kopf. Sie hätte nie die Sachkenntnis ihrer Mutter in puncto Männer angezweifelt, aber dies erschien ihr doch reichlich kompliziert.

»Du hast Hunter John seit seiner Begegnung mit Sydney im White Door nicht mehr an sie herangelassen, oder? Das war wieder ein Fehler.«

»Ich kann doch nicht die ganze Zeit auf ihn aufpassen. Ein bisschen Vertrauen muss auch sein.«

»Männern kann man nicht vertrauen«, antwortete Ariel. »Jetzt liegt es an dir. Du musst hart arbeiten, um ihn zu halten. Kauf sexy Unterwäsche, überrasch ihn.«

»Ja, Mama.«

»Clark-Frauen verlieren ihre Männer nicht. Wir sorgen dafür, dass sie glücklich sind.«

»Ja, Mama.«

»Wo ist Bay?«, fragte Sydney, als sie die Küche am ersten Montag nach dem vierten Juli, ihrem freien Tag, betrat. »Ich dachte, sie hilft dir.«

»Sie hat ein Flugzeug gehört und ist raus in den Garten gerannt. Das macht sie jedes Mal.«

»Wieso ist sie plötzlich so wild auf Flugzeuge?«

Claire buk gerade Schokoladenmuffins für die Havershams vier Häuser weiter, die anlässlich des zehnten Geburtstags ihres Enkels eine Party mit Piratenthema veranstalteten. In den sechs Dutzend Gebäckstücken sollte sich jeweils etwas befinden, zum Beispiel ein Kinderring oder eine Münze. Claire hatte aus zarten Brustwurzschösslingen Zuckerguss gemacht, mit dem sie ein »X« auf die Muffins malen wollte, eine Markierung wie auf einer Schatzkarte. Am Ende würde sie winzige Kärtchen mit Hinweisen auf die kleine Gabe in den Gebäckstücken auf Zahnstocher spießen.

»Wann findet die Party denn statt?«, fragte Sydney.

»Morgen.«

»Wenn du möchtest, helf ich dir.«

Claire war gerührt über Sydneys Angebot. »Ich komme zurecht, danke.«

In dem Moment hüpfte Bay herein, und Sydney musste lachen. »Schätzchen, du brauchst die Brosche von Evanelle nicht jeden Tag zu tragen. Das erwartet sie sicher nicht von dir.«

»Aber vielleicht wird sie irgendwann wichtig.«

»Magst du dir mit mir die Schule ansehen?«

»Soll ich dir noch zur Hand gehen, Tante Claire?«, fragte Bay.

»Du warst mir heute eine große Hilfe. Danke. Jetzt schaff ich's auch allein«, antwortete Claire. Sie wusste, dass sie traurig sein würde, wenn Bay ab Herbst die Schule besuchte. Aber auf die Nachmittage freute sie sich schon, wenn Bay und Sydney nach Hause kämen und sie alle zusammen wären.

»Wir bleiben nicht lange weg«, erklärte Sydney.

»Gut.« Plötzlich verspürte Claire ein Prickeln am Körper und bekam eine Gänsehaut. Verdammt. »Tyler wird gleich vor der Tür stehen. Bitte sag ihm, dass ich ihn nicht sehen will.«

Als es kurz darauf klopfte, musste Sydney lachen. »Woher hast du das gewusst?«

»Ich weiß es einfach.«

»Claire, wenn du jemanden zum Reden brauchst …«

Noch immer so viele Geheimnisse. »Ditto.«

Tyler und Bay saßen zusammen auf der Schaukel. Tyler schubste sie mit seinen langen Beinen an, so dass sie hoch in die Luft schwangen. Tyler war immer für einen Spaß zu haben. Doch Sydney sagte, Bay solle ihn nicht stören, wenn er sich tatsächlich einmal auf etwas konzentriere.

Bay dachte an ihren Gartentraum. Hier wäre nicht alles perfekt, solange es ihr nicht gelang, ihn genau zu rekonstruieren. Aber sie wusste nicht, wie sie die Sonnenfunken auf ihrem Gesicht erzeugen sollte, und obwohl sie ihren

Block mit hinausnahm und einzelne Blätter in die Luft hielt, entstand auch nie das Geräusch von im Wind flatterndem Papier wie im Traum.

»Tyler?«, fragte Bay.

»Ja?«

»Wodurch entstehen Funken auf dem Gesicht, wenn man in der Sonne liegt? Manchmal seh ich am Himmel Flugzeuge, die die Sonne glänzen lässt, aber mit meinem Gesicht passiert nichts, wenn sie über mich hinwegfliegen.«

»Du meinst Lichtreflexe?«

»Ja.«

Er dachte nach. »Mit einem Spiegel ließe sich so etwas machen. Und Glockenspiele aus Metall oder Glas, die sich in Wind und Sonne bewegen, reflektieren das Licht auch. Genau wie das Wasser.«

Bay nickte. »Gute Ideen! Danke.«

»Gern geschehen.«

Da tauchte Sydney auf, und Tyler stoppte die Schaukel so unvermittelt, dass Bay sich an der Kette festhalten musste, um nicht herunterzufallen. Ihre Mutter und Tante Claire hatten eine solche Wirkung auf die Menschen.

»Hallo, Tyler«, begrüßte Sydney ihn und warf einen unsicheren Blick zurück ins Haus. »Claire sagt, sie will dich nicht sehen.«

Tyler stand auf, wodurch die Schaukel mit Bay wieder ins Schwingen geriet. »Ich hab sie verschreckt.«

»Wie das?«, fragte Sydney in dem gleichen Tonfall wie damals, als Bay versucht hatte, sich die Haare selbst zu schneiden.

Tyler senkte den Blick. »Ich hab sie geküsst.«

Sydney lachte schallend. Als Tylers Kopf hochschoss, hielt sie die Hand vor den Mund. »'tschuldigung, aber ist das alles?« Sydney tätschelte seinen Arm. »Ich red später mit ihr, ja? Wenn du klopfst, reagiert sie nicht. Soll sie doch schmollen.« Sydney winkte Bay von der Schaukel herunter. »Ein Kuss, so, so.«

»Und was für einer.«

Sydney legte den Arm um Bay. »Das hätt ich ihr nicht zugetraut.«

Tyler verabschiedete sich von den beiden. »Ich schon.«

»Ist Claire wegen irgendwas durcheinander?«, fragte Bay beunruhigt, als sie sich auf den Weg zur Schule machten. »Heute Morgen hat sie vergessen, wohin das Alltagssilber gehört. Ich musste es ihr zeigen.«

»Sie ist nicht durcheinander, Liebes, sondern mag es nur nicht, wenn sie keine Kontrolle über die Dinge hat. Manche Leute wissen nicht, wie man sich verliebt, ähnlich wie andere nicht schwimmen können. Sie bekommen es mit der Angst zu tun, wenn sie zum ersten Mal ins Wasser springen. Aber nach einer Weile lernen sie's dann doch.«

»Und du?«, fragte Bay, riss einen Grashalm aus einem Spalt zwischen den Pflastersteinen und spannte ihn zwischen die Finger, um damit zu pfeifen, wie ihr neuer Freund Dakota es ihr am vierten Juli beigebracht hatte.

»Ob ich weiß, wie man sich verliebt?«, fragte Sydney, und Bay nickte. »Ja, ich glaub schon.«

»Ich bin auch verliebt.«

»Ach?«

»Ja, in unser Haus.«

»Du wirst Claire von Tag zu Tag ähnlicher«, sagte Sydney, als sie vor einem langgezogenen Gebäude aus rotem Backstein stehen blieben. »Da ist sie. Tante Claire und ich haben diese Schule auch schon besucht. Meine Großmutter hat das Haus nicht gern verlassen, mich aber jeden Tag hierher begleitet. Die Schule ist ein guter Ort.«

Bay sah sich das Gebäude an. Sie wusste, wo ihr Klassenzimmer sein würde, den Flur entlang, die dritte Tür links. Sie kannte sogar den Geruch nach Papier und Teppichreiniger. Sie nickte. »Sie ist der richtige Ort.«

»Ja«, pflichtete Sydney ihr bei. »Und, freust du dich schon auf die Schule?«

»Es wird schön. Dakota kommt zu mir in die Klasse.«

»Wer ist Dakota?«

»Ein Junge, den ich am vierten Juli kennengelernt hab.«

»Aha. Schön, dass du schon Freunde gefunden hast. Wenn Claire doch früher nur auch so gewesen wäre«, bemerkte Sydney. Sie redete in letzter Zeit viel über Claire, und wenn sie beisammen waren, konnte Bay sie sich im richtigen Licht als kleine Mädchen vorstellen. Als wiederholten sie ihr Leben.

»Du solltest dir auch Freunde suchen, Mommy.«

»Mach dir über mich mal keine Gedanken, Liebes.« Sydney legte den Arm um Bays Schulter und zog sie näher zu sich heran, als der Wind einen Hauch von Davids Rasierwasser heranwehte. »Es ist nicht mehr weit bis zum Ort. Lass uns doch zu Fred's gehen und Pop-Tarts holen!«, rief Sydney in dem fröhlichen Tonfall aus, den Erwachsene immer benutzen, wenn sie Kinder ablenken wollen. »Und weißt du, worauf ich Lust hätte? Auf Cheetos. Die hab ich seit Ewigkeiten nicht mehr gegessen. Aber verrat Claire nichts davon, sonst versucht sie, sie selber zu machen.«

Bei Fred's holte Sydney einen Einkaufskorb aus dem Ständer neben der Tür. In der Obstabteilung hörten sie ein lautes Geräusch, und plötzlich kullerten auf dem Boden Orangen unter die Brottheke und die Einkaufswagen der Kunden. Bay konnte die Früchte fast lachen hören, als freuten sie sich über die unverhoffte Freiheit.

Der Schuldige war Henry Hopkins, der Mann, der ihnen am vierten Juli das Eis geschenkt und sich zu ihnen auf die Decke gesetzt hatte. Bay mochte ihn. Er war ruhig, wie Claire. Und zuverlässig. Henry gesellte sich zu ihnen.

»Hallo, Sydney. Hallo, Bay«, begrüßte er sie.

Sydney deutete auf die Orangen. »Wir sind leicht zu beeindrucken. Um unsere Aufmerksamkeit zu erregen, hättest du das nicht machen müssen.«

»Wir Männer haben ein Geheimnis: Unsere Unbeholfenheit ist nie beabsichtigt, hat aber normalerweise einen guten Grund.« Er schüttelte den Kopf. »Jetzt kling ich schon wie mein Opa.«

Sydney lachte. »Bay und ich wollen Pop-Tarts kaufen.«

»Heute ist offenbar Süßigkeitentag. Vor ein paar Wochen hat Evanelle meinem Opa ein Glas Maraschinokirschen vorbeigebracht, und mit denen möchte er jetzt Bananensplits machen. Wir haben bloß keine Karamellsauce im Haus. Die wollt ich hier holen.«

»Süßigkeiten sind den Weg zu Fred's wert«, meinte Sydney.

»Warum kommt ihr nicht mit raus? Ich könnte Bay die Molkerei und die Kühe zeigen.«

»Ja, lass uns die Kühe anschauen!«, rief Bay begeistert aus. »Kühe sind toll!«

Sydney sah sie erstaunt an. »Zuerst Flugzeuge, jetzt Kühe. Seit wann interessieren dich Kühe?«

»Magst du sie denn nicht?«, fragte Bay.

»Mir sind Kühe egal«, sagte Sydney und wandte sich wieder Henry zu. »Wir sind zu Fuß da.«

»Ich kann euch mitnehmen«, erbot sich Henry.

Bay zupfte an der Bluse ihrer Mutter. Merkte sie denn nicht, wie ruhig sie in seiner Gegenwart war, dass ihre Herzen im gleichen Rhythmus schlugen? »Bitte, Mommy!«

Sydney sah zuerst Bay an, dann Henry. »Ich bin wohl überstimmt.«

»Prima! Wir treffen uns an der Kasse«, sagte Henry und verschwand.

»Also, raus mit der Sprache«, forderte Sydney Bay auf.

»Merkst du's denn nicht?«, fragte Bay aufgeregt.

»Was?«

»Er mag dich. Wie Tyler Claire mag.«

»Nicht ganz so, Liebes. Er ist ein Freund.«

Bay runzelte die Stirn. Es würde schwieriger werden als gedacht. Normalerweise fügten sich die Dinge, die zusammengehörten, leichter. Sie würde endlich herausfinden müssen, wie sich ihr Traum in die Realität übertragen ließe. Erst dann wäre alles an seinem Platz, und ihre Mutter würde erkennen, was gut für sie war.

Sie trafen Henry am Ausgang, und er führte sie zu seinem silberfarbenen Truck, in dem Bay sich vorkam wie eine kleine Königin.

Sie verbrachten einen wunderbaren Tag bei Henry und seinem Großvater. Bay kamen sie eher wie Brüder vor, und ihr gefiel ihre innere Ruhe. Sydney ging es genauso, das merkte Bay. Der alte Mr. Hopkins fragte Sydney sofort, wann ihr Geburtstag sei. Als er hörte, dass sie genau fünf Monate und fünfzehn Tage älter war als Henry, lachte er, klopfte seinem Enkel auf die Schulter und sagte: »Dann ist alles in Ordnung.«

Je mehr Bay über Henry und seinen Großvater erfuhr, desto sicherer wurde sie sich. Dies war der richtige Ort. Hierher gehörte ihre Mutter.

Aber Sydney wusste es nicht.

Ihre Mutter, das wurde Bay jetzt klar, hatte immer ein Problem damit gehabt zu wissen, wohin sie gehörte.

Zum Glück war das Bays Domäne.

Als Sydney Bay spät am Abend die Stufen hinauftrug, fühlte sie sich gut.

Während Lester und Bay sich nachmittags im Garten mit der elektrischen Eismaschine beschäftigt hatten, waren Sydney und Henry spazierengegangen, um zu plaudern, hauptsächlich über die Vergangenheit, die Schule und die alten Lehrer.

Als Henry sie nach Einbruch der Dunkelheit heimgefahren hatte, war Bay auf dem Rücksitz eingeschlafen. Unterwegs und vor dem Haus der Waverleys hatten sie sich weiter unterhalten, über die Zukunft, was sie mit ihrem Leben anfangen wollten. Sydney erzählte Henry nichts von ihren Diebstählen und David. Leugnen war ein Luxus, besonders jetzt, da Davids Rasierwasser sie immer wieder an die Vergangenheit erinnerte. Doch Henry half ihr beim Vergessen.

Sie redete sich heiser in seinem Truck, und plötzlich war es Mitternacht.

Als sie das Haus mit Bay in den Armen betrat, tauchte Claire im Nachthemd auf. »Wo wart ihr denn?«

»Im Lebensmittelladen ist uns Henry Hopkins begegnet, und der hat uns auf Bananensplits zu sich eingeladen«, antwortete Sydney. Als sie Claires Blick sah, bekam sie einen Schreck. Sie wirkte angespannt und hielt die Hände vor dem Körper verschränkt, als hätte sie schlimme Nachrichten. Mein Gott, dachte Sydney, David. David hatte sie entdeckt. Sie holte tief Luft und versuchte, ihn zu riechen. »Warum? Was ist los?«

»Nichts.« Claire setzte sich in Richtung Küche in Bewegung. »Ihr hättet mich nur anrufen und mir Bescheid sagen können.«

Sydney folgte ihr und holte sie im Wintergarten ein, wo sie in ihre Arbeitsschuhe schlüpfte. »Das ist alles?«, fragte Sydney verwirrt.

»Ich hab mir Sorgen gemacht. Ich dachte …«

»Wovor hattest du denn Angst?«, fragte Sydney, weil sie Claire noch nie so erlebt hatte.

»Ich dachte, du bist weg«, antwortete Claire mit leiser Stimme.

»Weg?«

»Wenn du mich brauchst: Ich bin im Garten.«

»Ich … Es tut mir leid, dass du dir meinetwegen Sorgen gemacht hast. Stimmt, ich hätte dich anrufen sollen.« Sydney bekam fast keine Luft mehr, so viel Sauerstoff verbrauchte Claires Frustration in dem Wintergarten. »Claire, ich hab dir doch gesagt, dass wir nicht fortgehen.«

»Schon gut«, antwortete Claire und drückte die Tür auf. Sie hinterließ einen leicht verkokelten Handabdruck darauf.

Sydney sah Claire nach, wie sie die Auffahrt überquerte und das Tor zum Garten aufschloss. Als sie darin verschwand, kehrte Sydney in die Küche zurück. Auf den Arbeitsflächen standen überall Muffins mit X-Markierungen und winzigen Fähnchen an Zahnstochern. Sydney ging näher heran, um den Text darauf zu lesen.

Nichts, glaubst du? O doch! Ich rat dir: Grabe! Dann findest du deine Gabe.

Wer weiß, was die Zukunft bringt? Ein gebrochenes Herz, vielleicht aber auch einen Diamantring.

Du hast kein Geld? Mal sehen, was das hier bereithält!

Und auch für die Muffins ohne Schatz hatte Claire einen passenden Spruch gefunden: *Kein Geschenk, kein Glück, kein Spiel. Grab hier nicht, hier findest du nicht viel.*

Nachdenklich ging Sydney in die Vorratskammer mit Claires Schreibtisch, setzte sich, Bay auf dem Schoß, auf den Stuhl dahinter und griff zum Telefonhörer.

ZEHN

Wie jeder, der schon einmal verliebt gewesen ist, fragte Tyler Hughes sich, was mit ihm los sei.

Claire besaß diese unheimliche Frustrationsenergie, die beim Küssen aus ihr heraus- und in ihn hineinströmte. Wenn er daran dachte, musste er sich setzen, den Kopf zwischen die Knie senken und anschließend zwei große Gläser Wasser trinken, um sich abzukühlen.

Doch das, was ihn schwindlig machte und jeden Raum, den er betrat, in strahlendes Rot tauchte, verschreckte Claire. Was war nur los mit ihm, dass er so viel Freude an etwas haben konnte, das ihr so große Qual bereitete?

Claire hatte Angst. Warum? Was wusste er schon über sie? Was wusste überhaupt ein Mensch über Claire Waverley?

Vor dem Abendkurs hatte er im Collegebüro über diese Fragen nachgedacht, als Anna Chapel, die Leiterin des Instituts, vorbeiging.

Er rief ihren Namen, und sie streckte den Kopf herein.

»Wie lang kennst du Claire Waverley?«, fragte er sie.

»Claire?« Anna lehnte sich achselzuckend gegen den Türrahmen. »Lass mich überlegen. Seit ungefähr fünf Jahren. Sie macht das Catering für alle unsere Institutspartys.«

»Und privat?«

Anna lächelte verständnisvoll. »Ach so. Privat kenn ich sie nicht besonders gut. Du bist jetzt ein Jahr hier, da sind dir bestimmt ein paar … ungewöhnliche Dinge im Ort aufgefallen.«

Tyler beugte sich, neugierig geworden, vor. »Ja.«

»Kleinstädte haben meist ihre Mythen. Ursula Harris vom Englischen Institut gibt einen Kurs darüber.« Anna nahm Tyler gegenüber Platz. »Letztes Jahr im Kino zum Beispiel haben sich zwei ältere Damen hinter mir über Phineas Young unterhalten, den stärksten Mann im Ort, der eine Steinwand am hinteren Ende ihres Grundstücks für sie einreißen sollte. Ich war damals gerade auf der Suche nach jemandem, der ein paar Wurzelstöcke aus meinem Garten entfernen konnte, also drehte ich mich um und bat die beiden, mir die Nummer des Mannes zu geben. Sie warnten mich, dass es eine lange Warteliste für seine Dienste gebe. Am Ende stellte sich heraus, dass der stärkste Mann von Bascom einundneunzig Jahre alt ist. Hier im Ort heißt es, dass in jeder Generation der Youngs ein Phineas besondere Körperkräfte besitzt und man sich an ihn wenden muss, wenn man schwere Arbeiten zu erledigen hat.«

»Was hat das mit Claire zu tun?«

»Angeblich besitzen die Pflanzen im Garten der Waverleys, besonders der Apfelbaum darin, spezielle Fähigkeiten. Aber meiner Ansicht nach handelt es sich einfach um einen Garten und einen Baum. Claire wirkt geheimnisvoll, weil alle ihre Vorfahren es waren. In Wahrheit ist sie wie du und ich. Möglicherweise hat sie ein bisschen mehr Grips als der Durchschnitt. Immerhin war sie clever genug, den Waverley-Mythos in ein lukratives Geschäft zu verwandeln.«

Tyler musste an seine Kindheit denken, als es jedes Jahr pünktlich am 17. Januar auf die Künstlerkolonie in Connecticut schneite. Dafür gab es keine meteorologische Erklärung, aber in der Gegend erzählte man sich, dass ein hübsches Indianermädchen, eine Tochter des Winters, an jenem Tag gestorben sei und der Himmel seitdem kalte Schneetränen um sie weine. Es hieß auch, wenn man fünfundzwanzig Glühwürmchen in einem Glas fange und alle vor dem Zubettgehen wieder herauslasse, helfe das gegen schlechte Träume. Manche Dinge ließen sich einfach nicht erklären, und die nannte man dann »Mythos«.

»Aber ich hab das Gefühl, dass du das nicht wissen wolltest«, sagte Anna.

Tyler lächelte. »Stimmt.«

»Sie ist nicht verheiratet und hat eine Halbschwester.«

»*Halbschwester?*«, fragte Tyler verwundert.

»Soweit ich weiß, haben sie unterschiedliche Väter. Ihre Mutter war ziemlich eigenwillig. Sie verließ den Ort, bekam Kinder, brachte sie hierher und verschwand wieder. Du interessierst dich also für Claire?«

»Ja«, antwortete Tyler.

»Tja, dann mal viel Glück«, meinte Anna und erhob sich. »Aber verdirb's nicht. Ich möchte keinen neuen Catering-Service für unsere Institutspartys suchen müssen, weil du ihr das Herz gebrochen hast.«

Als Tyler am Abend wieder zu Hause war, setzte er sich in Shorts und kurzärmeligem Hemd aufs Sofa, um über Kursaufgaben nachzugrübeln, doch seine Gedanken schweiften immer wieder zu Claire. Anna kannte Claire nicht. Niemand kannte Claire wirklich. Sydney war vermutlich die Einzige, die ihm irgendetwas Substantielles über die Frau verraten konnte, die er nicht mehr aus dem Kopf bekam.

Sydney hatte ihm versprochen, mit Claire zu reden, also würde er abwarten.

Vielleicht würde er Sydney aber auch am Morgen anrufen, um sie nach Claire zu fragen.

Oder am folgenden Tag im White Door vorbeischauen.

Als das Telefon klingelte, griff er nach dem Hörer.

»Hallo?«

»Tyler, ich bin's, Sydney.«

»Wow«, rief Tyler aus. »Ich hatte gehofft, dass du dich meldest.«

»Es geht um Claire«, sagte Sydney mit sanfter Stimme. »Sie arbeitet draußen im Garten. Das Tor ist unverschlossen. Vielleicht willst du rüberkommen.«

»Sie möchte das nicht.« Er zögerte. »Oder doch?«

»Ich glaub, sie braucht dich. Ich hab sie noch nie so erlebt.«

»Wie?«

»Sie ist wie elektrisch geladen. Die Dinge, die sie anfasst, verkokeln …«

Er erinnerte sich an dieses Gefühl während des Kusses. »Ich komm sofort.«

Tyler durchquerte seinen eigenen Garten und ging um das Haus der Waverleys herum zu dem ihren, wo er das Tor aufdrückte.

Hier schlug ihm der warme Geruch von Minze und Rosmarin entgegen, wie aus einer Küche, in der in einem Topf Kräuter vor sich hin köcheln.

Die Lampen entlang des Fußwegs sahen aus wie kleine Positionslichter und warfen einen gelben Schein auf den Garten. Die Blätter des Apfelbaums im hinteren Teil kräuselten sich leicht wie das Fell einer Katze im Schlaf. Als Tyler Claire im Kräuterbeet kniend entdeckte, blieb er wie angewurzelt stehen. Ihre Haare wurden durch ein weißes Stirnband zusammengehalten, und sie trug ein langes weißes Nachthemd mit Schulterträgern und Rüschen am Saum. Beim Umgraben der Erde hoben und senkten sich ihre Brüste. Er musste sich nach vorn beugen, die Hände auf die Knie stützen und tief durchatmen, um ruhiger zu werden.

Sydney hatte recht: Er war ein hoffnungsloser Fall.

Als er endlich das Gefühl hatte, sich wieder aufrichten zu können, ging er mit leisen Schritten zu Claire hinüber. Er stand schon fast neben ihr, als sie mit dem Umgraben aufhörte. Die Blätter mancher Pflanzen waren dunkel, wie verbrannt, andere wirkten welk, als wären sie mit etwas Heißem in Berührung gekommen. Claire hob den Blick. Ihre Augen waren rot.

Gütiger Himmel, weinte sie etwa?

Gegen Tränen konnte er sich nicht wehren, das wussten alle seine Studentinnen. Wenn eine zu weinen anfing, weil ihr die Hausaufgaben zu viel waren, verlängerte er sofort den Abgabetermin und erbot sich, bei den Kollegen ein gutes Wort einzulegen.

Als Claire ihn erkannte, zuckte sie zusammen und wandte den Blick ab. »Geh weg, Tyler.«

»Was ist los?«

»Nichts«, brummte sie und begann wieder zu graben.

»Bitte wein nicht.«

»Wieso kümmert dich das? Das hat nichts mit dir zu tun.«

»Doch.«

»Ich hab mich am Daumen verletzt. Er tut weh.«

»Sydney hätte mich bestimmt nicht gerufen, wenn's bloß um einen verletzten Daumen ginge.«

Claire hob ruckartig den Kopf. *»Sie hat dich gerufen?«*

»Sie sagt, du bist ziemlich durcheinander.«

Claire schien nach Worten zu suchen. »Ist das zu fassen!«, rief sie schließlich aus. »Erleichtert es ihr Gewissen, wenn du hier bist und dich um mich kümmerst, während sie verschwindet? Aber du wirst dich auch aus dem Staub machen. Weiß sie das denn nicht? Nein, weil sie immer diejenige ist, die geht. Sie wird nie verlassen.«

»Sie geht?«, fragte Tyler verwirrt. »Ich gehe?«

Claires Lippen bebten. »Ihr geht alle. Meine Mutter, meine Großmutter, Sydney. Sogar Evanelle hat jetzt jemand anders.«

»Erstens: Ich gehe nirgendwohin. Zweitens: Wohin will Sydney?«

Claire wandte den Blick wieder ab. »Keine Ahnung. Ich hab einfach nur Angst davor.«

Sie mag Dinge, die bleiben, hatte Sydney ihm gesagt.

Diese Frau war zu oft verlassen worden, um je wieder jemanden in ihr Leben aufzunehmen. Jetzt ergab so vieles Sinn. »Ach, Claire.« Er kniete neben ihr nieder.

»Schau mich nicht so an.«

»Ich kann nicht anders«, sagte er und berührte ihre Haare. Zu seiner Überraschung drückte sie den Kopf mit geschlossenen Augen leicht gegen seine Hand.

Tyler wölbte auch die andere Hand um ihr Gesicht. Nun berührten ihre Knie sich, und sie lehnte den Kopf an seine Schulter. Er ließ die Finger durch ihre weichen Haare gleiten und begann, ihren Rücken zu streicheln, sie zu trösten, jedoch ohne zu wissen, was sie sich wünschte.

Kurze Zeit später löste Claire sich aus seiner Umarmung, um ihn anzusehen. Er wischte ihr mit den Daumen die Tränen von den Wangen. Nun berührte sie sein Gesicht wie er zuvor das ihre. Ihre Finger zeichneten seine Lippen nach, und sie küsste ihn. Als sie zurückwich, zog er sie wieder an sich, und sein Herz begann wie wild zu klopfen. Er musste sich in Erinnerung rufen, dass es hier um sie und ihren Schmerz ging, nicht um sein Vergnügen.

»Sag mir, wann ich aufhören soll«, bat er.

»Hör nicht auf«, flüsterte sie und küsste seinen Nacken. »Mach weiter.«

Mit zitternden, ungeschickten Fingern nestelte sie an den Knöpfen seines Hemds. Als es ihr endlich gelang, es zu öffnen, glitten ihre Hände zu seinem Rücken. Sie umarmte ihn, legte die Wange an seine Brust. Er bekam eine Gänsehaut und stieß zischend die Luft zwischen den Zähnen aus. Die Berührung schmerzte, doch ihre Energie, die heiße Frustration, die sich da durch seine Haut entlud, fühlte sich auch gut an.

Das bringt mich um, dachte er betört, aber was für eine Art zu sterben!

Er schlüpfte aus dem Hemd und zog ihren Kopf hoch, so dass er sie küssen konnte, und sie drückte ihn auf den Boden, ohne ihre Lippen von den seinen zu lösen. Sein Rücken landete auf einem Kraut, vielleicht auf Thymian, und zerquetschte es, so dass sein Duft sie umfing. Irgendwie kam ihm die Situation bekannt vor, aber er wusste nicht, woher.

Claire richtete sich auf ihm sitzend auf, um die Hände flach auf seine Brust zu legen. Ihr liefen immer noch die Tränen über die Wangen.

»Bitte wein nicht, bitte. Ich tu alles, was du willst.«

»Wirklich alles?«, fragte sie.

»Ja.«

»Dann erinnere dich morgen nicht mehr an das, was gerade geschieht. Kannst du das?«

Er zögerte. »Bittest du mich wirklich darum?«

»Ja.«

»Wenn du möchtest.«

Da zog sie das Nachthemd über den Kopf. Als seine Finger ihre Brüste berührten, stieß sie einen spitzen Schrei aus.

Er nahm die Hände sofort weg. Ein wenig kam er sich vor wie ein Teenager. »Ich weiß nicht, was ich tun soll«, flüsterte er.

Sie senkte den Oberkörper auf ihn. »Bitte lass mich nicht los.«

Tyler rollte mit ihr in ein Salbeibeet. Auch das kam ihm vertraut vor. Er küsste sie leidenschaftlich, und sie packte ihn an den Haaren und schlang die Beine um ihn. Er konnte jetzt nicht mit ihr schlafen, dachte er. Sie war außer Rand und Band, und morgen wäre es ihr vielleicht peinlich.

»Nein, hör nicht auf«, sagte sie, als er seine Lippen von den ihren löste.

»Ich hör nicht auf«, erwiderte er, küsste ihren Nacken und begann mit den Daumen ihren schlichten weißen Slip herunterzuziehen. Ihre Bauchmuskulatur zuckte. Er küsste ihre Brüste, nahm eine Brustwarze in den Mund. Es war fast, als hätte er das schon einmal mit ihr gemacht. Er begriff das nicht.

Dann erinnerte er sich.

Dieser Traum.

Er hatte das alles bereits geträumt.

Tyler wusste genau, was passieren würde, kannte die Gerüche und wie sie schmeckte.

Alles schien vom Schicksal gewollt: Claire, Bascom.

Dieser eine Traum würde sich erfüllen.

Am nächsten Morgen spürte Claire einen Luftzug und hörte ein dumpfes Geräusch auf dem Boden unter ihr.

Als sie die Augen öffnete, sah sie einen kleinen Apfel etwa fünfzehn Zentimeter von ihrem Gesicht entfernt. Noch ein dumpfes Geräusch, noch ein Apfel.

Sie war wieder im Freien eingeschlafen. Sie richtete sich auf, schüttelte den Schmutz aus den Haaren und griff ganz automatisch nach ihren Gartenwerkzeugen.

Aber irgendetwas stimmte nicht. Der Boden unter ihr war merkwürdig weich und warm, und die Luft auf ihrer Haut fühlte sich nach dem Aufrichten kühler an.

Als sie den Blick senkte, entfuhr ihr ein Aufschrei.

Sie war nackt!

Und der weiche, warme Boden unter ihr war Tyler!

Er begrüßte sie mit einem »Guten Morgen«.

Da fiel ihr alles wieder ein. Und plötzlich wurde ihr bewusst, dass sie ihn anstarrte wie eine Idiotin. Sie bedeckte die Brüste mit einem Arm und sah sich nach ihrem Nachthemd um. Tyler lag darauf. Als sie daran zu zerren begann, richtete er sich ebenfalls auf.

Sie schlüpfte hinein. Mein Gott, wo war ihr Slip? Sie entdeckte ihn zu ihren Füßen. »Sag jetzt nichts«, ermahnte sie Tyler, als sie aufstand. »Du hast mir versprochen, dass du alles vergisst. Kein Wort davon.«

Er rieb sich verschlafen die Augen und lächelte. »Gut.« Tyler hatte Erde und Thymian in den Haaren und trug seine Shorts, aber seine Brust war nackt und übersät mit roten Flecken, Brandflecken von ihr. Sie schienen ihn nicht zu stören. Wie konnte er ihr so viel Vergnügen bereiten, ohne selbst etwas davon zu haben?

Sie machte Anstalten, sich zu entfernen, blieb jedoch stehen, als er sagte: »Gern geschehen.«

»Wie bitte?«

Er deutete auf den Boden neben sich. »Schau.«

Neugierig kehrte sie zu ihm zurück. Da stand das Wort »Danke«, als ob die Buchstaben von unten in die Erde gestanzt worden wären.

Sie stieß ein verärgertes Brummen aus, hob einen Apfel vom Boden auf und schleuderte ihn gegen den Baum, so fest sie konnte.

»Das hab ich nicht geschrieben«, sagte sie und marschierte in Richtung Haus. Als sie es erreichte, öffnete der Himmel seine Schleusen.

Während Fred an jenem Abend im Regen nach Hause fuhr, dachte er an James. Das gestattete er sich nur, wenn er allein war und niemand ihn beobachten konnte.

Fred hatte immer um seine Homosexualität gewusst, und als er im ersten Semester James kennenlernte, wurde ihm klar, dass ihm vorbestimmt war, mit diesem zusammen zu sein. Freds Mutter hatte im Bett das Zeitliche gesegnet, als er fünfzehn war, sein Vater am Küchentisch, als Fred das College besuchte. Deshalb musste er das Studium abbrechen und James verlassen, um nach Hause zurückzukehren und den Laden zu übernehmen.

Doch nach einem tränenreichen Abschied in der Uni tauchte James zu Freds großer Überraschung drei Wochen später in Bascom auf.

James begann, Kurse am Orion College zu besuchen, während Fred das Geschäft führte, und am Ende machte er seinen Abschluss in Buchhaltung und sicherte sich einen Job in Hickory. Im Lauf der Jahre brachte er Fred dazu, alles verschwinden zu lassen, was ihn an seinen Vater und dessen Distanziertheit erinnerte. James sagte: »Lass uns zum Essen gehen. Lass uns einen Film anschauen. Lass uns den Leuten hier im Ort erhobenen Hauptes begegnen.«

Das, was als jugendlicher Fehltritt begann – zwei Einundzwanzigjährige, die das Studium abbrachen und zusammenzogen, um sich von niemandem mehr Vorschriften machen zu lassen –, wurde schließlich zu mehr als dreißig Jahren gemeinsamen Lebens. Für Fred verging diese Zeit wie im Flug, als hätte er ein Buch durchgeblättert und wäre auf ein völlig unerwartetes Ende gestoßen. Hätte er nur besser auf die Geschichte geachtet!

Und auf den Erzähler dieser Geschichte.

Er stellte den Wagen vor Evanelles Haus ab und lief durch den Regen zur Veranda. An der Tür blieb er stehen, um die nasse Jacke und die Schuhe auszuziehen.

Da er Evanelle nirgends entdecken konnte, rief er laut ihren Namen.

»Ich bin hier oben«, rief sie zurück, und er ging hinauf in den Speicher.

Evanelle versuchte, das Sägemehl zusammenzukehren, das die Handwerker hinterlassen hatten, doch das war, als wollte man winzige Vögel fangen, die jedes Mal aufflatterten, wenn man sich ihnen näherte. Sie trug einen weißen Mundschutz, weil der Staub gelb und schwer in der Luft hing.

»Lass mich das machen«, sagte Fred und nahm ihr den Besen aus der Hand. Wenn man verlassen wird, beginnt man an seiner Fähigkeit zu zweifeln, andere Leute zu halten. Deshalb wollte er alles für Evanelle tun, um sie nicht ebenfalls zu verlieren.

Hinter Evanelles Mundschutz kamen Lachfältchen zum Vorschein. »Der Speicher wird richtig schön, findest du nicht auch?«

»Ja«, pflichtete er ihr bei. Sobald seine Sachen hier

wären, dachte er. Doch dazu musste er zurück zu seinem eigenen Haus, und darum hatte er sich bis jetzt gedrückt.

»Was ist denn?«, fragte Evanelle und schob den Mundschutz hoch.

»Heut hab ich ein paar Kartons vom Laden zum Haus bringen lassen. Ich werd wohl rüber müssen, um meinen Krempel einzupacken. Vermieten ist wahrscheinlich die vernünftigste Lösung. Was hältst du davon?«, fragte er.

Sie nickte. »Gute Idee. Du weißt, dass du bei mir bleiben kannst, so lange du möchtest. Ich hab dich gern hier.«

Er musste lachen, obwohl ihm eher zum Weinen zumute war. »Du hast gern einen Narren mit gebrochenem Herzen um dich?«

»Einige der besten und stärksten Menschen, die ich kenne, sind Narren«, sagte Evanelle.

»Ich weiß nicht, wie stark ich im Moment bin.«

»Sogar Phineas Young hätte Respekt vor dir. Soll ich dich zu deinem Haus begleiten?«

Er nickte stumm.

Es war Freds erster Besuch in seinem Haus, seitdem James seine Sachen geholt hatte. Er sah sich im Wohnzimmer um, das ohne James kein Zuhause mehr war, sondern nur noch eine Ansammlung negativer Erinnerungen an Freds Vater.

Evanelle folgte ihm; ihre Schuhe quietschten auf dem Hartholzboden. »Wow«, rief sie aus. »Hier sieht's aber deutlich besser aus als damals nach dem Tod deiner Mutter, Gott hab sie selig. Sie hatte eine Schwäche für Jesusbilder.« Evanelle ließ die Hand über einen weichen Ledersessel gleiten. »Hübsche Möbel.«

»Tut mir leid, dass ich dich nie eingeladen hab, Evanelle. Das war James' Ressort.«

»Kein Problem. Ich werd nirgendwohin eingeladen.«

»Solltest du aber«, sagte Fred. »Du bist ein guter Mensch.«

»Es hat alles 1953 angefangen. Ich hab versucht, mich dagegen zu wehren, aber wenn ich jemandem etwas geben muss, dann ist das einfach so.«

»Was war damals?«

»Ich musste Luanna Clark Kondome geben. Und 1953 konnte man in Bascom noch keine kriegen. Mein Mann hat mich nach Raleigh gefahren und mir immer wieder gesagt, dass das eine schlechte Idee ist. Aber ich konnte einfach nicht anders.«

Fred musste lachen. »War es denn damals wirklich so schlimm, jemandem Kondome zu geben?«

»Es ging eher darum, wem ich sie schenkte. Ich wollte sie Luanna diskret zustecken, aber sie war in Gesellschaft ihrer Freundinnen und ziemlich rotzig. Tja, da hab ich sie ihr eben vor deren Augen gegeben. Ach, fast hätt ich den wichtigsten Teil der Geschichte vergessen: Luannas Mann war im Krieg das Geschlecht weggepustet worden. Im folgenden Jahr wurde sie dann tatsächlich schwanger. Sie hätte die Kondome verwenden sollen. Seitdem haben alle Angst, dass ich ihre Geheimnisse auffliegen lasse. Jemanden wie mich lädt man nicht zum Essen ein. Wirklich ausgemacht hat mir das aber erst was nach dem Tod meines Mannes.«

Fred streckte ihr den Arm hin. »Evanelle, es wäre mir eine Ehre, dich heute Abend zu bekochen. Dies ist eine offizielle Einladung.«

Lachend hakte sie sich bei ihm unter. »Na, du bist mir aber einer.«

ELF

Falls du uns brauchen solltest: Bay und Henry und ich wollen zu Lunsford's Reservoir. Seine Haushälterin bleibt bis fünf bei seinem Großvater, was bedeutet, dass er uns vorher zurückbringt. Wir sind also vor fünf wieder da«, erklärte Sydney, wie um Claire zu beruhigen.

Claire klappte den Deckel des Picknickkorbs herunter und reichte ihn Sydney, die in der vergangenen Woche viel Zeit mit Henry verbracht hatte, meist beim Abendessen mit Bay, und am Sonntag gingen sie ins Kino. Claire versuchte sich einzureden, dass das gut sei, weil sie unterdessen den Garten wässern und jäten und Papierkram erledigen konnte, Alltagstätigkeiten, die sie beruhigten – ihre Konstanten.

»Kommt ihr zurecht?«, fragte Claire und folgte Sydney aus der Küche.

»Klar, warum nicht?«

»Na ja, es ist ziemlich weit draußen, und wahrscheinlich seid ihr ganz allein.«

Sydney stellte den Picknickkorb lachend neben der Tür ab. »Ich glaub eher, wir können von Glück sagen, wenn wir noch ein Plätzchen finden. Im Reservoir ist im Sommer die Hölle los.«

»Sogar an Montagen?«

»Sogar an Montagen.«

»Ach. Das wusste ich nicht. Ich bin noch nie dagewesen.«

»Dann komm doch mit!«, sagte Sydney sofort, wie bei allen anderen Ausflügen der vergangenen Woche.

»Was? Nein.«

»Doch!« Sydney ergriff Claires Hände. »Gib mir nicht immer einen Korb. Das wird dir Spaß machen. Nun bist du schon so lange hier und warst noch nie am Reservoir. Jeder fährt da mal raus. Bitte komm mit.«

»Lieber nicht.«

»Du würdest mir wirklich eine Freude machen«, sagte Sydney und drückte Claires Hände hoffnungsvoll.

Claire spürte eine vertraute Angst in sich aufsteigen. So hatte auch ihre Großmutter in solchen Situationen reagiert: wie ein Wurm, der sich zusammenkringelt, bis die Bedrohung vorüber ist. In der Arbeit hatte Claire keine Probleme mit der Kommunikation. Sie sagte, was zu sagen war, oder blieb stumm. Leider wirkte sie ansonsten unhöflich und distanziert, obwohl sie sich nur bemühte, nichts Albernes zu tun oder von sich zu geben. »Du und Henry, ihr wollt sicher allein sein.«

»Nein«, antwortete Sydney, plötzlich ernst geworden. »Wir sind nur Freunde. Genau das mag ich an ihm. Wir machen das für Bay. Du hast das Picknick für uns eingepackt, nun begleit uns auch. Komm, zieh dich um.«

Claire betrachtete ihre Kleidung, die weiße Caprihose und die ärmellose Bluse. »Was soll ich denn anziehen?«

»Shorts oder einen Badeanzug, wenn du schwimmen gehen möchtest.«

»Ich kann nicht schwimmen.«

»Soll ich dir's beibringen?«

»Nein!«, rief Claire entsetzt aus. »Ich meine, nein, danke. Mir ist so viel Wasser unheimlich. Kann Bay denn schwimmen?«

Sydney ging zurück ins Wohnzimmer, um zwei Decken und eine Strandtasche mit Handtüchern zu holen und neben dem Picknickkorb abzustellen. »Ja, sie hat's in Seattle gelernt.«

Claire spitzte die Ohren. »Seattle?«

Sydney nickte. Diese Information hatte sie bewusst preisgegeben. Ein erster Schritt. »Ja, Seattle. Dort ist Bay zur Welt gekommen.«

Sydney war also in New York, Boise und Seattle gewesen, in Städten, die viel weiter nördlich lagen, als ihre Mutter je gekommen war. Lorelei hatte sich in westlicher Richtung von Bascom davongemacht, und Claire war in Shawnee, Oklahoma, geboren.

Als von draußen Hupen ertönte, rief Sydney: »Komm, Bay!«

Bay rannte, einen Badeanzug unter dem gelben Sommerkleid, die Treppe herunter. »Endlich!«, rief sie aus und schoss zur Tür hinaus.

Sydney holte einen rosafarbenen Leinenhut aus der Strandtasche und setzte ihn Claire auf. »Perfekt. Los geht's.«

Sie zerrte Claire mehr oder weniger aus dem Haus. Henry nahm es gelassen hin, dass sie sie begleitete. Zwar hatte Sydney gesagt, sie seien nur Freunde, aber ob Henry das auch so sah, wusste Claire nicht so genau.

Soweit sie das beurteilen konnte, hatte es ihn übel erwischt.

Claire und Bay waren bereits auf den Rücksitz von Henrys Wagen geklettert, und Sydney wollte gerade vorn einsteigen, als Claire sie rufen hörte: »Hallo, Tyler!«

Als Claire sich auf dem Sitz umdrehte, sah sie Tyler, der eine Cargohose und ein grellbuntes Hawaiihemd trug, aus seinem Jeep steigen. Dies war ihre erste Begegnung seit der Nacht im Garten, und ihr stockte der Atem. Wie verhielten sich Menschen nach so etwas? Wie konnten sie weiterleben wie bisher und ihren Alltagsbeschäftigungen nachgehen? Das war, als weihte man jemanden in ein Geheimnis ein und bedauerte dann, das getan zu haben. Bei dem Gedanken, jetzt mit ihm zu reden, wurde Claire tiefrot.

»Wir wollen zum Picknicken zum Reservoir; kommst du mit?«, fragte Sydney.

»Sydney, was tust du da?«, fragte Claire. Henry musterte sie neugierig im Rückspiegel.

»Ich bring dir das Schwimmen bei«, antwortete Sydney.

»Ich hab einen Kurs heut Abend«, rief Tyler zurück.

»Wir sind rechtzeitig wieder da.«

»Dann komm ich gern mit«, sagte Tyler.

Als Claire merkte, dass Sydney die Hintertür öffnen wollte, kletterte sie über Bay, damit diese als Puffer zwischen ihr und Tyler in der Mitte säße. Doch als Tyler einstieg und sie entdeckte, kam sie sich albern vor.

»Claire!«, sagte er erstaunt. »Ich wusste nicht, dass du auch dabei bist.«

Als sie endlich den Mut aufbrachte, ihm in die Augen zu blicken, konnte sie darin nichts sehen, was darauf hingewiesen hätte, dass er an ihr Geheimnis dachte. Er war einfach nur Tyler, wie immer. Sollte sie erleichtert reagieren oder besorgt?

Beim Losfahren fragte Tyler Claire: »Was verbirgt sich denn hinter diesem Reservoir?«

Claire konnte nicht behaupten, schon einmal dort gewesen zu sein. Aber eine ahnungslose Claire überraschte ihn vermutlich nicht. Seit sie sich kannten, war es ein einziges Hin und Her: Geh weg – komm näher; ich weiß mehr als genug – ich weiß so wenig; ich schaffe alles – schau, wie zerbrechlich ich bin. »Keine Ahnung«, gestand sie schließlich. »Frag lieber Sydney, die kennt sich aus.«

Sydney wandte sich zu ihnen um. »Das Reservoir ist ein beliebtes Ausflugsziel zum Baden. Viele Teenager und Familien mit kleinen Kindern fahren im Sommer raus. Und in der Nacht treffen sich Liebespaare dort.«

»Und woher weißt du das?«, erkundigte sich Tyler.

Sydney grinste.

»Du bist in der Nacht draußen gewesen?«, fragte Claire. »Wusste Oma denn, was du treibst?«

»Machst du Scherze? Sie ist doch als Teenager selber rausgefahren.«

»Das hat sie mir nie erzählt.«

»Wahrscheinlich hatte sie Angst, dass Fliegen in deinen offenen Mund hineinschwirren.«

Claire machte den Mund zu. »Das hätte ich nicht von ihr gedacht.«

»So was macht jeder.« Sydney zuckte die Achseln. »Sie war auch mal jung.«

Claire sah verstohlen zu Tyler hinüber, der versonnen lächelte, wohl in Erinnerung an seine Teenagerzeit.

Claire fragte sich, wie Jungsein war.

Lunsford's Reservoir lag in dem riesigen dichten Waldgebiet, das sich seit Generationen im Besitz der Lunsfords befand. Es machte zu viel Mühe, die Leute davon fernzuhalten, und die Umwandlung in einen Park hätte hohe Kosten mit sich gebracht. Da die Lunsfords als typische Südstaatler den Familiengrund weder verkaufen noch dem Staat überlassen wollten, stellten sie Schilder mit der Aufschrift »Zutritt verboten« auf, die keiner beachtete, und ließen es dabei bewenden.

Vom Parkplatz aus führte ein etwa ein Kilometer langer Weg zum Reservoir. Tyler ging hinter Claire her, und sie war sich die ganze Zeit über ihres Körpers sehr bewusst, den er nun besser kannte als irgendjemand sonst. Sie glaubte, seinen Blick auf sich zu spüren, aber wenn sie sich umwandte, sah er jedes Mal irgendwo anders hin.

Als sie das Reservoir, einen Waldsee mit einer Art Strand auf der einen und einem kiefernbewachsenen Felsen auf der anderen Seite, von dem die Kinder ins Wasser sprangen, erreichten, wurde es laut. Hier war tatsächlich so viel los, wie Sydney gesagt hatte, aber sie fanden ein Plätzchen am hinteren Ende des Ufers, wo sie die Decken ausbreiteten.

Claire hatte Avocado-Hühnchen-Wraps und Pfirsichkuchen gemacht, Sydney Cheetos und Cola eingepackt.

Ziemlich viele Leute schauten auf einen Plausch vorbei, hauptsächlich Kundinnen von Sydney, die ihr sagen wollten, dass ihre neue Frisur sie selbstbewusster mache, sie Komplimente von ihren Ehemännern bekämen und der Mechaniker sie bei der Reparatur ihres Wagens nicht mehr übers Ohr haue. Claire war sehr stolz auf ihre Schwester.

Nach dem Essen wollte Bay schwimmen gehen, und so begleiteten Henry und Sydney sie zum Wasser.

Claire und Tyler blieben allein zurück.

»Entspann dich, ich erzähl dir eine Geschichte«, sagte Tyler, streckte sich auf der Decke aus und verschränkte die Hände hinter dem Kopf.

»Wie kommst du auf die Idee, dass ich eine Geschichte hören möchte?«

»Wenn nicht, müssen wir uns unterhalten. Ich vermute, die Geschichte ist dir lieber.«

»Tyler …«

»Die Geschichte: In meiner Teenagerzeit war es etwas Tolles, an den Pool zu gehen, besonders für uns Kinder aus der Künstlerkolonie, weil wir fast zwanzig Kilometer vom nächsten Ort weg lebten. Es gab da ein Mädchen aus der Schule, Gina Paretti. Als sie in die Pubertät kam, änderte sich das Verhalten von uns sechzehnjährigen Jungs ihr gegenüber. Wenn sie uns im Flur begegnete, verschlug es uns im wörtlichen Sinn die Sprache. Gina verbrachte jeden Tag am Pool, und ich ging auch immer hin, um sie in ihrem Bikini anstarren zu können. Gegen Ende des Sommers hielt ich es dann nicht mehr aus, denn seit Monaten war sie Dauergast in meinen Phantasien. Ich konnte nicht mehr essen und schlafen. Ich musste einfach mit ihr reden. Also sprang ich ins Wasser und machte ein paar Züge, um sie zu beeindrucken, bevor ich rauskletterte und mich vor ihr aufbaute. Ich war tropfnass und verstellte ihr die Sonne, weil ich damals noch dachte, man könnte Mädchen umwerben, indem man sie ärgerte. Als sie die Augen aufschlug und mich sah … kreischte sie. Beim Verlassen des Pools war meine Badehose ziemlich weit heruntergerutscht, und so stand ich nun in meiner ganzen Pracht vor ihr. Fast wär ich verhaftet worden.«

Claire musste lachten. »Das war wahrscheinlich ziemlich schlimm.«

»Ach, eigentlich nicht. Drei Tage später hat sie mich gefragt, ob ich mit ihr ausgehen möchte. Und hinterher haben sich plötzlich ziemlich viele Mädchen für mich interessiert, die an dem Tag am Pool waren«, sagte er mit gespieltem Stolz.

»Stimmt das?«

Er zwinkerte ihr zu. »Ist das wichtig?«

Wieder lachte sie. »Danke.«

»Ich erzähl dir gern von demütigenden Erlebnissen.«

»Demütigend hin oder her: Das war etwas ganz Normales. Als Teenager verbrachte man den Sommer eben am Pool. Wahrscheinlich warst du nachts auch mal mit einem Mädchen im Park. Du und Sydney, ihr hättet euch verstanden.«

»Warst du denn kein normaler Teenager?«

»Nein«, antwortete sie ehrlich. »Henry auch nicht. Wir haben beide unser Erbe jung angetreten.«

Tyler stützte sich auf die Ellbogen und sah hinüber

zum Seeufer, wo Henry und Sydney Bay beaufsichtigten. Jemand rief Sydney etwas zu, die sich an Henry wandte. Als er nickte, gesellte sie sich zu einer Gruppe von Frauen, um sich mit ihnen zu unterhalten. »Stört's dich, wenn deine Schwester mit ihm geht?«

»Sie geht nicht mit ihm. Aber warum sollte mich das stören?«, antwortete Claire ein wenig zu hastig.

»Wahrscheinlich will ich einfach nicht, dass du enttäuscht wirst. Es ist gar nicht so leicht, sich für jemanden zu interessieren, der das Interesse nicht erwidert.«

»Ach«, sagte Claire, als ihr klar wurde, dass sie ihn missverstanden hatte. »Ich interessiere mich nicht für Henry.«

»Gut«, meinte er, stand auf und schlüpfte aus seinen Schuhen. »Ich glaub, ich geh schwimmen.«

»Du hast doch noch deine Sachen an.«

»Ich liebe dich wirklich, Claire«, sagte er und zog das Hemd über den Kopf, »aber du denkst einfach zu viel.«

Dann rannte er zum Wasser und tauchte hinein. Hatte er das wirklich so gemeint?, fragte sich Claire. *Er liebte sie?* Oder gehörte das zu den Dingen, die die Leute einfach so sagten? Hätte sie diese Spielchen doch nur besser verstanden.

Henry behielt weiter Bay im Auge, so dass Sydney zu Claire zurückkehrte und sich neben sie auf die Decke setzte. »Ist das Tyler?«, fragte sie.

»Ja«, antwortete Claire. Tylers Kopf tauchte aus dem Wasser auf, und als er ihn schüttelte, peitschten seine dunklen Haare durch die Luft und blieben schließlich in Strähnen an seinem Gesicht kleben. Er schwamm zu Bay und spritzte sie an. Sie spritzte zurück. Henry, der immer noch am Ufer stand, sagte etwas zu ihnen. Nun begannen die beiden, auch ihn anzuspritzen. Er zog die Schuhe aus, schlüpfte aus dem Hemd und sprang zu ihnen in den See.

»Wow«, sagte Sydney. »Milch scheint wirklich einen schönen Körper zu machen.«

»Es hat seine Gründe, warum ich so bin, wie ich bin«, platzte es aus Claire heraus.

Sydney nahm eine Dose Cola und wandte sich ihrer Schwester mit neugierigem Blick zu.

»Mom und ich, wir hatten die ersten sechs Monate meines Lebens kein richtiges Zuhause, übernachteten in Autos und Obdachlosenunterkünften. Sie klaute und schlief mit zahllosen Männern. Das hast du nicht gewusst, oder?«, fragte Claire. Sydney, die gerade die Dose zum Mund führte, hielt in der Bewegung inne, schüttelte den Kopf und senkte das Cola wieder. »Manchmal hab ich das Gefühl, dass du ihr Leben vor Bascom romantisierst. Keine Ahnung, ob sie jemals vorhatte, hierzubleiben, aber dass ich niemals wieder fortgehen würde, wusste ich gleich. Das Haus und Oma Waverley, das waren Konstanten, und etwas anderes wünschte ich mir als kleines Mädchen nicht. Doch dann kamst du zur Welt, und ich war eifersüchtig auf dich. Du hattest die Sicherheit, nach der ich mich sehnte, vom ersten Augenblick an. Unsere verkorkste Beziehung damals war meine Schuld. Ich hab diese Rivalität zwischen uns aufgebaut, weil du von hier warst und ich nicht. Tut mir leid, dass ich keine besonders gute Schwester bin. Tut mir leid, dass ich die Sache mit

Tyler nicht so elegant hinkriege. Ich muss immerzu daran denken, wie flüchtig alles ist, und hab schreckliche Angst davor, verlassen zu werden.«

»Im Leben geht es darum, Erfahrungen zu machen, Claire«, sagte Sydney erst nach einer ganzen Weile. »Man kann nicht alles festhalten.«

Claire schüttelte den Kopf. »Ich glaub, für mich ist der Zug abgefahren.«

»Nein, ist er nicht. Wie konnte Mom bloß auf die Idee kommen, dass das das richtige Leben für ein Kind ist? Ich schäme mich, sie beneidet und ihr nachgeeifert zu haben. Ich verlass dich nicht.«

»Manchmal frag ich mich, warum sie gegangen ist. Sie war eine kluge Frau. Evanelle sagt, sie wäre eine prima Schülerin gewesen, wenn sie die Ausbildung nicht abgebrochen hätte. Irgendwas muss passiert sein.«

»Das ist keine Entschuldigung. Wir dürfen nicht zulassen, dass sie die Oberhand behält, okay?«

Leichter gesagt als getan, dachte Claire. »Okay.« Und dann fragte sie sich, wie sie etwas ablegen sollte, das sie über die Jahrzehnte perfektioniert hatte.

Sie starrten eine Weile aufs Wasser. Bay, die offenbar genug hatte vom Herumtollen, schwamm ans Ufer und kehrte zu Claire und Sydney zurück. Henry und Tyler vergnügten sich weiter im See.

»Schau sie dir an«, sagte Sydney. »Große Jungen, beide.«

»Es ist schön«, bemerkte Claire.

Sydney legte den Arm um sie. »Ja«, pflichtete sie ihr bei.

Während Sydney und Claire den Aufenthalt am See genossen, bereitete Emma Clark Matteson sich auf ein paar intensive Minuten mit ihrem Mann vor.

Hunter Johns Büroschreibtisch war nicht so bequem wie der zu Hause. Die dunkle Holzvertäfelung an den Wänden und der hässliche Metalltisch befanden sich schon seit den Zeiten seines Vaters dort. Bei der Vorstellung, dass Hunter Johns Mutter Lillian in John seniors Büro gekommen wäre, um ihn wie Emma nun zu begrüßen, musste sie lachen.

Wenn sie es jemals getan hätte, wäre es ihr bestimmt wichtig gewesen, den Schreibtisch auszutauschen, denn auf dem saß es sich mit nacktem Hinterteil verdammt kalt.

Hunter Johns Sekretärin sagte Emma, er führe gerade eine Besuchergruppe durchs Werk und sei in ein paar Minuten zurück. Das gab Emma Zeit, sich zu entkleiden und sich nur mit Strumpf- und rosafarbenem Kropfband auf dem Schreibtisch im besten Licht zu präsentieren.

Im Büro hatte sie ihn noch nie überrascht. Ein bisschen knutschen, ja, aber richtig miteinander schlafen? Nein. Es gab nur sehr wenige Orte, an denen Hunter John und sie es noch nicht gemacht hatten. Es war gar nicht leicht, ihr Liebesleben so interessant zu gestalten, dass Hunter John nicht an Sydney dachte. Aber zum Glück liebte Emma Sex. Sie wusste nur nicht, ob es das war, was er wollte. Sie fragte sich, ob ihre Mutter sich auch einfach mit der Situation arrangiert hatte, ob Liebe für Ariel überhaupt wichtig war.

Als Emma Hunter Johns Stimme vor dem Büro hörte, spreizte sie die Beine ein wenig.

Und herein kam Hunter Johns Vater.

»Wow«, sagte John senior.

Emma rollte kreischend nach hinten vom Tisch herunter.

»Was ist denn?«, hörte sie Hunter John fragen, als sie sich unter dem Schreibtisch verkroch und die Knie an die Brust zog.

»Ich glaub, ich lass dich und deine Frau eine Weile allein«, sagte John senior.

»Meine Frau? Wo ist sie denn?«

»Unter dem Schreibtisch. Und ihre Kleidung liegt da drüben auf dem Stuhl. Wirklich, Junge, das ist keine Art, meinen Betrieb zu führen.«

Emma hörte, wie sich die Tür schloss, dann, wie sich Hunter Johns Schritte näherten und er neben ihr niederkniete. »Verdammt, Emma, was machst du denn hier?«

»Ich wollte dich überraschen.«

»Das hast du doch noch nie getan. Warum ausgerechnet heute, an dem Tag, an dem mein Vater unangekündigt hier auftaucht, um zu sehen, ob ich alles richtig mache? Er hat dich grade nackt gesehen! Ist das zu fassen?«

Sie kroch unter dem Schreibtisch hervor. Was sein Vater von ihm hielt, war Hunter John wichtiger als alles andere auf der Welt. Und sie hatte die beiden soeben in eine sehr peinliche Situation gebracht. Wie konnte nur so vieles so schief gehen?

Bis zu Sydneys Rückkehr war alles in Ordnung gewesen – zumindest an der Oberfläche. »Entschuldige«, sagte Emma, holte ihre Kleidung und begann sich anzuziehen.

»Was ist bloß los? In letzter Zeit hängst du an mir wie eine Klette. Du willst nicht mehr ausgehen, rufst mich sechzehnmal am Tag an, und jetzt tauchst du in dem Aufzug hier auf.«

Sie schlüpfte in Kleid und Schuhe. »Sag mir …« Sie zögerte. *Dass du mich liebst.*

»Was?«

»Dass du bei mir bleibst.«

Hunter John schüttelte den Kopf. »Was redest du denn da?«

»Seit Sydney zurück ist, mach ich mir Gedanken …«

»Wie bitte?«, fragte Hunter John. »Um Sydney geht's also? Mein Gott, Emma. Fahr nach Hause.« Er marschierte zur Tür, ohne sie eines weiteren Blicks zu würdigen. »Ich muss zu meinem Vater, ihm alles erklären.«

»Weißt du, was Eliza Beaufort mir erzählt hat?«, fragte Emma beim Abendessen. »Sydney und Claire Waverley waren heute mit ihren Verehrern am Lunsford's Reservoir. Was für eine Idee! Keiner in unserem Alter fährt dort hinaus. Kannst du dir Claire am See vorstellen?«

Hunter John hob den Blick nicht von seiner Lieblingsnachspeise, Schokoladenkuchen mit Buttercremeüberzug, die Emma eigens für ihn geordert hatte.

Er wischte sich den Mund ab und legte die Serviette weg. »Kommt, Jungs«, sagte er und rückte mit dem Stuhl zurück. »Gehen wir raus, Ball spielen.«

Josh und Payton sprangen sofort auf. Sie liebten es, wenn ihr Dad mit ihnen spielte, und Hunter John nahm sich gern Zeit für seine Jungs.

»Ich begleite euch«, sagte Emma. »Wartet auf mich, ja?«

Emma hastete nach oben, um in den roten Bikini zu schlüpfen, den Hunter John besonders mochte, doch als sie wieder nach unten kam, musste sie feststellen, dass sie nicht auf sie gewartet hatten. Sie ging hinaus zum Pool, von dem aus sie in den Garten sehen konnte, wo Hunter John und seine Söhne spielten. Es war halb acht abends, noch hell und schwül. Der Sommer verabschiedete sich ähnlich einer attraktiven Frau nur zögernd aus dem Rampenlicht. Das konnte Emma gut nachvollziehen. Sie mochte diese Monate, in denen die Jungs zu Hause und die Tage so lang waren, dass sie mit Hunter John noch etwas unternehmen konnte, wenn er heimkam.

Es hatte keinen Sinn, sich die Haare nass zu machen, wenn Hunter John ihr nicht beim Schwimmen zuschaute, also warf sie einen Sarong über und feuerte die Jungs von der Terrasse aus an. Sie konnte es gar nicht erwarten, dass die Footballsaison wieder anfing, in der sie die Highschool-Spiele besuchte und den Sonntagnachmittag und Montagabend vor dem Fernseher verbrachte. Das war eine Familienerfahrung, die Sydney nie mit Hunter John geteilt hatte. Außerdem konnte Sydney dem Spiel nichts abgewinnen. Emma hingegen liebte es. Weil er es liebte. Aber Hunter John hatte es aufgegeben, ähnlich wie seine Träume von Frankreich. Für sie.

Als die Sonne am Horizont verschwand, holte Emma einen Krug mit Limonade. Schon bald kamen die Jungen und Hunter John zu ihr an den Pool.

»Limona…«, sagte sie, doch da waren die Jungs bereits zum Abkühlen ins Wasser gesprungen.

Emma schüttelte nachsichtig den Kopf und hielt Hunter John lächelnd ein Glas hin. »Limona…«

Aber er ging an ihr vorbei ins Haus. Seit dem Zwischenfall im Büro hatte er kein Wort mit ihr gesprochen.

Da ihre Söhne nicht merken sollten, dass etwas nicht stimmte, sah sie ihnen eine Weile zu, bevor sie Handtücher holte und ihnen sagte, sie sollten aus dem Pool kommen. Anschließend scheuchte sie sie zum Umziehen in ihre Zimmer und machte sich auf die Suche nach Hunter John.

Er war in der Dusche. Emma setzte sich auf die Ablagefläche im Bad und wartete darauf, dass er herauskäme.

Als er heraustrat, verschlug es ihr ob seiner Attraktivität den Atem. Seine Haare begannen schütter zu werden, aber das war ihr egal.

»Wir müssen miteinander reden«, sagte sie. »Ich möchte wissen, warum du nie über Sydney sprechen willst.«

Er hob, erstaunt darüber, sie hier anzutreffen, den Blick, ergriff ein Handtuch und rubbelte sich die Haare trocken. »Die interessantere Frage wäre doch, warum du plötzlich so besessen bist von ihr. Ist dir eigentlich aufgefallen, dass Sydney in unserem Leben keine Rolle spielt? Dass sie uns nichts getan hat?«

»Durch ihre Rückkehr hat sie eine ganze Menge getan«, entgegnete Emma, und Hunter John hörte auf, sich die Haare zu trocknen. Sein Gesicht war hinter dem Handtuch verborgen. »Du redest nie über sie. Woher soll ich wissen, ob du dich nicht über sie ausschweigst, weil du immer noch etwas für sie empfindest? Woher soll ich wissen, ob ihr Anblick dich nicht an all die Möglichkeiten erinnert, die dir vor meiner Schwangerschaft offenstanden? Woher soll ich wissen, ob du dich noch einmal für mich entscheiden, mit mir schlafen, mich heiraten würdest?«

Er zog das Handtuch vom Kopf und trat mit starrer Miene auf sie zu. Ihr Herz begann schneller zu schlagen, einerseits aus Angst vor seiner Aggression, andererseits, weil er so verdammt sexy war. »Woher sollst du wissen …?«, wiederholte er ungläubig.

»Sie hat die Welt gesehen, und du wolltest immer reisen.«

»Was denkst du eigentlich, Emma? Die Lust, die Silikonbrüste und die sexy Klamotten, die perfekten Abendeinladungen und die Footballspiele – meinst du wirklich, das hätte ich mitgemacht, wenn ich nicht bei dir sein wollte? Und du? Hast du alles getan, weil du mich liebst, oder möchtest du nur immerzu Sydney ausstechen?«

»Ich weiß es nicht, Hunter John.«

»Das war die falsche Antwort, Emma«, sagte er und verließ das Bad.

»Claire, bist du wach?«, fragte Sydney an der Tür zu Claires Schlafzimmer in der Nacht.

Es überraschte sie nicht, als Claire mit ja antwortete.

Claire hatte schon als kleines Mädchen nicht viel Schlaf gebraucht und war draußen im Garten geblieben, bis

Großmutter sie hereinrief. Sydney erinnerte sich, dass ihre Schwester das Haus putzte oder Brot buk, während alle anderen schlummerten, vermutlich, um diesen Ort, den ersten und einzigen, an dem sie sich wirklich sicher fühlte, für sich zu gewinnen oder sich ihr Bleiberecht zu verdienen. Erst jetzt begann Sydney zu begreifen, was Claire durchgemacht hatte.

Sie betrat Claires Turmzimmer, das früher ihrer Großmutter gehört hatte. Zu Oma Waverleys Zeiten waren die Wände mit deren Quilts bedeckt gewesen, doch Claire hatte sie durch gerahmte Schwarz-Weiß-Fotos und alte Familienschnappschüsse ersetzt. Alles war jetzt pastellgelb gestrichen, und auf den Dielen lagen Baumwollläufer. Sydneys Blick wanderte zu der bequemen Fensterbank, neben der sich auf dem Boden Bücher stapelten, bevor sie ans Bett trat. »Ich muss dir was sagen.«

Claire setzte sich auf.

»Über die letzten zehn Jahre.«

»Gut.«

Bereits am See hätte sie Gelegenheit gehabt, Claire alles zu erzählen, doch da war sie dazu noch nicht in der Lage gewesen. Sie hatte auf die Nacht gewartet, denn über solche Dinge konnte man nur in der Dunkelheit sprechen. Jetzt zweifelte sie nicht mehr daran, dass Claire sie verstehen würde, und sie war ihr eine Erklärung schuldig, weil David nicht einfach aus ihrem Leben verschwinden würde. »Ich bin zuerst nach New York gefahren, das weißt du inzwischen. Anschließend nach Chicago, San Francisco, Las Vegas und am Ende nach Seattle. Unterwegs hab ich eine Menge Männer kennengelernt und ziemlich viel geklaut. Sogar den Namen, den ich verwendete, ›Cindy Watkins‹.«

»Mom hat das auch gemacht«, sagte Claire.

»Weil sie das aufregend fand? Denn aufregend ist es in der Tat, aber auch ermüdend. Und irgendwann kam dann Bay.« Sydney setzte sich ans Fußende des Betts, um Claire nahe zu sein und sie berühren zu können, wenn sie es mit der Angst zu tun bekam. »Bays Vater lebt in Seattle. Dort hab ich ihn kennengelernt. David Leoni.« Sie schluckte, weil sie ein ungutes Gefühl hatte, als sie seinen Namen aussprach. »Bay heißt mit Nachnamen Leoni, ich jedoch nicht, weil wir nicht verheiratet sind. David hat mir von Anfang an Angst gemacht, aber solche Männer kannte ich zur Genüge, und ich dachte, ich würde schon mit ihm fertig. Irgendwann wollte ich ihn verlassen – das tat ich immer, wenn die Lage brenzlig wurde –, doch dann merkte ich, dass ich schwanger war. Und wenn man ein Kind hat, wird man verletzlich. David hat angefangen, mich zu schlagen, und wurde immer gewalttätiger. Als Bay ein Jahr alt war, hab ich mich mit ihr aus dem Staub gemacht, in Boise die Friseurschule absolviert und mir einen Job gesucht. Alles war prima, bis David uns fand. Er hat mir einen Zahn ausgeschlagen, und noch Wochen später konnte ich mit dem linken Auge nichts sehen. Weil ich Bay tot nichts genützt hätte, bin ich zu ihm zurück, und meine Welt wurde kleiner und kleiner und immer mörderischer, bis ich nur noch drei Dinge kannte: Bay, David und seinen Zorn. Manchmal dachte ich, das sei die Strafe für mein Leben vor ihm. Aber dann lernte ich im Park eine Frau kennen, zu der ich Bay dreimal die Woche bringen durfte. Sie wusste, was los war, ohne dass ich etwas sagen musste, besorgte mir den Wagen und half mir bei der Flucht. David kennt meinen wahren Namen nicht und glaubt, ich sei aus New York. Deswegen war dies hier der einzige Ort, an den ich mich flüchten konnte.«

Claire richtete sich immer weiter auf, je länger Sydney erzählte. Trotz der Dunkelheit spürte Sydney den Blick ihrer Schwester auf sich ruhen.

»Ich kann verstehen, wie du dich gefühlt hast, als du mit sechs hergekommen bist. Ich hab alles für selbstverständlich gehalten. Aber jetzt weiß ich, dass das hier die einzige Sicherheit ist, die ich im Leben je hatte. Und die möchte ich für Bay. Ich möchte auslöschen, was sie meinetwegen erleben musste. Glaubst du, das ist möglich?«

Claire schwieg. Es war also nicht möglich, dachte Sydney. Claire konnte nicht vergessen.

»Tja, das sind meine Geheimnisse«, seufzte Sydney. »Nun kommen sie mir gar nicht mehr so groß vor, wie ich anfangs dachte.«

»Das sind Geheimnisse nie. Riechst du das?«, fragte Claire plötzlich. »Rasierwasser oder so was Ähnliches.«

»Das ist er«, flüsterte Sydney, als könnte er sie hören. »Die Erinnerung hab ich ins Haus gebracht.«

»Schnell, schlüpf zu mir ins Bett«, sagte Claire und schlug die Decke zurück. Es war schwül, und die Fenster standen offen, aber plötzlich fror Sydney und kuschelte sich an ihre Schwester. Claire legte den Arm um sie und drückte sie an sich. »Keine Angst«, flüsterte sie und schmiegte die Wange an Sydneys Kopf. »Alles wird gut.«

»Mommy?«, fragte Bay da von der Tür her.

»Komm schnell zu mir und Claire ins Bett«, sagte Sydney und schlug die Decke zurück wie zuvor Claire.

Sie hielten einander fest, während die Gedanken an David zum Fenster hinauswehten.

Am nächsten Morgen öffnete Claire die Augen und betrachtete die Schlafzimmerdecke, die auch ihre Großmutter jeden Tag ihres Lebens gesehen hatte.

Sydney und Bay schliefen eng aneinandergekuschelt neben ihr. Sydney hatte mehr erlebt und mitgemacht, als Claire jemals hätte ertragen können.

Aber so außergewöhnlich Sydneys Erfahrungen auch sein mochten: Das war das Leben. Jeder hatte Geschichten zu erzählen.

Claire blickte wieder zur Zimmerdecke hinauf.

Sogar ihre Großmutter.

Sydney sagte, Oma Waverley sei zu Lunsford's Reservoir hinausgefahren. Vermutlich mit ihrem späteren Ehemann, dachte Claire. Doch dann fielen ihr die alten Fotos von ihrer Großmutter vor der Heirat ein, von einer hübschen jungen Frau mit fröhlichem Lachen und Haaren, die ständig in Bewegung zu sein schienen. Auf den Bildern standen unterschiedliche Jungen neben ihr, die sie alle anhimmelten. Auf die Rückseiten hatte ihre Großmutter geschrieben: *Im Garten mit Tom* oder *Beim Schulfest mit Josiah* oder einfach nur *Karl*.

Ihre Großmutter hatte ein Leben gehabt, von dem Claire nichts ahnte, obwohl sie so bemüht gewesen war, alles über Oma Waverley zu erfahren. Doch die musste in

Sydney eine verwandte Seele erkannt haben, vermutlich ihrer Fröhlichkeit und Beliebtheit wegen. Claire schenkte sie die Weisheit des Alters, Sydney die Geheimnisse ihrer Jugend.

Claire besaß kein einziges Foto, bei dessen Anblick später einmal jemand denken würde: *Der Junge hat sie geliebt.*

Sie stand auf und machte Frühstück für Sydney und Bay. Als Sydney das Haus durch die hintere Tür verließ, um zur Arbeit zu fahren, rief sie über die Schulter gewandt zurück: »Da draußen liegt ein ganzer Haufen Äpfel!«

Claire holte eine Kiste aus dem Vorratsraum und sammelte mit Bay die Früchte ein, die der Baum gegen die hintere Tür geschleudert hatte.

»Warum macht er das?«, fragte Bay, als sie im hellen Licht des Morgens zum Gartentor gingen.

»Der Baum mischt sich in alles ein«, antwortete Claire, während sie das Tor aufschloss. »Wir waren heute Nacht zusammen, und er wollte auch dabei sein.«

Der Baum plusterte sich auf, als sie den Garten betraten.

»Wahrscheinlich ist er einsam.«

Claire ging kopfschüttelnd zum Schuppen, um eine Schaufel zu holen. »Er ist übellaunig und egoistisch, Bay, vergiss das nie. Und er möchte den Menschen Dinge verraten, die sie besser nicht erfahren sollten.«

Sie grub ein Loch beim Zaun, während Bay lachend zusah, wie der Baum rund um sie herum kleine grüne Blätter abwarf. »Schau, Claire, es regnet!«

Claire hatte den Baum noch nie so liebevoll erlebt. Bay war unschuldig genug, den düsteren Schatten nicht wahrzunehmen, den er warf. »Gott sei Dank magst du keine Äpfel.«

»Ich hasse sie«, sagte Bay. »Aber ich mag den Baum.«

Sobald Claire fertig war, gingen sie zum Haus zurück, und Claire fragte so beiläufig wie möglich: »Gibt Tyler heute Abend wieder einen von seinen Kursen?«

»Nein. Die Abendkurse sind immer montags und mittwochs. Warum?«

»Ach, war nur so eine Frage. Weißt du, was wir heute machen? Wir schauen uns alte Fotos an!«, sagte Claire voller Enthusiasmus. »Ich zeige dir, wie deine Urgroßmutter ausgesehen hat. Sie war eine wunderbare Frau.«

»Hast du auch Bilder von deiner und Mommys Mutter?«

»Nein, leider nicht.« Claire fiel ein, dass Sydney die Fotos von ihrer Mutter nicht mitgenommen hatte. Waren sie in Seattle?

Claire nahm sich vor, Sydney danach zu fragen.

War ein Kleid zu viel? Claire betrachtete sich im Schlafzimmerspiegel. Wirkte es zu bemüht? Sie war in dieser Hinsicht völlig unerfahren. Das weiße Kleid hatte sie an dem Abend getragen, als sie Tyler kennenlernte, und Evanelle sagte, sie sehe darin aus wie Sophia Loren. Unwillkürlich legte sie die Hand in den Nacken, den jetzt, anders als seinerzeit, keine Haare mehr schützten.

Mit vierunddreißig Jahren kam sie sich wie sechzehn vor, vielleicht zum ersten Mal im Leben.

Als sie an jenem Abend zur Treppe ging, klackten ihre Schuhe besonders laut auf den Hartholzdielen. Fast schon unten, blieb sie stehen, weil sie Stimmen hörte. Sie musste an Sydney und Bay vorbei, die im Wohnzimmer saßen.

Sie straffte die Schultern und schritt die letzten Stufen hinab. Sydney und Bay lackierten sich gerade die Zehennägel. Claire dachte in ihrer Nervosität nicht einmal daran, ihnen zu sagen, dass sie keinen Lack auf Möbel oder Boden bringen sollten.

Claire räusperte sich. »Ich geh rüber zu Tyler«, teilte sie ihnen von der Tür aus mit. »Vielleicht bleib ich länger.«

»Okay«, antwortete Sydney, ohne den Blick von Bays Füßen zu heben.

»Seh ich gut aus?«

»Ja, immer …« Als Sydney sich endlich ihr zuwandte und merkte, wie Claire sich angezogen, frisiert und geschminkt hatte, antwortete sie erstaunt lächelnd: »Oh. Lass deine Beine ausgestreckt, Bay. Ich bin gleich wieder da.«

Sydney watschelte mit ihren frisch lackierten Nägeln in den Eingangsbereich. »Was für eine Überraschung.«

»Wie soll ich das nur anstellen?«, fragte Claire.

Sydney fuhr ihrer Schwester mit den Fingern durch die Haare und steckte ihr ein paar Strähnen hinter die Ohren. »Offen gestanden, ist es eine ganze Weile her, dass ich einen Mann verführt hab. Aber bei Tyler, der die Wände meines Schlafzimmers in purpurfarbenes Licht taucht, wenn er nachts in Gedanken an dich im Garten auf und ab marschiert, wird das sicher nicht schwierig. Er wartet ja schon auf dich.«

»Ich weiß nicht, wie man eine Affäre anfängt.«

»Dann denk dir einfach, es sei für immer. Das könnte ja durchaus sein.«

Claire holte kurz Luft, wie vor einer Spritze. »Es wird weh tun.«

»Liebe tut immer weh, das weißt du sicher schon«, sagte Sydney. »Aber sie ist es wert. Und das weißt du noch nicht.«

»Na schön. Dann geh ich mal.«

Sydney öffnete die Haustür für sie. »Tja«, sagte sie, als Claire sich nicht von der Stelle rührte, »ich würd vorschlagen, du gehst; Schweben funktioniert offenbar nicht.«

Claire begann vorsichtig einen Fuß vor den anderen zu setzen.

Als sie seine Tür erreichte, drangen warmes Licht und leise Musik aus den offenen Fenstern, irgendetwas Klassisches, Schönes. Sie stellte sich vor, wie er sich bei einem Glas Wein entspannte. Was, wenn er keinen Wein hatte? Sie hätte welchen mitbringen sollen. Aber wenn sie noch einmal zurückginge, verließe sie der Mut, also strich sie ihr Kleid glatt und klopfte.

Keine Reaktion.

Stirnrunzelnd überprüfte sie, ob sein Jeep tatsächlich draußen abgestellt war. Da wurde die Tür geöffnet.

»Hallo, Tyler.«

Er schien zu erstarren. Mein Gott, dachte Claire, wenn er ihr die Initiative überließe, hätten sie ein Problem. *Teil das Ganze in einzelne Schritte auf*, sagte sie sich. *Wie bei einem Rezept. Man nehme einen Mann und eine Frau und gebe sie in eine Schüssel.*

»Darf ich reinkommen?«, fragte sie.

Zögernd warf er einen Blick über die Schulter. »Ja, warum nicht? Natürlich«, sagte er und trat einen Schritt beiseite, um sie einzulassen. Sie ging an ihm vorbei, berührte ihn fast, ließ ihn das Knistern in der Luft spüren. Erstaunt fragte er: »Was ist denn los?«

»Nichts«, antwortete sie, und dann sah sie sie.

Die kleine Rothaarige, die im Schneidersitz und ohne Schuhe auf dem Boden saß, zwei Flaschen Bier auf dem Beistelltischchen neben sich. Entweder sie bedeutete Tyler bereits etwas oder hatte es auf ihn abgesehen. Sie beugte sich nach vorn, so dass der V-Ausschnitt ihrer Bluse leicht vom Busen abstand und der fleischfarbene BH zum Vorschein kam. Offenbar wollten an jenem Abend zwei Frauen Tyler verführen.

Wie konnte ein Mensch nur so dumm sein?, fragte Claire sich. Hatte sie wirklich geglaubt, dass er die ganze Zeit auf sie wartete? »Ach, du hast Besuch.« Sie machte einen Schritt zurück und stieß gegen ihn. »Das wusste ich nicht. Entschuldigung.«

»Keine Ursache. Rachel ist eine alte Freundin, die auf dem Weg von Boston nach Florida ein paar Tage bei mir verbringt. Rachel, das ist Claire, meine Nachbarin. Sie macht Catering mit essbaren Pflanzen und ist einfach unglaublich.« Tyler legte die Hand auf Claires Arm und versuchte, sie ins Wohnzimmer zu dirigieren. Doch nach ein paar Sekunden zog er seine Hand zurück und wedelte damit in der Luft herum, als hätte er sich verbrannt.

»Tut mir leid, ich muss los. Ich wollte wirklich nicht stören.«

»Kein Problem …«, begann Tyler, doch sie war bereits verschwunden.

»Claire?«, rief Sydney, aber die befand sich schon auf halber Höhe der Treppe, als Sydney aus dem Wohnzimmer kam. »Claire?«

Claire blieb stehen und wandte sich ihr zu. »*Rachel.*«

Sydney sah sie fragend an. »Wer?«

»*Rachel* war bei ihm«, antwortete Claire. »Sie kennen sich; zwischen ihnen gibt es ein enges Band. Sie verbringt ein paar Tage bei ihm und betrachtet mich als Rivalin.«

»*Eine andere Frau war bei ihm?*«, fragte Sydney erstaunt.

Claire musste an die Fotos ihrer Großmutter mit den Jungen denken, die sie anhimmelten. »Ich brauch kein Bild von einem Mann, der mich ansieht, als wär er in mich verliebt. Ich komm zurecht. Oder?«

»Soll ich dir das wirklich gleich beantworten?«

Claire legte die Hand an die Stirn. Ihr war unerträglich heiß. »Ich weiß nicht, wie man so etwas anfängt. Vielleicht ist es das Beste, ich geh in den Garten hinaus, er schaut hin und wieder vorbei, und hinterher reden wir nicht drüber. Nur der Apfelbaum bedankt sich bei ihm, wie beim letzten Mal.«

»Ich kann dir nicht ganz folgen.«

Claire ließ die Hand sinken. »Ich komm mir ziemlich albern vor.«

»Das, liebe Schwester, ist Schritt eins.«

»Könntest du mir das bitte aufschreiben? Ich glaub, ich hab irgendwie das falsche Rezept«, sagte sie und wandte sich ab, um die Treppe weiter hinaufzusteigen. »Ich nehm jetzt ein Bad.«

»Aber du hast doch erst heute Nachmittag gebadet.«

»Ich rieche nach Verzweiflung.«

»Das vergeht wieder«, sagte Sydney kichernd.

Claire schlüpfte aus dem weißen Gewand und in ihr altes Seersucker-Kleid. Sie suchte gerade nach ihren Hausschuhen, als die Zimmertür aufging und Tyler eintrat. Claire starrte ihn mit offenem Mund an und zog den Kragen enger um den Hals, was lächerlich wirkte, wenn man bedachte, weswegen sie gerade bei ihm gewesen war.

»Warum hast du dich umgezogen? Ich liebe das weiße Kleid. Aber das ist auch nicht schlecht.« Er musterte sie von oben bis unten. »Wieso bist du zu mir gekommen, Claire?«

»Bitte vergiss es.«

Er schüttelte den Kopf. »Ich hab die Schnauze voll vom Vergessen und erinnere mich an alles, daran kann ich leider nichts ändern.«

Sie sahen einander an. Man nehme einen Mann und eine Frau und gebe sie in eine Schüssel. So würde es nicht funktionieren.

»Du denkst wieder mal zu viel«, sagte Tyler. »Das ist also dein Schlafzimmer. Überrascht mich nicht, dass es sich im Turm befindet.« Er begann herumzugehen und sich alles anzusehen. Claire musste an sich halten, um das Foto, das er vom Sekretär nahm, nicht sofort wieder zurückzustellen oder ihm zu sagen, dass er den Bücherstapel beim Fenster nicht anrühren solle, weil er nach einem System geordnet sei. Sie hatte diesem Mann ihren Körper schenken wollen, war aber nicht in der Lage, das Zimmer mit ihm zu teilen?, fragte sie sich. Nun, vielleicht, wenn er ihr Zeit ließe, die Schuhe unters Bett zu schieben oder die fleckige Kaffeetasse vom Nachtkästchen zu entfernen.

»Wartet Rachel nicht auf dich?«, fragte sie, als er einen Blick in ihren offenen Schrank warf.

Er wandte sich ihr zu. »Rachel ist nur eine Freundin.«

»Ihr habt eine gemeinsame Vergangenheit.«

»Wir waren früher mal ein Paar, in Florida, ungefähr ein Jahr lang. Die Beziehung hat nicht geklappt, aber wir sind Freunde geblieben.«

»Wie kann das sein?«

»Keine Ahnung. Es ist einfach so.« Er trat auf sie zu. Sie hätte schwören mögen, dass die Möbel ihm den Weg freimachten. »Wolltest du mit mir reden, mich ins Kino oder zum Essen einladen?«

Sie fühlte sich im wörtlichen Sinn in die Enge getrieben. Er stand nun ganz dicht bei ihr, ohne sie zu berühren, wie beim letzten Mal. »Bitte zwing mich nicht, es auszusprechen, sonst sterbe ich vor Scham«, sagte sie.

»Der Garten?«

Sie nickte.

Er legte die Hände auf ihre Schultern und ließ die Finger unter ihren Kragen gleiten. »Nicht so leicht zu vergessen, was?«

»Nein.«

Das Kleid wäre von ihren Schultern und auf den Boden gerutscht, wenn sie es nicht festgehalten hätte. »Deine Haut fühlt sich heiß an«, flüsterte er. »Vorher, drüben bei mir, hättest du mich fast verbrannt mit deiner Hitze.«

Er küsste sie, zog sie aus der Ecke heraus und schob sie in Richtung Bett. Man nehme einen Mann und eine Frau, gebe sie in eine Schüssel und *rühre*. Ihr drehte sich der Kopf, und als ihre Kniekehlen die Bettkante berührten, sank sie darauf. Unwillkürlich ließ sie den Kragen ihres Kleids los, und Tyler schlüpfte, ohne den Kuss zu unterbrechen, aus dem Hemd.

»Hier geht das nicht«, flüsterte sie. »Nicht mit Sydney und Bay unten im Wohnzimmer.«

Sein Kuss wurde leidenschaftlicher. »Gib mir zehn Minuten, um Rachel loszuwerden.«

»Du kannst Rachel nicht einfach loswerden.«

»Aber sie wird drei Tage bleiben.« Sie sahen einander eine ganze Weile an, bevor er tief durchatmend von ihr herunterrollte. Sie wollte den Kragen des Kleids wieder schließen, doch er legte eine Hand auf ihre Brust und umschloss sie mit den Fingern. Es fühlte sich so richtig an, so sicher. »Vorfreude kann auch schön sein«, sagte er. »Drei Tage Vorfreude.«

»Drei lange Tage.«

»Wieso der plötzliche Sinneswandel?«, fragte er und begann mit dem Mund ihre Brust zu erkunden.

Sie vergrub eine Hand in seinen Haaren und schloss die Augen. Wie konnte sie sich etwas so sehr wünschen, das sie nicht begriff? »Ich muss Menschen an mich heranlassen. Wenn sie wieder gehen, gehen sie eben. Und wenn ich daran zerbreche, zerbreche ich. Das passiert die ganze Zeit, stimmt's?«

Er hob den Kopf, um ihr in die Augen zu sehen. »Du glaubst, ich gehe wieder?«

»Das hier kann nicht ewig dauern.«

»Warum meinst du das?«

»Bei keinem, den ich kenne, hat das ewig gehalten.«

»Ich denk immerzu an die Zukunft. Mein ganzes Leben lang bin ich Träumen hinterhergejagt. Und zum ersten Mal scheine ich einen davon zu erhaschen.« Er küsste sie noch einmal, bevor er sein Hemd nahm und aufstand. »Tag für Tag, Claire, aber vergiss nicht: Ich bin dir Tausende von Tagen voraus.«

Es war Freds erste Nacht im Speicher. Evanelle hörte seine Schritte über ihr, ein angenehmes Geräusch, wie von trippelnden Mäusen. Geister blieben ja leider still. Sie hatte lange genug mit dem stummen Geist ihres Mannes zusammengelebt, um das zu wissen.

Evanelle fragte sich, ob es heuchlerisch gewesen war, Fred zum Einzug zu ermutigen, denn sie selbst hatte noch keinen Schritt in eine neue Richtung gewagt. Vielleicht war es ein Unterschied, ob der geliebte Mensch starb oder einen verließ, möglicherweise erzeugte es aber auch ganz ähnliche Gefühle.

Plötzlich setzte sich Evanelle auf.

Verdammt.

Sie musste jemandem etwas geben. Fred.

Evanelle schaltete das Licht neben dem Bett ein, griff

nach ihrem Morgenmantel und ging hinaus auf den Flur. Dort überlegte sie einen Augenblick, wohin sie sich wenden sollte. Die Zimmer unten hatte Fred ordentlich mit Aktenschränken und hübschen Holzregalen versehen.

Nach links.

Ins zweite Zimmer.

Sie betätigte den Lichtschalter, trat an den Aktenschrank und zog die Schublade mit der Aufschrift »M« heraus. Dort fand sie, was sie suchte, einen nagelneuen Mangoschneider in der Originalverpackung, der das Fruchtfleisch ordentlich vom Kern löste.

Evanelle fragte sich, wie er auf diese Gabe reagieren würde. Er war ja bei ihr eingezogen, weil er hoffte, von ihr irgendwann etwas zu erhalten, das ihm half, wieder mit James zusammenzukommen. Wäre er enttäuscht, dass sie ihm dieses ersehnte Ding nicht geben konnte, dass ihr Geschenk absolut nichts mit James zu tun hatte?

Da hörte sie Freds Handy im Speicher klingeln. Ihr Telefon benutzte er nicht, damit sie jederzeit jemanden anrufen konnte, dem sie etwas geben musste. Das fand sie toll; sie kam sich vor wie eine Heldin.

Sie klopfte einmal kurz an der Tür zum Speicher und ging dann die Treppe hinauf. Als sie die oberste Stufe erreichte, sah sie Fred in seinem Lederstuhl neben dem Eckregal mit dem Fernseher, eine Antiquitätenzeitschrift auf der lederbezogenen Truhe vor sich. In dem Raum roch es nach frischer Farbe.

»Gut, gut«, sagte er gerade und winkte sie herein. »Tu, was du kannst. Danke für den Anruf.« Dann beendete er das Gespräch.

»Stör ich?«

»Nein, das war geschäftlich.« Er legte das Handy weg und stand auf. »Was führt dich herauf zu mir? Alles in Ordnung? Kannst du nicht schlafen? Soll ich dir was kochen?«

»Nein, alles bestens.« Sie hielt ihm den Karton mit dem Mangoschneider hin. »Den muss ich dir geben.«

ZWÖLF

Manchmal wünschte Henry sich, fliegen zu können, weil seine Beine nicht schnell genug waren. Ein paarmal pro Woche stand er nachts auf, schlich auf Zehenspitzen hinaus und fing zu joggen an, um seine überschüssige Energie abzuarbeiten. In der Nacht vor seinem einundzwanzigsten Geburtstag lief er bis nach Asheville am Fuß der Appalachen und brauchte sechs Stunden zurück nach Hause, wo sein Großvater ihn am Morgen auf der Veranda erwartete. Henry flunkerte ihm vor, er sei schlafgewandelt, weil er nicht glaubte, dass Lester ihn verstehen würde. Es gab Zeiten, in denen Henry es gar nicht erwarten konnte, alt zu werden wie sein Großvater, aber auch solche, in denen sein Körper jung und voller Vitalität war, mit der er nichts anzufangen wusste.

Am Reservoir erzählte er Claire nicht, dass er auch noch nicht dort gewesen war; er hatte nie die Dinge getan, die die anderen Teenager machten, weil er in der Molkerei beschäftigt war und immer mit älteren Frauen ausging, die genau wussten, was sie wollten. In Gesellschaft von Sydney fühlte er sich jung, aber er bekam auch ein flaues Gefühl im Magen, als hätte er zu viel gegessen und könnte nicht weit genug rennen, um dieses Gefühl loszuwerden.

In dieser Nacht blieb er, die Füße nass und die Knöchel von den Dornen der wilden Rosen zerkratzt, die in Büschen entlang des Highway wuchsen, am Rand eines Feldes stehen. Als er die Scheinwerfer eines Wagens herannahen sah, duckte er sich ins Gras, weil er um zwei Uhr morgens, nur mit Boxershorts bekleidet, nicht hier draußen entdeckt werden wollte.

Vom Boden aus starrte er hinauf zum Mond, der wirkte wie ein Loch im Himmel, durch das Licht von der anderen Seite herüberdrang. Henry sog den Geruch des feuchten Grases, der warmen Rosen und des schwarzen, von der Sommersonne an den Rändern weichen Asphalts ein.

Er stellte sich vor, Sydney zu küssen, die Hände in ihren Haaren zu vergraben. Sie duftete immer geheimnisvoll weiblich, genau wie der Salon, in dem sie arbeitete. Er liebte diesen Geruch. Frauen waren erstaunliche Geschöpfe. Amber, eine Kollegin Sydneys im White Door, die sich für ihn interessierte, trotz Sydneys Desinteresse an ihm jedoch nicht von dieser ermutigt wurde, ihm Avancen zu machen, roch genauso.

Er erhob sich und rannte zurück zum Haus, ein schwach purpurfarben schimmerndes Licht hinter sich herziehend wie den Schweif eines Kometen.

Lester beobachtete seinen Enkel vom Schlafzimmerfenster aus. Alle Hopkins-Männer verhielten sich so. Lester war in jungen Jahren keine Ausnahme gewesen. Hopkins-Männer besaßen samt und sonders Leidenschaft und reagierten sie auf diese Weise ab. Vor langer Zeit, als Lester seine Frau kennenlernte, setzte er Bäume in Brand, einfach dadurch, dass er nachts darunter stand. Für Henry wünschte er sich das Gleiche, was er mit seiner geliebten Alma erlebt hatte. In der Nacht zu rennen, als stünde man in Flammen, war der erste Schritt. Wenn Sydney die Richtige für ihn war, würde Henry irgendwann aufhören, ziellos draufloszulaufen, und zu ihr finden.

Claire lernte, dass Vorfreude auf bestimmte Dinge etwas sehr Schönes war – zum Beispiel auf Weihnachten, darauf, dass die Hefe ging, oder auf lange Ausflüge. Beim Warten darauf jedoch, dass gewisse weibliche Gäste endlich verschwanden, konnte keine aufkommen.

Jeden Tag trafen Tyler und Claire sich in den frühen Morgenstunden im Garten, wo sie sich liebkosten und küssten und er ihr Dinge sagte, die sie tagsüber erröten ließen. Kurz bevor der Horizont sich rosig färbte, verließ er sie dann mit den Worten: »Nur noch drei Tage.« »Nur noch zwei.« »Nur noch einer.«

Claire lud Rachel und Tyler am Tag vor Rachels Abreise zum Mittagessen zu sich ein, vorgeblich aus Höflichkeit, in Wahrheit jedoch, weil sie sich nach Tyler sehnte und Zeit mit ihm nur in Anwesenheit von Rachel bekommen konnte.

Sie stellte einen Tisch auf die Veranda und servierte Truthahnsalat mit Zucchiniblüten. Claire wusste, dass ihre Gerichte bei Tyler nichts bewirkten, aber bei Rachel wäre das anders, und Zucchiniblüten erleichterten das Verstehen. Rachel musste begreifen, dass Tyler ihr gehörte. So einfach war das.

Bay saß bereits, und Claire wollte gerade das Brot auf den Tisch stellen, als Tyler und Rachel die Stufen heraufkamen.

»Wie hübsch«, bemerkte Rachel, setzte sich und musterte Claire von oben bis unten, der klar war, dass Rachel Tyler noch nicht ganz aus ihrem Herzen verbannt hatte.

Die Hintergründe wollte Claire nicht erfahren.

»Schön, dass ihr zwei euch noch ein bisschen besser kennenlernen könnt, bevor du morgen abreist«, sagte Tyler zu Rachel.

»Weißt du, ich bin zeitlich nicht gebunden«, erwiderte Rachel, und Claire hätte beinahe vor Entsetzen den Wasserkrug, den sie in der Hand hielt, fallen gelassen.

»Kosten Sie die Zucchini«, sagte sie.

Der Lunch erwies sich als eine einzige Katastrophe. Hier trafen Leidenschaft, Ungeduld und Ressentiments aufeinander wie drei Winde aus unterschiedlichen Richtungen. Die Butter schmolz, das Brot toastete sich selbst, Wassergläser kippten um.

»Es ist merkwürdig hier draußen«, bemerkte Bay irgendwann, nahm eine Handvoll Kartoffelchips und lief zum Apfelbaum, den sie nicht merkwürdig fand. Was »merkwürdig« bedeutete, hing letztlich von der Definition des Einzelnen ab.

»Ich glaube, wir sollten gehen«, sagte Tyler schließlich.

Rachel stand sofort auf und bedankte sich für die Einladung, ohne hinzuzufügen: *Er geht mit mir und bleibt nicht bei dir.* Aber Claire hörte es trotzdem.

Als Sydney an jenem Abend von der Arbeit nach Hause kam, duschte Claire, und das Wasser verdampfte so schnell auf ihrer heißen Haut, dass die ganze Nachbarschaft in feuchten Dunst gehüllt war. Claire hörte, wie die Badezimmertür geöffnet wurde, und zuckte vor Schreck zusammen, als Sydneys Hand hinter den Duschvorhang glitt und den Hahn zudrehte.

Claire streckte den Kopf hinaus. »Warum machst du das?«

»Weil man im ganzen Viertel die Hand nicht mehr vor Augen sieht. Ich hab Harriet Jacksons Haus für deins gehalten.«

»Das ist nicht wahr.«

»Es könnte aber wahr sein.«

Claire blinzelte ein paar Wassertropfen weg. »Ich hab Rachel und Tyler mittags zum Essen eingeladen«, erzählte sie.

»Bist du verrückt?«, fragte Sydney. »Willst du denn nicht, dass sie endlich verschwindet?«

»Doch, natürlich.«

»Dann hör auf, ihr unter die Nase zu reiben, dass Tyler dich will und nicht sie.«

»Sie reist morgen ab.«

»Na, hoffentlich.« Sydney setzte sich in Richtung Tür in Bewegung, die Hände vor sich ausgestreckt, als müsste sie sich den Weg ertasten. »Bitte dusch nicht mehr bis dahin, sonst findet sie die Straße nicht.«

In jener Nacht tat Claire kein Auge zu. Am frühen Morgen schlich sie sich in Sydneys Zimmer und kniete vor dem Fenster nieder, das auf Tylers Seite ging. Dort blieb sie bis Tagesanbruch, um zu sehen, wie Tyler Rachel mit ihrem Gepäck zum Wagen begleitete, wo er sie zum Abschied auf die Wange küsste.

Als sie weg war, schaute Tyler zum Haus der Waverleys herüber. Das hatte er den ganzen Sommer getan, um in ihr Leben eingelassen zu werden. Nun war es Zeit, ihm den Wunsch zu erfüllen. Tyler würde bei ihr bleiben oder auch nicht. Sie hatte vierunddreißig Jahre damit zugebracht, alle Emotionen zurückzuhalten, und jetzt ließ sie sie heraus wie Schmetterlinge aus einer Dose. Sie drängten nicht hinaus, froh darüber, endlich frei zu sein, sondern flogen einfach davon, eine nach der anderen. Nur die guten Erinnerungen an ihre Mutter und Großmutter blieben bei ihr, weil sie zu alt waren, um noch irgendwohin zu flattern.

Als sie sich erhob, um Sydneys Zimmer zu verlassen, fragte diese: »Ist sie endlich weg?«

»Ich dachte, du schläfst«, sagte Claire. »Ist wer weg?«

»Rachel, wer sonst?«

»Ja.«

»Gehst du jetzt zu ihm rüber?«

»Ja.«

»Gott sei Dank. Ich hab die ganze Nacht kein Auge zugetan.«

»Tut mir leid.«

»Lüg nicht«, widersprach Sydney und vergrub den Kopf in den Kissen. »Werd glücklich, aber bitte lass mich schlafen.«

»*Danke, Sydney*«, flüsterte Claire. Sie merkte nicht, dass ihre Schwester mit einem Lächeln zwischen den Kissen hervorlugte.

Claire ging im Nachthemd die Treppe hinunter und hinaus. Tyler beobachtete, wie sie durch den Garten auf ihn zukam. Er traf sie auf halbem Weg, um ihre Hand zu ergreifen.

Sie sahen einander stumm an.

Bist du sicher?

Ja. Willst du es?

Mehr als alles auf der Welt.

Hand in Hand schlenderten sie zu seinem Haus und schufen neue Erinnerungen; eine davon, die neun Monate später das Licht der Welt erblickte, erhielt den Namen Mariah Waverley Hughes.

Wenige Tage danach gingen Sydney und Henry auf der Grünfläche im Ort spazieren. Henry holte sie nun fast täglich auf einen Kaffee ab. Ihre Treffen dauerten nur etwa zwanzig Minuten, weil sie nach Hause zu Bay und er zu seinem Großvater musste, aber immer gegen fünf begann sie sich auf ihn zu freuen und schaute unwillkürlich auf die Uhr und zur Tür. Wenn er dann endlich kam, zwei Eiskaffee vom Coffee House in den Händen, begrüßte sie ihn: »Henry, du bist ein richtiger Lebensretter!«

In Friseursalons stürzen sich die Angestellten bekanntermaßen auf alleinstehende Männer, und alle Kolleginnen Sydneys mochten Henry und flirteten mit ihm, während er auf sie wartete. Als Sydney ihnen sagte, sie und Henry seien lediglich befreundet, sahen sie sie alle ein wenig mitleidig an.

»Kommst du mit deinem Großvater zu Claires Fest?«, fragte Sydney Henry während ihres Spaziergangs. Claire hatte noch nie zuvor so viele Leute zu sich nach Hause eingeladen. Ähnlich wie ihre Großmutter in späteren Jahren empfing sie ungern Gäste. Doch jetzt, da Tyler in ihr Leben getreten war, fand sie ihr wahres Ich.

»Ja«, sagte Henry. »Schön, wie du mit Claire zurechtkommst. Ihr habt euch beide sehr verändert. Erinnerst du dich noch an die Halloween-Party im ersten Jahr an der Highschool?«

Sie musste einen Moment nachdenken. »Mein Gott«, stöhnte sie schließlich und setzte sich auf die Steinumrandung des Brunnens.

In jenem Jahr hatte Sydney sich zu Halloween als Claire verkleidet und fand das urkomisch. Sie kaufte sich eine billige schwarze Perücke, frisierte sie mit Kämmen und trug eine erdverschmierte Jeans sowie Claires alte Gartenschuhe. Da Claire dafür bekannt war, dass sie oft mit Mehl im Gesicht aus dem Haus ging, ohne es zu merken, und die Angestellten im Lebensmittelladen sich gern darüber lustig machten, stäubte Sydney ihr Gesicht ein. Außerdem schlang sie eine Schürze mit der Aufschrift »Küss die Köchin« um den Leib, worüber bei der Tanzveranstaltung alle lachen mussten, weil jeder im Ort wusste, dass niemand die merkwürdige Claire küssen würde, die Anfang zwanzig war und bereits ausgesprochen festgefahren in ihren Gewohnheiten.

»Damals wolltest du dich wohl über sie lustig machen«, sagte Henry und setzte sich neben Sydney. »Jetzt kleidest du dich wieder wie sie, aber diesmal meinst du's, glaub ich, ernst.«

Sydney betrachtete Claires ärmellose Bluse, die sie

trug. »Stimmt. Allerdings hab ich auch nicht allzu viele Klamotten hierher mitgebracht.«

»Du hast die Zelte also hastig abgebrochen?«

»Ja«, antwortete sie, ohne sich weiter über das Thema auszulassen. Ihr gefiel die Beziehung zu Henry, wie sie war, wie seinerzeit in der Kindheit. David hatte darin nichts zu suchen. Wenn sie und Henry sich trafen, verlor David seine Daseinsberechtigung. Und sie fühlte sich nicht verpflichtet, aus ihrer Freundschaft mehr zu machen, was sie als große Erleichterung empfand. »Du warst damals auch bei dem Tanz?«

Er nickte und nahm einen Schluck von seinem Kaffee. »Mit Sheila Baumgarten, die war in der Klasse über uns.«

»Bist du viel ausgegangen? Ich hab dich nie an den üblichen Treffpunkten gesehen.«

Er zuckte die Achseln. »Manchmal. Im letzten Schuljahr war ich mit einem Mädchen von der Western Carolina University zusammen.«

»Du magst also ältere Frauen.«

»Mein Großvater glaubt felsenfest daran, dass Hopkins-Männer immer ältere Frauen heiraten. Ich mach ihm die Freude und halt mich an seine Regel, aber wahrscheinlich ist auch was Wahres dran.«

Sydney lachte. »Deswegen hat dein Großvater mich also gefragt, wie alt ich bin.«

»Ja«, bestätigte Henry. »Er will mich ständig verkuppeln. Aber er besteht darauf, dass die Frauen, mit denen ich ausgehe, älter sind als ich.«

»Weißt du, Amber vom Salon ist fast vierzig. Sie mag dich. Soll ich euch zusammenbringen?«

Henry betrachtete stumm den Kaffeebecher in seiner Hand. Hoffentlich, dachte Sydney, hatte sie ihn nicht in Verlegenheit gebracht. Aber schüchtern war er eigentlich nicht.

Henry hielt den Blick gesenkt, so dass Sydney seine von der Sonne rosa schimmernde Kopfhaut durch die kurz geschnittenen Haare sah. Sie streichelte ihm zärtlich darüber wie einem kleinen Jungen, dem ernsten kleinen Jungen von damals, ihrem allerersten Freund. »Du solltest eine Kappe tragen, sonst kriegst du einen Sonnenbrand.«

Er hob den Blick und sah sie merkwürdig, fast ein bisschen traurig, an. »Erinnerst du dich an deine erste Liebe?«

»Ja, klar. Hunter John Matteson. Er war der Erste, der mich gefragt hat, ob ich mit ihm gehen möchte«, antwortete Sydney wehmütig. »Und deine?«

»Du.«

Sydney lachte, weil sie glaubte, er mache Scherze. »Ich?«

»Am ersten Tag der sechsten Klasse traf's mich wie ein Blitzschlag. Danach konnt ich nicht mehr mit dir reden. Das werd ich immer bedauern. Als ich dich dann bei dem Fest zum vierten Juli gesehen hab, ist es wieder passiert.«

»Was sagst du da, Henry?«

»Dass du mich nicht mit deiner Freundin Amber verkuppeln sollst.«

Unvermittelt veränderte sich die Situation: Nun saß sie nicht mehr neben dem jungen Henry, sondern neben dem Mann, der sie liebte.

Am Nachmittag betrat Emma nach einem erfolglosen Versuch, ihre Laune durch einen Einkaufsbummel zu heben, das Wohnzimmer. Im Ort war ihr Evanelle Franklin begegnet, die ihr gesagt hatte, sie suche sie schon den ganzen Tag, weil sie ihr zwei Vierteldollarmünzen geben müsse.

Und das Geschenk der verrückten Alten war doch tatsächlich der Höhepunkt dieses trüben Tages gewesen.

Sie hatte den großen Fehler gemacht, sich zum Lunch mit ihrer Mutter zu treffen und dieser ihre Erwerbungen zu zeigen. Ihre Mutter rügte sie, weil sie nicht genug Reizwäsche gekauft hatte, und schickte sie sofort noch einmal los. Obwohl das sinnlos war, das wusste Emma. Sie und Hunter John hatten schon seit mehr als einer Woche nicht mehr miteinander geschlafen.

Sie ließ die Einkaufstüten fallen, als sie Hunter John auf dem Sofa sitzen sah, ein großes Buch auf dem Beistelltischchen vor sich. Er hatte Sakko und Krawatte abgelegt und die Hemdsärmel hochgekrempelt.

»Hunter John!«, rief sie mit einem strahlenden Lächeln aus, obwohl sie eigentlich ein flaues Gefühl im Magen hatte. »Was machst du denn um diese Zeit zu Hause?«

»Ich hab mir den Nachmittag frei genommen, um auf dich zu warten.«

»Wo sind die Jungs?«, fragte sie in der Hoffnung, dass ihr Gespräch sie ins Schlafzimmer führen würde. Sie war jedenfalls bereit, den schwarzen BH und den Stringtanga mit den winzigen roten Schleifchen sofort zum Einsatz zu bringen.

»Das Kindermädchen ist mit ihnen im Kino, und hinterher wollen sie was essen gehen. Ich finde, wir sollten uns unterhalten.«

»Ach«, sagte sie und ballte unwillkürlich die Hände zu Fäusten. Unterhaltung, Diskussion, Trennung. Nein. Sie deutete auf das Buch vor ihm, um ihn abzulenken. »Was schaust du an?«

»Unser Jahrbuch von der Highschool«, antwortete er, und ihr sank der Mut. *Die vertanen Möglichkeiten.* Sie hatte sein Büro zu Hause mit seinen alten Footballfotos und -trophäen ausgestattet und sogar sein altes Trikot rahmen lassen. Auf die Zeit damals, als noch alles möglich war, konnte er stolz sein.

Auf eine Zeit, um die sie ihn gebracht hatte.

Sie ließ die Einkaufstüten und Päckchen liegen, wo sie waren, und setzte sich vorsichtig neben ihn aufs Sofa, um ihn nicht zu verschrecken. Aus dem Jahrbuch strahlten sie Sydney und Emma und Hunter John an. Es handelte sich um Aufnahmen aus dem Dome, dem überdachten Picknickareal außerhalb der Cafeteria, wo sie sich hin und wieder einen Zug an der Zigarette gönnten. Dann war da noch ein Foto von ihnen in der Rotunde, einem besonderen Sitzbereich, den die Beliebtesten in der Schule für sich beanspruchten. Und noch eines, auf dem sie vor ihren Spinden für die Kamera posierten, sowie eines von der Feier nach einem gewonnenen Footballmatch.

»Ich hab Sydney geliebt«, sagte Hunter John, und Emma fühlte sich seltsam bestätigt. Doch dann fuhr er fort: »So sehr ein Teenager eben lieben kann. Damals hab ich meine Gefühle für real gehalten. Auf jedem einzelnen dieser Bilder himmle ich sie an. Genau wie du. Ich hab sie längst vergessen, Emma. Du aber nicht, oder? War Sydney in unserer Ehe zehn Jahre lang die Dritte im Bunde, ohne dass ich das gemerkt hab?«

Emma versuchte, beim Betrachten der Bilder nicht zu weinen, weil sie hässlich aussah, wenn sie weinte: Ihre Nase schwoll an, und die Schminke begann zu zerlaufen. »Ich weiß es nicht. Ich frag mich nur, ob du dich wieder so entscheiden würdest wie damals, wenn du noch mal von vorn anfangen müsstest. Wieder für mich?«

»Das ist es also? Du hast dir so viel Mühe mit dem Sex und dem perfekten Haus gegeben, weil du dachtest, ich will eigentlich gar nicht hier sein?«

»Ich hab mir so viel Mühe gegeben, weil ich dich liebe!«, erwiderte sie mit Verzweiflung in der Stimme. »Für mich hast du alles aufgegeben, bist hiergeblieben und nicht aufs College gegangen. Du hast Kinder großgezogen, statt ein Jahr in Europa zu verbringen. Ich hab Sydney gehasst, weil du sie liebtest und nicht mich, dich verführt und dir einen Strich durch die Rechnung gemacht. Seitdem versuche ich jeden Tag aufs Neue, alles wiedergutzumachen.«

»Emma, du hast mir nichts genommen. Ich hab mich für dich entschieden.«

»Denkst du denn seit Sydneys Rückkehr nicht ständig, was hätte sein können? Vergleichst du sie nicht mit mir? Überlegst du nicht, wie dein Leben ohne mich vielleicht ausgesehen hätte?«

»Nein«, antwortete er, aufrichtig verwirrt. »Ich denk so gut wie überhaupt nicht an sie. Aber du fängst die ganze Zeit mit ihr an, weil du meinst, irgendetwas hätte sich verändert. Für mich nicht, glaub mir das.«

»Ach«, sagte sie und drehte sich weg, um vorsichtig die Augen abzuwischen, in denen sich jetzt die Tränen sammelten.

Er legte einen Finger unter ihr Kinn und zwang sie, ihn anzusehen. »Ich möchte mein Leben nicht verändern, Emma. Du bist mir eine Freude, jeden einzelnen Tag. Du bringst mich zum Lachen und zum Nachdenken, und du machst mich geil. Es gibt Momente, in denen ich dich nicht verstehe, aber ich wache morgens gern neben dir auf und komme abends gern zu dir und den Jungs nach Hause. Ich bin der glücklichste Mensch der Welt. Ich liebe dich mehr, als ich je geglaubt hätte, einen anderen Menschen lieben zu können.«

»Sydney …«

»Nein!«, sagte er und ließ die Hand sinken. »Nein. Fang nicht wieder damit an. Wieso kommst du nur auf die Idee, ich könnte meine Entscheidung bereut haben? Ich hab Tage darüber nachgedacht, wie ich dieses Gespräch vermeiden könnte, und weißt du, was mir dabei klar geworden ist? Hier geht's gar nicht um dich und mich, sondern um dich und Sydney, vielleicht auch um dich und deine Mutter. Ich liebe dich. Sydney liebe ich nicht. Ich möchte mit dir zusammensein, nicht mit Sydney. Wir sind nicht mehr wie damals.« Er klappte das Jahrbuch mit den Träumen vom Ruhm als Footballstar und von den Rucksackreisen durch Europa zu. »Jedenfalls ich nicht.«

Sie legte die Hand auf seinen Oberschenkel, ziemlich weit oben, weil sie nicht aus ihrer Haut konnte. »Und ich möchte auch nicht mehr so sein, Hunter John. Wirklich nicht.«

Er sah sie an. »Ich glaub, sie wird bleiben, Emma.«

»Das glaub ich auch.«

»Im Ort«, sagte er. »Nicht in unserem Leben.«

»Oh.«

Er schüttelte den Kopf. »Gib dir Mühe, Emma. Mehr verlang ich nicht von dir.«

DREIZEHN

Fred saß am Schreibtisch im Büro und starrte den Mangoschneider vor sich an.

Was sollte der bedeuten?

James mochte Mangos. Hieß das, dass Fred ihn anrufen und ihn zum Obstessen einladen sollte?

Warum nur war die Botschaft nicht klarer und früher gekommen?

Wie sollte der Mangoschneider ihm helfen, James zurückzugewinnen? Darüber grübelte er nun schon seit Tagen nach.

Nun klopfte es an der Tür, und Shelly, seine rechte Hand, streckte den Kopf herein. »Fred, da möchte jemand mit dir reden.«

»Bin sofort da.« Fred nahm das Sakko von der Rückenlehne seines Stuhls und zog es an.

Shelly, die sich bei den Weinregalen mit einem Mann unterhielt, deutete auf Fred und entfernte sich. Der Mann war Steve Marcus, ein Kochkursleiter des Orion College, mit dem Fred sich in den letzten Jahren schon öfter über Essen und Rezepte ausgetauscht hatte. Es dauerte eine Weile, bis es Fred gelang, einen Fuß vor den anderen zu setzen. In seinem letzten Gespräch mit James hatte dieser ihm geraten, sich mit Steve anzufreunden.

Steve streckte ihm die Hand hin. »Fred, schön, Sie zu sehen.«

»Was kann ich für Sie tun?«

»Ich wollte Sie zu einem offenen, von der Universität geförderten Abendkurs einladen«, sagte Steve, ein untersetzter, gutmütiger Mann, der an der rechten Hand seinen Collegering trug und immer gepflegte Fingernägel hatte. »Darüber, wie man sich das Kochen mit Hilfsmitteln und Tricks leichter machen kann. Sie wären mit Ihrem Wissen um örtliche Spezialitäten sicher ein Gewinn für den Kurs.«

Es ging alles viel zu schnell. Fred fühlte sich, als wollte ihn jemand aus dem Tiefschlaf reißen. »Ich weiß nicht so recht … meine Termine …«

»Der Kurs ist morgen Abend. Haben Sie da schon was vor?«

»Morgen? Nun …«

»Jeder soll ein Hilfsmittel verraten, das die anderen wahrscheinlich noch nicht kennen. Aber alles ohne Stress. Morgen Abend um sechs, wenn Sie können.« Steve griff in die Gesäßtasche, um seine Brieftasche herauszuholen. »Hier ist meine Visitenkarte mit meiner Telefonnummer, falls Sie Fragen haben.«

Fred nahm die Karte, die noch warm war von Steves Körper. »Ich überleg's mir.«

»Prima. Bis später dann.«

Fred ging in sein Büro zurück und ließ sich auf seinen Stuhl sinken. *Jeder soll ein Hilfsmittel verraten, das die anderen wahrscheinlich noch nicht kennen.*

Zum Beispiel einen Mangoschneider.

Er hatte so lange darauf gewartet, dass Evanelle ihm etwas gäbe, das alles wieder in Ordnung brächte. Fred nahm den Telefonhörer in die Hand, um James anzurufen.

Nach dem zehnten Klingeln begann er sich Sorgen zu machen. Später sagte er sich: Gut, nach dem zwanzigsten Klingeln weiß ich, dass das Geschenk nicht für ihn bestimmt war.

Dann nach dem dreißigsten.

Nach dem vierzigsten.

Dem fünfzigsten.

Bay beobachtete die Vorbereitungen für das Fest vom Apfelbaum aus. Alles schien bestens zu laufen, also wunderte sie sich, dass sie so nervös war. Vielleicht, weil winzige Dornenranken sich an den Rändern des Gartens auszubreiten begannen, so klein, dass noch nicht einmal Claire, die immer wusste, was hier vor sich ging, sie sehen konnte. Claire fühlte sich glücklich, und Zufriedenheit ließ einen leicht vergessen, dass es auch schlechte Dinge gab. Bay war nicht glücklich genug, das zu verdrängen, weil sie die Perfektion noch nicht gefunden hatte. Immerhin wanderte Tyler nun nicht mehr purpurfarbene Funken sprühend nachts im Garten umher. Und Bay und ihre Mutter hatten schon seit einer Woche nicht mehr das Rasierwasser von Bays Vater gerochen. Sydney lächelte viel häufiger und sprach mehr über Henry. Und Bay selbst war bereits in der Schule eingeschrieben. Vielleicht bereitete ihr das Kopfzerbrechen, denn sie wusste, dass ihre Mutter Bays Namen falsch angegeben hatte. Das war ein schlechter Anfang.

Möglicherweise lag es auch daran, dass Bay immer

noch keine Ahnung hatte, wie sie ihren Traum in die Realität umsetzen sollte. Nichts funktionierte. Sie konnte nichts finden, das Funken auf ihrem Gesicht erzeugt hätte, und ihre Mutter ließ sie keine Gläser mehr zum Experimentieren mit nach draußen nehmen. Das Geräusch von im Wind flatterndem Papier entzog sich ihr ebenfalls. Seit ein paar Tagen gab es nicht einmal mehr Wind. Der kam erst am Nachmittag auf, als Sydney und Claire versuchten, die cremefarbene Decke über den Tisch im Garten zu breiten. Sie flatterte davon, als hätte ein Kind sie über den Kopf gezogen und wollte damit weglaufen. Die Schwestern machten sich lachend an die Verfolgung.

Sydney und Claire waren glücklich. Morgens rührten sie Rosenblütenblätter ins Hafermehl, abends spülten sie kichernd und tuschelnd das Geschirr in der Küche. Vielleicht sollte Bay sich nicht so viele Gedanken machen.

Der Wind trieb weiße und graue Wolken, groß wie Zirkuselefanten, heran. Bay, die wie üblich unter dem Apfelbaum lag, beobachtete sie.

»Hey, Baum«, flüsterte sie, »was ist los?«

Das Laub des Baums begann zu beben, und ein Apfel fiel neben ihr auf den Boden. Bay schenkte ihm keine Beachtung.

Vermutlich würde sie einfach abwarten müssen.

»Entschuldigung«, sagte ein Mann, der auf der anderen Seite der Zapfsäule wie aus dem Nichts vor Emma auftauchte. Die elefantenförmigen Wolken am Himmel schienen ihm so etwas wie eine Aura zu verleihen, als sie in seine dunklen Augen sah.

Emma betankte gerade das Kabrio ihrer Mutter, während diese im Rückspiegel ihr Make-up überprüfte. Beim Klang der Stimme drehte Ariel sich um. Als sie den Mann entdeckte, stieg sie lächelnd aus dem Wagen.

»Hallo«, sagte Ariel und stellte sich neben Emma. Sie waren wieder miteinander beim Shopping gewesen. Emma und Hunter John wollten am Wochenende ohne die Kinder nach Hilton Head fahren und anschließend vor Beginn des Schuljahrs mit den Jungen Disney World besuchen. Ariel hatte darauf bestanden, Emma einen neuen Bikini zu kaufen, der Hunter John gefallen würde, und Emma fügte sich, weil das leichter war, als sich mit ihr auseinanderzusetzen. Ariel glaubte eben, dass Clark-Frauen ihre Fähigkeiten permanent beweisen mussten, sogar Fremden gegenüber. So auch jetzt: Sie stellte sich in Pose, damit ihr Ausschnitt besonders gut zur Geltung kam.

Der Mann war attraktiv, wenn auch ein wenig zu bullig, und hatte ein strahlendes Lächeln. Ein Siegertyp, so viel stand fest. »Hallo, meine Damen. Störe ich? Ich suche nach jemandem. Vielleicht können Sie mir helfen.«

»Probieren geht über studieren«, antwortete Ariel.

»Sagt Ihnen der Name Cindy Watkins etwas?«

»Watkins«, wiederholte Ariel und schüttelte den Kopf. »Nein, leider nicht.«

»Ich bin doch hier in Bascom, North Carolina, oder?«

»Der Ort befindet sich ein Stück weit den Highway runter in dieser Richtung.«

Er griff in die Tasche seiner gut sitzenden Jacke, um Fotos herauszuholen. Eines davon reichte er Ariel. »Kennen Sie diese Frau?«

Emma schaute ihrer Mutter über die Schulter. Es handelte sich um ein Schwarzweißfoto von einer Frau vor dem Alamogebäude, mit einem Schild, auf dem stand: »Nie wieder Bascom! North Carolina ist Scheiße!« Ihrem Kleidungsstil nach zu urteilen, war es mehr als dreißig Jahre zuvor aufgenommen worden.

»Nein, tut mir leid«, sagte Ariel und wollte ihm das Bild schon wieder zurückgeben, als ihr etwas auffiel. »Moment. Das könnte Lorelei Waverley sein.«

Emma betrachtete das Foto genauer. Ja, eine gewisse Ähnlichkeit war nicht zu leugnen.

»Aber der Schnappschuss ist ziemlich alt«, bemerkte Ariel. »Die Frau lebt nicht mehr.«

»Wissen Sie«, fragte der Fremde und reichte ihnen eine neuere Aufnahme, »warum diese Frau hier Bilder von Lorelei Waverley haben könnte?«

Emma starrte das Bild ungläubig an, auf dem Sydney neben dem Mann zu sehen war. Sie trug ein sehr enges Abendkleid, und er hatte den Arm besitzergreifend um sie gelegt. Ein Foto aus der Zeit von Sydneys Abwesenheit. Sonderlich glücklich wirkte sie nicht darauf.

Ariel runzelte die Stirn. »Das ist Sydney Waverley«, sagte sie und gab ihm das Bild mit spitzen Fingern zurück.

»Sydney?«, wiederholte der Mann.

»Lorelei war ihre Mutter, eine Frau mit nichts als Flausen im Kopf. Unter uns: Sydney ist genau wie sie.«

»*Sydney*«, sagte der Mann, als müsste er sich an den Namen gewöhnen. »Dann kommt sie also von hier?«

»Sie ist hier aufgewachsen und hat uns alle mit ihrer

Rückkehr überrascht. Und sie will meiner Tochter den Mann ausspannen.«

Emma sah ihre Mutter an. »Mama, das stimmt nicht.«

»Das ist also Sydney Waverley?« Er hielt das Foto hoch. »Sind Sie sicher? Hat sie ein Kind, ein kleines Mädchen?«

»Ja, Bay«, antwortete Ariel.

»*Mama*«, sagte Emma in warnendem Tonfall. Für ihren Geschmack redete Ariel zu viel.

Der Mann trat sofort den Rückzug an, als er Emmas Zögern spürte. »Danke für Ihre Hilfe. Einen schönen Tag noch, die Damen.« Er stieg in seinen teuren Geländewagen. Als er losfuhr, verdunkelte sich der Himmel.

Emma hängte stirnrunzelnd die Zapfpistole zurück an die Säule. Sie konnte Sydney wirklich nicht sonderlich gut leiden, aber hier war definitiv etwas faul.

»Ich geh mal zahlen, Mama«, sagte Emma in der Hoffnung, an ihre Handtasche mit dem Handy heranzukommen, die im Wagen lag.

Aber Ariel hatte bereits die Kreditkarte gezückt. »Sei nicht albern. Das erledige ich.«

»Nein, wirklich, ich mach das schon.«

Ariel drückte Emma die Karte in die Hand und stieg wieder ein. »Schluss mit den Widerreden.«

Im Tankstellengebäude reichte Emma dem Angestellten die Kreditkarte. Der Mann mit dem Geländewagen ging ihr nicht aus dem Kopf. Während sie die Überprüfung der Kartendaten abwartete, schob sie die Hände in die Taschen, wo sie die zwei Vierteldollarmünzen von Evanelle ertastete.

»Entschuldigung«, fragte sie den Angestellten, »gibt es hier ein Münztelefon?«

Der Wind ließ den ganzen Nachmittag über nicht nach. Sydney und Claire mussten die Enden der Decke an den Tischbeinen festbinden und konnten keine Kerzen verwenden, weil die Böen die Flamme sofort ausgeblasen hätten. Also holte Claire durchscheinende bernsteinfarbene, himbeerrote und fahlgrüne Tüten aus dem Vorratsraum und stellte batteriebetriebene Lichter hinein, die der Baum nicht mochte. Die, die ihm am nächsten standen, stieß er immer wieder um, weswegen Bay den Auftrag erhielt, ein Auge auf ihn zu haben.

Sydney fragte sich, warum der Baum so aufmüpfig war, und gelangte erst nach einer Weile zu einer Erklärung: Er mühte sich ab, Teil der Familie zu sein, obwohl keiner ihn wollte.

Sie musste an die vergangene Nacht denken, als sie noch einmal nach Bay gesehen hatte, die friedlich schlief. Sydney beugte sich über sie, um sie zu küssen, und entdeckte beim Aufrichten zwei kleine rosige Äpfel in den Falten der Decke, die Bay im Schlaf heruntergestrampelt hatte. Sydney trat mit ihnen ans offene Fenster. Auf dem Boden befand sich eine Spur aus weiteren drei Äpfeln, die sie ebenfalls aufhob.

Als sie aus dem Fenster schaute, nahm sie im Garten eine Bewegung wahr. Der Apfelbaum hatte seine Äste so weit in Richtung des Tischs ausgestreckt, wie er konnte, und tatsächlich einen um eines der Beine geschlungen, um ihn näher zu sich heranzuziehen.

»Pst«, flüsterte Sydney in die Nacht hinaus. »Lass das!«

Der Tisch hörte auf, sich zu bewegen, und die Äste des Baums schnellten in ihre Ursprungsposition zurück. Er wurde ganz still, als wollte er sagen: *Ich hab doch gar nichts gemacht.*

Evanelle traf als Erste zu der Feier ein, die Sydney zärtlich Claires Entjungferungsfest nannte.

Claire ließ sie schwören, das Wort in Gegenwart der anderen Gäste nicht auszusprechen.

»Hallo, Evanelle. Wo ist Fred?«, erkundigte sich Sydney, als Evanelle die Küche betrat.

»Er kann nicht kommen, weil er eine Verabredung hat.« Evanelle stellte ihre Umhängetasche auf den Tisch. »Und er ist fuchsteufelswild deswegen.«

Claire überprüfte, ob der Maiskolben durch war. »Fred hat eine Verabredung?«

»Ja, sozusagen. Ein Kochkursleiter vom Orion hat Fred zu seinem Kurs eingeladen, und Fred interpretiert das als Verabredung.«

»Wieso ist er fuchsteufelswild?«

»Weil ich ihm was gegeben hab, das ihn zu dem Kursleiter statt zurück zu James führt, was er eigentlich möchte. Jetzt glaubt Fred natürlich, dass er den Rest seines Lebens mit diesem Lehrer verbringen muss. Tja, er wird wohl bald merken, dass eigene Entscheidungen nötig sind. Ich tu nichts anderes, als Menschen Dinge zu geben. Was sie damit anfangen, liegt nicht in meiner Hand. Er hat mich sogar gebeten, heut Abend einen Apfel von deinem Baum für ihn zu mopsen, als könnte der ihm verraten, was er machen soll.«

Claire bekam eine Gänsehaut, obwohl sie vor dem Topf mit kochendem Wasser stand. »Man weiß nie, was dieser Baum einem erzählt.«

»Das stimmt. Was er deiner Mutter sagen wollte, haben wir erst bei ihrem Tod begriffen.«

Plötzlich wurde es still in der Küche. Das Wasser hörte auf zu kochen und die Uhr zu ticken. Sydney und Claire drängten sich unwillkürlich näher aneinander. »Was heißt das?«, fragte Claire.

»Mein Gott«, stöhnte Evanelle und legte die Hände an die Wangen. »Ich hab eurer Großmutter versprochen, euch das nie zu verraten.«

»Unsere Mutter hat einen Apfel gegessen?«, fragte Sydney ungläubig. »Einen von *unseren*?«

Evanelle hob den Blick zur Decke. »Entschuldige, Mary. Aber was soll's jetzt noch schaden? Sieh sie dir an. Sie kommen schon zurecht«, sagte sie, als wäre sie es gewöhnt, mit Geistern zu reden, die keine Antwort gaben. Sie zog einen Stuhl unter dem Küchentisch heraus und setzte sich seufzend darauf. »Nach dem Telefonanruf über Loreleis Tod in der Massenkarambolage ist ihr ein Licht aufgegangen. Und mir hat sie's zwei Monate vor ihrem Ende erzählt. Soweit ich weiß, hat Lorelei mit ungefähr zehn Jahren einen der Äpfel gegessen und an dem Tag gesehen, wie sie sterben würde. Alle ihre Abenteuer sollten wohl dazu dienen, das Eintreffen dieser Prophezeiung zu verhindern und etwas herbeizuführen, das noch spektakulärer wäre. Wir dachten, sie hätte euch beide hergebracht und sich in ihr Schicksal gefügt, weil sie sich um euch kümmern musste. Von Mary weiß ich, dass sie in der Nacht, bevor sie wieder verschwand, im Garten war, zum ersten Mal seit ihrer Kindheit. Vielleicht hat sie noch einen Apfel gegessen, weil sie dachte, ihr Schicksal habe sich verändert. Aber dem war nicht so. Sie hat euch Mädchen hierher in Sicherheit gebracht, denn es war ihr vorherbestimmt, allein zu sterben in dem Massenunfall. Der Baum mochte eure Mutter und wusste wohl, dass seine Äpfel ihr etwas Schlimmes zeigen würden, deshalb hat er nie damit nach ihr geworfen wie nach uns anderen. Uns will er doch die ganze Zeit was sagen. Aber Lorelei musste eine Leiter in den Garten schleifen, um an einen Apfel ranzukommen. Mary hat diese Leiter draußen vor der Garage gefunden, als Lorelei weg war. Alles in Ordnung mit euch beiden?«

»Alles in Ordnung«, sagte Claire, doch ihre Schwester wirkte immer noch ein wenig verblüfft. Ihre Mutter hatte sich, anders als Sydney, die ihr nacheiferte, ihr Schicksal nicht selbst ausgesucht.

»Ich geh dann mal raus«, verkündete Evanelle.

»Pass auf. Der Baum ist heut nicht gut drauf und versucht die ganze Zeit, den Tisch zu verschieben. Nicht mal Bay kann ihn zur Vernunft bringen«, sagte Claire. »Hoffentlich erschreckt er Tyler und Henry nicht.«

»Wenn diese Männer Teil eures Lebens werden sollen, wäre es sinnvoll, ihnen alles zu erklären. Ich hab meinem späteren Mann, als ich sechs war, gesagt: ›Ich muss Menschen Dinge geben, das ist meine Natur.‹ Das hat ihn so fasziniert, dass er noch in der gleichen Nacht an mein

Fenster gekommen ist.« Evanelle nahm ihre Umhängetasche und ging hinaus.

»Glaubst du, sie hat recht?«, fragte Sydney. »Im Hinblick auf Mom, meine ich.«

»Sinn ergibt ihre Geschichte. Weißt du nicht mehr? Nach dem Anruf, dass Mom gestorben ist, hat Oma doch versucht, den Baum anzuzünden.«

Sydney nickte. »Nicht zu fassen, dass ich weggegangen bin, weil ich so sein wollte wie sie. Sie hat das ja nur gemacht, weil sie wusste, wie sie sterben würde. Wie konnte ich mich so täuschen?«

»Du bist eine Waverley. Wir wissen entweder zu viel oder zu wenig. Kompromisse gibt's bei uns nicht.«

Sydney schüttelte den Kopf. »Ich hasse diesen Baum.«

»Tja, aber wir haben ihn nun mal.«

Sydney sah sie fragend an. Offensichtlich hatte Claire keine Lust, sich aufzuregen. »Die Entjungferung scheint dich fatalistisch gemacht zu haben.«

»Hörst du endlich auf, darüber zu reden? Das klingt ja, als wär ich eine tote Pflanze.« Claire begann, die Maiskolben aus dem Topf zu nehmen. »Außerdem hat Evanelle recht. Wir sollten Tyler und Henry wirklich alles erklären.«

»Henry weiß schon Bescheid. Das ist das Gute an jemandem, der einen das ganze Leben lang kennt und so nimmt, wie man ist. Er ahnt, wie merkwürdig wir sind.«

»Wir sind nicht merkwürdig.«

»Henry hat mir was gestanden«, sagte Sydney und gesellte sich zu Claire an den Herd. »Und darüber muss ich jetzt die ganze Zeit nachdenken.«

»Dass er dich liebt?«, fragte Claire mit einem Blick auf Sydney.

»Woher weißt du das?«

Claire lächelte.

»Ich bin gern mit ihm zusammen«, sagte Sydney. »Vielleicht sollte ich ihn küssen und sehen, was passiert.«

»Pandora hat auch gesagt: *Wollen wir doch mal sehen, was in der Büchse ist*«, bemerkte Tyler, als er die Küche betrat und Claires Nacken küsste.

Henry hatte angerufen, um ihnen mitzuteilen, dass er sich verspäten würde, so dass Tyler, Evanelle und Bay bereits saßen und Sydney und Claire die Teller hinaustrugen, als Henry schließlich auftauchte.

Sydney stellte das Tablett mit Tomaten- und Mozzarellascheiben ab, um ihn hereinzulassen, während Claire das Blaubeer-Maisbrot hinaus in den Garten brachte.

»Du kommst gerade rechtzeitig«, begrüßte Sydney Henry. Er war so wie immer; sie war so wie immer. Was also hatte sich geändert? Vielleicht hatte Henry sie seit jeher geliebt und sie das nur nicht gesehen.

»Tut mir leid, dass es nicht früher ging«, entschuldigte er sich.

»Schade, dass dein Großvater nicht mitgekommen ist.«

»Das war seltsam«, sagte Henry, als er ihr in die Küche folgte. »Kurz bevor wir aufbrechen wollten, hat Fred Evanelle zu uns gebracht, weil die Pap unbedingt was geben musste, ein Buch, das er schon geraume Zeit lesen möchte. Und mit dem wollte er zu Hause bleiben. Das Bein tut ihm weh; wahrscheinlich ist der Schmöker eine willkommene Ausrede. Ich musste noch auf Yvonne warten, die ihm Gesellschaft leistet.«

»Evanelle hat gar nichts davon erzählt, dass sie bei euch draußen war.«

»Sie war in Eile. Tja«, sagte er und rieb sich die Hände, »nun seh ich endlich den berühmten Apfelbaum der Waverleys.«

»Zwei Dinge solltest du wissen: Erstens, iss die Äpfel nicht. Und zweitens, duck dich.«

»Ich soll mich ducken?«

»Das wirst du bald verstehen.« Sie lächelte. »Du siehst gut aus heute.«

»Und du bist wunderschön.« Sydney hatte sich für das Fest einen neuen pinkfarbenen Rock mit glitzernden Silberstickereien gekauft und warf sich stolz in Positur. »Weißt du, dass ich im Geschichtskurs in der achten Klasse immer wieder von hinten deine Haare berührt hab, ohne dass du das gemerkt hast?«

Da breitete sich plötzlich ein merkwürdiges Gefühl in Sydneys Brust aus, und ohne einen weiteren Gedanken tat sie zwei Schritte auf ihn zu und küsste ihn. Sie war so stürmisch, dass er gegen den Kühlschrank stieß und die bunten Papierservietten, die Claire darauf gelegt hatte, herunterflatterten wie Konfetti.

Als sie sich schließlich von ihm löste, sah Henry sie mit großen Augen an und streichelte ihre Arme. Sie bekam eine Gänsehaut.

War das … Spürte sie wirklich …

Sie küsste ihn noch einmal, um sicher zu sein.

Sie spürte es wieder, diesmal sogar noch stärker. Henrys Hände wanderten in ihr Haar. Sie hatte schon viele Männer geküsst, die sie begehrten, aber kaum je einen, der sie liebte.

Nach einer Weile fragte Henry völlig außer Atem: »Was war das?«

»Ich wollte nur sicher sein.«

»Sicher?«

»Das erklär ich dir später.«

»Weißt du was? Die Chancen, dass ich mich mit Amber vom Salon verabrede, werden immer schlechter.«

Sydney ergriff lachend das Tablett mit den Tomaten-Mozzarella-Scheiben und führte Henry zur hinteren Tür.

Als sie hinausgingen, klingelte das Telefon. Sydney hörte weder dieses Klingeln noch die Nachricht, die auf den Anrufbeantworter gesprochen wurde.

»Sydney? Hier ist Emma. Ich … Ich ruf an, um dir zu sagen, dass jemand nach dir und deiner Tochter sucht. Er sieht nicht gerade … Ich meine, er hat etwas …« Sie schwieg kurz. *»Ich wollte dich nur warnen.«*

Sie aßen und lachten bis spät in den Abend hinein. Sydneys und Henrys Beine berührten sich unter dem Tisch, und sie wäre am liebsten überhaupt nicht mehr aufgestanden, nicht einmal, um eine Flasche Bier oder Kirsch-Ginger-Ale aus dem Alu-Behälter mit Eis zu holen.

Nach dem Essen hob Claire ihr Glas. »Ich möchte einen Toast aussprechen«, sagte sie. »Auf das Essen und die Blumen.«

»Auf die Liebe und das Lachen«, sagte Tyler.

»Auf das Alte und das Neue«, sagte Henry.

»Auf die Zukunft«, sagte Evanelle.

»Auf den Apfelbaum«, sagte Bay.

»Auf …«, hob Sydney an, verstummte jedoch, als sie den Geruch wahrnahm.

Nein, nein, nein. Nicht hier. Nicht jetzt. Woher kamen ausgerechnet nun die Gedanken an David?

Der Baum begann zu beben, und über ihren Köpfen flog etwas dahin, das nur Tyler und Henry für einen Vogel hielten.

Der Apfel landete mit einem satten Knall auf jemandem, der beim Tor stand. »Scheiße!«, erklang eine Männerstimme, und alle außer Sydney wandten sich um.

Sie hatte ein Gefühl, als würden ihre Knochen brechen. Plötzlich traten blaue Flecken auf ihre Haut, und die Lücke zwischen ihren Backenzähnen begann zu pochen.

»Hallo?«, rief Claire fröhlich, weil dies ihr Haus war und sie glaubte, dass hier nichts wirklich Schlimmes passieren könne.

»Sch!«, ermahnte Sydney sie. »Bay, versteck dich hinter dem Baum. Schnell!«

Bay, die den Mann natürlich erkannte, sprang auf und rannte davon.

»Sydney, was ist denn?«, fragte Claire, als Sydney sich erhob und langsam umdrehte.

»David.«

Nun stand Claire ebenfalls auf. Tyler und Henry sahen einander an, weil sie die Angst spürten, die Sydney und Claire ausstrahlten. Auch sie erhoben sich.

»Wer ist David?«, fragte Henry.

»Bays Vater«, antwortete Claire, und Sydney hätte fast vor Erleichterung darüber, dass sie es nicht selbst erklären musste, zu weinen begonnen.

Da trat David aus den Schatten neben dem Tor.

»Kannst du ihn sehen?«, fragte Sydney. »Ist er wirklich hier?«

»Ja«, sagte Claire.

»Du veranstaltest eine Party, ohne mich einzuladen?«, bemerkte David, dessen Schuhe laut und aggressiv auf dem Gehweg klackten, als er auf sie zuging. Er war ein groß gewachsener, selbstbewusster Mann, dessen Zorn keine körperlichen Unzulänglichkeiten oder psychischen Unsicherheiten kaschieren musste. Eine so subtile Rechtfertigung brauchte er nicht. Er wurde zornig, wenn Sydney nicht das trug, was er sich vorstellte, ohne ihr jedoch zu sagen, was er wollte.

Sydney versuchte sich einzureden, dass alles doch nicht so schlimm war, wie es schien. Vielleicht machte er sich ja Sorgen oder wollte seine Tochter sehen. Aber sie konnte sich nicht selbst in die Tasche lügen.

Sie musste Bay und Claire und die anderen Anwesenden schützen. Ihre Rückkehr hatte sie in Gefahr gebracht.

»Ganz ruhig. Wir gehen eine Runde spazieren und unterhalten uns«, sagte sie. Claire flüsterte sie zu: *»Pass auf Bay auf.«*

»Nein, nein«, widersprach David. Als er näher kam, begann Sydneys Körper zu zucken wie unter Strom, und Tränen traten ihr in die Augen. Mein Gott, er hatte eine Waffe. Woher? »Ich möchte nicht stören.«

»David, das geht nur uns was an. Ich begleite dich.«

»Was, zum Teufel, ist hier los?«, fragte Tyler, als er die Waffe sah. »Legen Sie das Ding weg, Mann.«

David richtete die Waffe auf Tyler. »Gehst du mit ihm ins Bett, Cindy?«

Sydney wusste, was Henry tun würde, noch bevor er sich bewegte. »Henry, nicht!«, schrie sie, als dieser sich auf David stürzte. Da durchdrang ein Schuss die Stille, und an Henrys rechter Schulter begann sich ein roter Fleck auf seinem Hemd auszubreiten.

Henry sank auf die Knie und kippte nach einer Weile auf den Rücken, wo er blinzelnd liegen blieb, als versuchte er, aus einem Albtraum zu erwachen. Evanelle hastete, unbemerkt von David, zu ihm.

»Aha«, sagte David. »Jetzt dürfte klar sein, wer dich bumst. Mein Gott, was für eine Idylle.« Er versetzte dem Tisch einen so heftigen Tritt, dass er umstürzte, die Teller zerbrachen und das Eis über den Chicoree rutschte.

»Wie hast du mich gefunden?«, fragte Sydney, um David von Claire und Tyler abzulenken, bevor sie einen hastigen Blick in Richtung Henry wagte. Evanelle hatte einen blauen Häkelschal aus ihrer Umhängetasche gezogen, den sie nun auf seine Schulter presste. Alles war voller Blut.

»Durch die hier, du blödes Miststück.« Er hielt die Fotos hoch. Ein Fehler, einer von vielen, dachte Sydney. Geschah ihr recht, aber Henry hatte nichts mit der Sache zu tun und Claire auch nicht.

David blätterte die Bilder durch. »Das hier war besonders hilfreich. *Nie wieder Bascom! North Carolina ist Scheiße!*« Er hielt das Foto von ihrer Mutter vor dem Alamogebäude hoch. Der Apfelbaum begann zu zittern, als würde er Lorelei erkennen. David schleuderte die Fotos in Richtung Sydney.

»Ist dir eigentlich klar, wie dumm ich dagestanden bin? Ich hab Tom von L. A. mitgebracht. Stell dir meine Überraschung vor, als du mit Bay verschwunden warst.« Dass Sydney David vor Tom, einem Collegekumpel und Partner in L. A., blamiert hatte, war also der Grund für sein Auftauchen. »Hör auf zurückzuweichen, Cindy. Ich weiß genau, was du machst. Du willst nicht«, sagte er und wandte sich um, »dass ich sie bemerke. Und wer ist sie?«

»Ich bin Claire, Sydneys Schwester.«

»*Sydney*«, er schüttelte lachend den Kopf. »Na, so was. Schwester. Du bist größer und stämmiger und siehst nicht aus, als könnt dich so schnell was umhauen. Aber hübsch wie deine Schwester bist du nicht. Immerhin hast du größere Titten.«

Tyler stellte sich schützend vor Claire. David, der nie einer Auseinandersetzung aus dem Weg ging, trat einen Schritt auf ihn zu, doch Sydney sagte: »Nein!«

David wandte sich wieder ihr zu. »Und was willst du dagegen tun? Ich kann alles machen, und du weißt auch, warum.« Er bedachte sie mit einem boshaften Grinsen. »Wo steckt Bay? Ich hab sie doch schon gesehen. Komm raus, Kleine, Daddy ist hier. Daddy möchte dich umarmen.«

»Bleib, wo du bist, Bay!«, brüllte Sydney.

»Versuch nie wieder, meine Autorität vor unserer Tochter zu untergraben!«, rief David aus und trat einen Schritt auf sie zu, doch da rollte ihm ein Apfel vor die Füße. David blickte zu dem Baum hinüber. »Versteckt sich meine kleine Bay vielleicht hinter dem Apfelbaum? Will sie, dass Daddy einen Apfel isst?«

Sydney, Claire und Evanelle beobachteten reglos, wie David die Frucht aufhob.

Tyler wollte die kurze Ablenkung nutzen, doch Claire hielt ihn zurück und flüsterte: »Nein, warte.«

David biss herzhaft in den saftig-rosigen Apfel. Das Knacken hallte im Garten wider, und die Pflanzen zitterten, als hätten sie Angst.

David kaute kurz und wurde dann sehr still.

Sein Blick begann zu flackern, als betrachtete er etwas, das nur er erkennen konnte. Dann ließ er gleichzeitig Apfel und Waffe fallen.

Er blinzelte ein paar Mal und sah zuerst Sydney, dann alle anderen an. »Was war das?«, fragte er mit bebender Stimme. Als er keine Antwort bekam, brüllte er: »Was, zum Teufel, war das?«

Sydney wurde ganz ruhig. Sie erinnerte sich sehr deutlich daran, wie David sie in Boise aufgespürt und so heftig verprügelt hatte, dass sie glaubte, sterben zu müssen. Ihm bedeutete es nichts, wenn jemand starb. Aber das, was er soeben wahrgenommen hatte, bedeutete ihm offenbar sehr viel.

»Du hast gerade deinen Tod gesehen, stimmt's?«, fragte sie. »Wovor hast du am meisten Angst, David? Tut diesmal jemand dir weh?«

David wurde leichenblass.

»Jahrelang hast du andere verletzt, und am Ende macht's jemand genauso mit dir.« Sie trat ohne Angst ganz dicht an ihn heran. Auch David würde eines Tages sterben, das wussten sie jetzt beide. »Flieh, so weit du kannst, David«, flüsterte sie. »Vielleicht gelingt es dir, davor wegzurennen. Wenn du hierbleibst, erfüllt sich dein Schicksal, dafür sorge ich.«

Er stolperte ein paar Schritte, bevor er aus dem Garten rannte.

Sobald er weg war, rief Sydney: »Bay! Bay, wo bist du?«

Bay kam von der Seite des Gartens herbeigeeilt, nicht hinter dem Baum hervor, und flüchtete sich in die Arme ihrer Mutter. Sydney drückte sie an sich, bevor sie neben Henry niederkniete.

»Er erholt sich wieder«, sagte Evanelle.

»Hör auf, anderen Leuten das Leben zu retten«, schniefte Sydney.

Henry lächelte mit schmerzverzerrtem Gesicht. »Glaubst du wirklich, ich mach mich aus dem Staub, bevor ich weiß, was du in der Küche rausfinden wolltest?«

Sie musste lachen. Wie konnte er nur jemanden lieben, der so schlecht war für ihn? Und wie konnte sie einen so guten Mann lieben?

»Ich ruf den Notarzt«, sagte Evanelle.

»Und die Polizei. Gib ihnen eine Beschreibung von ihm«, rief Tyler Evanelle nach und bückte sich, um die Waffe aufzuheben. »Vielleicht erwischen sie ihn noch. Was für einen Wagen fährt er, Sydney?«

»Der kommt nicht wieder, keine Sorge«, beruhigte Sydney ihn.

»Keine Sorge? Was ist bloß los mit euch?« Tyler sah in die Runde. Plötzlich wurde ihm klar, dass alle Anwesenden, sogar Henry, etwas wussten, von dem er keine Ahnung hatte. »Wieso ist er so ausgerastet? Und wie, zum Teufel, konnte der Apfel ihm vor die Füße rollen, wenn Bay ganz am anderen Ende des Gartens war?«

»Daran ist der Baum schuld«, erklärte Claire.

»Ach. Und warum bin ich der Einzige hier, der nichts zu begreifen scheint? Habt ihr eigentlich mitbekommen, was gerade gelaufen ist? Wir müssen aufschreiben, was auf dem Nummernschild steht.« Tyler wollte zum Tor hinausrennen, doch Claire hielt ihn zurück.

»Tyler, hör zu«, sagte sie. »Wenn du einen Apfel von diesem Baum isst, siehst du das wichtigste Ereignis deines Lebens. Es mag wenig plausibel klingen, aber wahrscheinlich hat David gesehen, wie er sterben wird. Und das hat ihn verjagt, genau wie unsere Mutter damals. Für manche Menschen ist das Schlimmste, was ihnen im Leben widerfährt, gleichzeitig das Wichtigste. Er kommt nicht zurück, glaub mir.«

»Ach was«, widersprach Tyler. »Ich hab auch einen von den Äpfeln gegessen und bin trotzdem nicht schreiend weggelaufen.«

»Du hast einen Apfel gegessen?«, fragte Claire entsetzt.

»Ja, an dem Abend, an dem wir uns kennengelernt haben. Da waren doch diese Äpfel in meinem Garten.«

»Und was hast du gesehen?«, wollte Claire wissen.

»Dich«, antwortete er. »Was …?« Zu mehr kam er nicht, weil Claire ihn küsste.

»Hey«, sagte Bay. »Wo sind denn die Fotos?«

TEIL DREI

BLICK NACH VORN

VIERZEHN

»Ich erwisch sie nicht«, sagte Sydney. Bay lag im Gras, den Kopf auf den Arm gestützt, und schlug beim Klang von Sydneys Stimme die Augen auf. Claire und Sydney hatten eine alte Holzleiter an den Stamm des Apfelbaums gelehnt, auf der Sydney nun stand und die Arme in Richtung Äste ausstreckte. Claire hielt die Leiter.

»Das da könnt ich kriegen«, meinte Sydney und deutete auf einen niedrigen Ast auf der anderen Seite, »wenn wir die Leiter ein bisschen verschieben.«

Claire schüttelte den Kopf. »Nein, lass mal, er zieht's bloß wieder weg.«

»Blöder Baum.«

»Hab mir schon gedacht, dass ich euch hier draußen finden würde«, hörten sie da Evanelles Stimme vom Pfad her.

»Hallo, Evanelle«, begrüßte Sydney sie und begann von der Leiter herunterzusteigen. Von der vierten Sprosse sprang sie auf den Boden. Dabei breitete ihr Rock sich aus wie ein Fallschirm.

»Was treibt ihr denn da?«, erkundigte Evanelle sich.

»Wir versuchen, die Fotos von Mom von dem Baum wegzukriegen«, antwortete Claire. Bay fiel auf, dass Claire in letzter Zeit geistesabwesend war. Heute trug sie zum

Beispiel unterschiedliche Ohrringe, einen blauen und einen rosafarbenen. »Er will sie schon sechs Wochen lang nicht rausrücken.«

Evanelle hob den Blick zu den Bildern. »Lasst ihm doch die Fotos. Der Baum hat Lorelei immer geliebt.«

Sydney stemmte die Hände in die Hüften. »Ich schneid ihm die Äste ab.«

»Die brechen nicht«, erinnerte Claire sie.

»Aber mir gibt's ein gutes Gefühl.«

»Dann wirft er mit Äpfeln nach dir.« Claire seufzte. »Vielleicht kann Bay noch einmal mit ihm reden.«

»Das einzige Mal, wo wir die Bilder fast gekriegt hätten, war, als Bay wissen wollte, wie ihre Großmutter ausgesehen hat«, erklärte Sydney Evanelle. »Er hat kurz einen Ast gesenkt, um sie ihr zu zeigen, ihn aber gleich wieder hochschnellen lassen.« Sydney wandte sich Bay zu, die hastig die Augen schloss, weil sie die interessanten Dinge immer nur dann erfuhr, wenn alle dachten, sie höre nicht zu. »Lassen wir sie schlafen.«

»Die Brosche trägt sie nach wie vor«, sagte Evanelle.

»Sie nimmt sie nie ab.«

»Was führt dich zu uns, Evanelle?«, fragte Claire. Bay öffnete vorsichtig ein Auge. Sie standen alle mit dem Rücken zu ihr. »Ich dachte, du und Fred, ihr seid heute bei Steve zum Essen eingeladen.«

»Sind wir auch. Ich kann's gar nicht erwarten. Steve kocht wieder irgendwas Leckeres. Wie schön, dass ein Kochkursleiter in Fred verliebt ist.«

»Meint er immer noch, dass er sich nur wegen des Mangoschneiders mit Steve treffen muss?«

»Die Sache ist sogar noch besser: Fast hab ich das Gefühl, selber das Objekt der Begierde zu sein. Fred nimmt mich praktisch überallhin mit. Er amüsiert sich und ist glücklich, aber das will er noch nicht zugeben. Na ja, irgendwann wird er's schon merken. Und Steve überlässt Fred die Initiative, genau, was er braucht. In der Zwischenzeit krieg ich jede Menge köstliches Essen. Letzte Woche hab ich zum ersten Mal Schnecken probiert! Na, wie findet ihr das? Ich liebe schwule Männer«, kicherte Evanelle. »Die sind einfach toll.«

»Freut mich, dass du Spaß hast, Evanelle«, sagte Claire.

»Fred wartet im Wagen, aber ich muss euch noch was geben.«

Bay sah, wie Evanelle etwas aus ihrer Umhängetasche holte.

»Schleierkrautsamen«, sagte Sydney. »Für wen sind die?«

»Für euch beide. Fred hat mich dafür eigens zu dem Gartenbedarf beim Farmermarkt gebracht. Da hab ich übrigens Henry getroffen. Er sieht prima aus und sagt, dass seine Schulter gut verheilt. Bald ist er wieder der Alte.«

»Ja, und er glaubt, dass das an den Äpfeln liegt«, erklärte Sydney lächelnd und schüttelte den Kopf. »Seit dem Abend kann er gar nicht genug davon bekommen.«

»Wenn Tyler doch nur auch so reagieren würde«, klagte Claire. »Der geht jetzt nicht mehr in die Nähe des Baums. Er sagt, dies ist wahrscheinlich der einzige Polizeibericht der Geschichte, in dem steht, dass ein Apfelbaum den Täter vertrieben hat.«

Sie wollten das, was nach Davids Flucht aus dem Garten mit ihm passiert war, vor Bay geheimhalten, doch die verbarg sich hinter Türen, um zu lauschen. Offenbar war ihr Vater kurz vor Lexington, Kentucky, verhaftet worden, wo er seinen Geländewagen bei der Verfolgungsjagd zu Schrott gefahren hatte. Als die Beamten ihn aus dem Wrack holten, bettelte er sie an, ihn nicht einzusperren. In der Nacht versuchte er, sich im Bezirksgefängnis zu erhängen. Etwas Schlimmes würde ihm dort widerfahren, das wusste er von dem Apfel.

Beim Gedanken an ihren Vater wurde Bay traurig. Er hatte nie irgendwo dazugehört, und ein sinnloses Leben war bedauernswert. Sein einziger Zweck, so schien es, hatte darin bestanden, dafür zu sorgen, dass ihre Mutter nach Hause zurückkehrte.

Dafür würde Bay dankbar sein. Ob sie den Rest vergessen und verzeihen konnte, wusste sie noch nicht.

Sie hatte schreckliche Angst gehabt, als ihr Vater auftauchte. Beinahe hätte sie vergessen, wie er aussah, wie wütend er werden konnte. Vor seinem Erscheinen war sie vom Glück eingelullt gewesen, und dieses Gefühl wünschte sie sich zurück. Im Garten zu liegen war der erste Schritt. Bei Sydney würde es ein wenig länger dauern, aber auch sie befand sich auf dem richtigen Weg. Manchmal saß Bay auf der letzten Stufe der Treppe im Haus, während Henry und ihre Mutter sich draußen unterhielten, und sie hörte Henry Sydney vorsingen, keine Lieder, sondern Versprechen. Bay wollte, dass Henry Teil ihres Lebens wurde, wie die Sonne am Samstag oder die Pfannkuchen zum Frühstück. Das alles machte zufrieden, anders als ihr Vater. Wenn der lachte, hatte man Angst, dass seine gute Laune kippte. Und sie kippte immer.

Doch daran wollte sie jetzt nicht denken.

»Das muss für dich sein«, sagte Sydney und reichte das Samentütchen Claire. »Schleierkraut trägt doch die Braut, oder? Und du und Tyler, ihr habt einen Hochzeitstermin.«

»Nein, es ist für dich«, widersprach Claire und versuchte, ihrer Schwester das Tütchen zurückzugeben. »Du und Henry, ihr brennt durch, dafür sorgt Henry.«

Das hörte Bay gern. Manchmal setzte Sydney sich vor dem Einschlafen zu ihr ans Bett und erzählte ihr von Henry, ganz vorsichtig, um Bay nicht mit dem Gedanken an einen neuen Mann in ihrem Leben zu überfordern. Doch Bay fühlte sich nicht überfordert, sondern konnte es kaum erwarten. Da es ihr noch immer nicht gelungen war, ihren Traum in Realität umzusetzen, fragte sie sich, wie alles ausgehen würde. Was, wenn ihr Vater durch sein Auftauchen alles verdorben hatte?

»Vielleicht stehen die Samen nicht für eine Hochzeit, sondern für ein Baby«, sagte Evanelle.

Sydney lachte. »Na, dann bin ich fürs Erste aus dem Schneider.«

Claire betrachtete das Tütchen in ihrer Hand nachdenklich.

»Claire?«, fragte Sydney.

Claire hob den Blick mit einem kleinen wissenden Lächeln, das Bay noch nie gesehen hatte, Sydney aber sofort verstand.

»Wirklich?«, rief Sydney aus und legte die Hände um das Gesicht ihrer Schwester. So glücklich hatte Bay ihre Mutter noch nie erlebt.

Claire nickte.

Bay sah zu, wie die drei sich umarmten und gestikulierend und lachend gemeinsam den Garten verließen.

Der Baum schüttelte sich, als stimmte er in ihr Lachen ein.

Und schleuderte ihnen einen Apfel nach.

Bay streckte sich aus. Da erklang das Geräusch von flatterndem Papier. Bay sah hinauf zu den Fotos, die der Baum sechs Wochen zuvor an sich genommen hatte. Die Sonne begann bereits, die Bilder auszubleichen, und Lorelei verschwand allmählich.

Je länger Bay hier draußen blieb, desto mehr verblich auch die Erinnerung an ihren Vater.

Bay liebte diesen Garten.

Aber es war noch nicht perfekt, weil sich auf ihrem Gesicht keine Funken und Regenbogen befanden. Doch reichte das, was sie hatte, nicht? Alle waren glücklich. Näher würde sie ihrem Traum von diesem Ort wahrscheinlich nie kommen.

Unwillkürlich berührte sie die Brosche.

Moment.

War es das? War es wirklich so einfach?

Sie löste sie von ihrer Bluse. Das dauerte eine Weile, weil ihre Finger vor Nervosität zitterten.

Das Gras war weich wie in ihrem Traum, und der Geruch nach Kräutern und Blumen stimmte auch. Dazu kam das Geräusch flatternden Papiers. Sie bewegte atemlos die

Strassbrosche über dem Kopf hin und her. Als das Licht hindurchfiel, regnete es vielfarbige Funken auf ihr Gesicht, die sie spüren konnte, wie Schneeflocken.

Sie lachte wie schon lange nicht mehr.

Ja, jetzt würde tatsächlich alles ins Lot kommen.

Das Leben wäre perfekt.

AUS DEM WAVERLEY-KÜCHENJOURNAL

BRUNNENKRESSE: Fördert bei Männern den Appetit, macht Frauen verschlossen und führt manchmal zu Affären. Lassen Sie Ihre Gäste nicht aus den Augen.

BRUSTWURZ: Passt seine Bedeutung an Ihre Bedürfnisse an, eignet sich aber besonders gut zur Beruhigung hyperaktiver Kinder bei Tisch.

CHICOREE: Kaschiert Bitterkeit und gibt dem Essenden das Gefühl, alles sei in Ordnung. Eine verbergende Pflanze.

FLIEDER: Hilft, wenn Demut gefordert ist. Verleiht Vertrauen, dass demütiges Verhalten nicht ausgenutzt wird.

GEISSBLATT: Hilft, im Dunkeln zu sehen, aber nur, wenn die Blüte von einer über einen halben Meter langen Ranke stammt. Eine klärende Pflanze.

HYAZINTHENZWIEBEL: Verursacht Melancholie und Bedauern. Nur getrocknete Zwiebeln verwenden. Eine Zeitreisepflanze.

KÜRBIS- UND ZUCCHINIBLÜTEN: Servieren Sie sie, wenn Sie verstanden werden wollen. Klärende Pflanzen.

LAVENDEL: Hebt die Laune und verhindert aus Müdigkeit oder Niedergeschlagenheit resultierende schlechte Entscheidungen.

LÖWENMÄULCHEN: Wehrt den ungebührlichen Einfluss

anderer ab, besonders, wenn sie eine Ader für Magie besitzen.

Löwenzahn: Stimuliert und fördert Treue. Nebenwirkungen sind oft Blindheit gegenüber Fehlern sowie spontane Entschuldigungen.

Pfefferminze: In Verbindung mit anderen Pflanzen verwirrt sie den Essenden und kaschiert die wahre Natur dessen, was Sie tun. Eine verbergende Pflanze.

Ringelblume: Erzeugt Zuneigung, manchmal begleitet von Eifersucht.

Rosenblütenblätter: Fördern die Liebe.

Rosengeranie: Erzeugt Erinnerungen an schöne Zeiten. Das Gegenteil von Hyazinthenzwiebeln. Eine Zeitreisepflanze.

Schnittlauchblüten: Sorgen dafür, dass Sie einen Streit gewinnen. Heilmittel gegen verletzte Gefühle.

Stiefmütterchen: Ermutigen den Essenden zu Komplimenten und spontanen Geschenken.

Tulpe: Verleiht dem Essenden erotisches Selbstbewusstsein. Mögliche Nebenwirkung: Empfänglichkeit für die Meinung anderer.

Veilchen: Wunderbarer Abschluss für ein Essen. Macht ruhig und glücklich und sorgt für ungestörten Schlaf.

Verbene: Verursacht Gesprächspausen ohne Peinlichkeit. Hilfreich bei hektischen, redseligen Gästen.

Ysop: Lindert Frustration und Verwirrung.

Zitronengras: Nach dem Genuss denkt und fühlt sich der Essende kurze Zeit wie in seiner Jugend. Bitte beachten, falls sich frühere Rabauken am Tisch befinden. Eine Zeitreisepflanze.

DANK

Dank meinem Vater für seine durchsetzungsfähigen Schriftstellergene und für die Geschichten seines Großvaters, die Lester zum Leben erweckten. Dank ohne Ende der wunderbaren Andrea Cirillo und Kelly Harms. Ein großes, dickes Dankeschön an Shauna Summers, Nita Taublib, Carolyn Mays und Peggy Gordijn. Alles Liebe den verrückten Duetters und Daphne Atkeson für ihre Ermutigung, dieses Buch zu schreiben und zu überarbeiten. Danke an Michelle Pittman (zweimal!) und Heidi Hensley, die einen Orden verdienen für ihre Geduld und Einfühlsamkeit. Ein besonderes Hurra an Miss Snark. Und eine tiefe Verbeugung vor Dawn Hughes, der Haarkünstlerin, dafür, dass sie aus dem Nähkästchen plauderte.